Aus vollem Lauf

- Experimentelle Lyrik -

Poesie des Jähzorns

Kolportagen

von

Joachim Dieter Schulze

Bibliografische Information der Deutschen Nationalbibliothek:
Die Deutsche Nationalbibliothek verzeichnet diese Publikation in
der Deutschen Nationalbibliografie; detaillierte bibliografische Daten
sind im Internet über http://dnb.dnb.de abrufbar.

Herstellung und Verlag: BoD – Books on Demand, Norderstedt
ISBN: 9783749431045

Inhalt

»…ich flüchte und ich halte selten an!"

Für Georg, den ich vor Jahr
und Tag aus den Augen verlor,
der dieses aber unbedingt wissen sollte.

Inkognito

Eine nacherzählende Kolportage
über das Phantom eines Top-Terroristen

Es bedurfte eines Toten

D´rum handle so, daß die Maxime Deines Willens zugleich als Prinzip einer allgemeinen Gesetzgebung dienen kann. - Dieters Moral läßt es zumindest jetzt nicht zu, sich selbst zu gefährden, wenn er sich nach solch einer Zeche ans Steuer setzt. - Er war damals nicht gerade besoffen aber es war ihm schwindelig vom Suff. Ulli überließ ihm das Rennrad, mit dem er die gut zehn Kilometer Entfernung bis in seine Pension zu Lisa zurücklegen könne. Es war gegen zehn Uhr am Abend, als sie sich dazu verabredeten und wonach er sich auf das schnittige, weiß lakkierte Gefährt setzte um damit endlich die Heimreise anzutreten, denn er war von dem ereignisreichen Tag fix und fertig. - Er fuhr direkt in sie hinein: in die Schwärze der Nacht, die er mit der Fahrradlampe, die vorne, die an der Lenkstange, zunächst eher schwach dann aber mit zunehmendem Tempo heller werdend, einen schmalen Kegel weit ausgeleuchtet hatte; jenen Lichtstreifen, der vor ihm herfuhr, der nicht einzuholen gewesen war und schon deshalb eine Motivation in ihm weckte - ganz ähnlich wie es tagsüber einem manchmal danach ist, im hellen Sonnenschein den eigenen Schatten zu überspringen - jetzt aber in die Mitte des Lichtes zu gelangen, um die Schwärze der Nacht besser zu durchleuchten und ausgerechnet in ihr hell zu erstrahlen. - Die Schwärze der Nacht bedeutet ihm keine Farbe. Sie bedeutet ihm einen Zustand, nun dem einer Verdunkelung des saftigen Buchenwaldes, durch den er fuhr, der links und rechts der Bundesstraße wie verschlungen dalag, an der durchgezogenen weißen Linie, rechts der stattlichen Asphaltstraße entlang, den er nur witterte und somit mit seinen Ohren und seiner Nase wahrnehmen konnte und der Duft des Waldes erfrischte ihn auf der anstrengenden Fahrt lindernd, schwächte seinen Schwindel, der vom Übermaß des Bieres herstammte. - Mariechens Küsse hatten ihn satt gemacht. Seine Küsse erwiderten prallen Lippen in einem herrlich frischen Gesicht einer durch und durch skandinavischen, jungen Frau, durchaus deutschstämmig, mit hellblonden, langen und glatt herunterhängenden Haaren, die sich hingab, im frohen Kreis der jungen Gesellen, ihren Etappensieg gemeinsam zu feiern; bald ist sie selbst mit der Prüfung d´ran. - Sein Atmen jetzt, der Odem aus Kraftanstrengungen, unterwegs auf dem edlen, vierundzwanziggängigen Gefährt, war an die Stelle des Verhauchens seines Schmachtes getreten, während er sie in seinen Armen gefangen hielt. Jetzt wußte er nicht, wie es mit ihr weiterginge. Er war eine ganze Strecke im sechsten Gang unterwegs gewesen und das Treten der Pedale strengte ihn zunehmend an. Seine Versuche, in den zehnten Gang hochzuschalten, scheiterten an der verrosteten Gangschaltung, die Spuren der Alterung vorwies, zugezogen während kühner Touren durch abenteuerliche Landschaften und in sofern gescheitert an unwillkürlich beigebogenen Dellen von Rohheiten in den Zahnrädern des vierstufigen Kettenantriebes. Er gab sich deshalb bis auf weiteres geschlagen, unternahm im sechsten Gang zufrieden die tapfere Heimfahrt. - Resignation in einer schwarzen Nacht.

Gleiches geschah am 28. Juni 1973 in Paris, als eine Autobombe hochging, die dem jungen Mann galt, der ein Anführer gewesen war: der Führer des Schwarzen Septembers in Europa. Er wurde nicht sehr alt, der sich noch kurz zuvor in gleicher Weise von seiner Freundin mit verschmachtenden Küssen verabschiedete, dessen anhaltender, schmatzender wie feuchtwarmer Kuß völlig unerwartet nur einen Auftakt bedeutete - ein Kuß, der machtvoll von Zigarettenrauch umqualmt gewesen, der beinahe freihändig vergeben war, als er, wie nebenher, die Pistole hinter den Saum seiner Hose `wegsteckte. - Liebe knallt mitunter zwei Menschen zusammen aber damals riß es eine siechende Liebe für immer auseinander. Nur sie allein, die junge Frau namens Brigitte, woanders auch Anton genannt, blieb zurück und auch Illitsch war am Tatort anzutreffen, wo er sich in einem Hinterhalt aufhielt, als die Polizei längst da war und Brigitte vor seinen Augen in das Polizeiauto zum Verhör abführte. Er war jetzt außerdem mit einer guten Spiegelreflexkamera ausgestattet, einer Nikon, wie sie von militanten Fotografen häufig benutzt wird, mit der er jetzt nur Fotos vom Tatort schoß - weiß der Himbeer-Toni für wen er die Fotos brauchte? - Auch Dieter hatte die Zeichen der neuen Zeit längst verstanden gehabt, hatte sich zum letzten Weihnachtsfest eine Kamera von seinen Eltern gewünscht und war prompt von Karl mit einer Praktika beschenkt worden. Ein Markenzeichen aus Jena und Dieter freute sich über die Entwicklung, daß DDR-Marken im Westen marktfähig geworden waren, denn es zeugte ihm von einem erwünschten Zusammenhalt. Sie machte ihm sehr gute Bilder, die er rückblickend und wegen der Ereignisse am Tage seiner Gesellenprüfung und zu solcherlei Anlässen generell dann lieber nicht auf Fotopapier und in Farbe bannte; dieses galt auch für das abschließende Stelldichein im Stones bei fetziger Rockmusik aus den Boxen an den Wänden des irischen Bierlokals in der Stadt. Hier stellte er nichts zur Schau. Hier wollte er ganz und gar er selbst bleiben. - Noch im selben Monat Juli aber inzwischen einige Jahre zurückliegend landete Illitsch in Beirut, wo er in Begleitung zweier Damen einer Boing entstieg. Er gab sich entschlossen der Wildnis des Nahen Ostens hin. Dort witterte er nicht den Sauerstoff eines Buchenwaldes, der Dieter jetzt durchhalten ließ; Illitsch witterte den Duft des Öl-Geldes. Er war auf seinen Vornamen getauft, weil sein Vater ein peruanischer Arzt gewesen sei - ein überzeugter Komunist im Übrigen und in Anlehnung an Lenin ließ er deshalb seinen jüngsten Sohn auf den selben Vornamen jenes Mannes taufen, wie der berühmte russische Revolutionär ihn längst getragen hatte. So war er verlautbart. Die Revolution benötigte einen Toten; sie wissen es seit Jesus-Christus, weil ohne ihn für einen wirksamen, politischen Aktionismus keine öffentliche Aufmerksamkeit in den Medien zu erlangen sei. So entsprach es Illitsch´ festen Glaubens. - Kaum, daß Lenin den blutigen Umsturz gewollt hätte, wenn sein Bruder nicht wegen seiner Beteiligung an einer Vorbereitung eines Attentats auf Kaiser Alexander III im Jahre 1887 hingerichtet worden wäre, so ließ sich sein Wille zum Umsturz schüren, war Illitsch außerdem zu überzeugen gewesen. Die Revolution nährt sich von ihren Toten, außerdem den ruhmreichen Jahrestagen, schließlich auch denen, solcher schandbarer Ereignisse, die von einer blutigen Rache herstammen. Erst im Juli 1917 floh Lenin nach Finnland und verfaßte dort in seinem Exil die Schrift »Staat und Revolution« und es handelte sich um eine Grundsatzschrift über Zerschlagung und Aneignung des Staatsaperats durch das Proletariat. - Das Proletariat hatte Dieter heute entgültig in Besitz genommen; auch er gehörte zur Revolution, weil sie jeden in Beschlag nimmt, was ihn außerdem schwindelig machte. - Er strauchelte nach ungefähr fünf Kilometern, unterwegs auf einer ebenen, asphaltierten Bundesstraße im westlichen Landkreis, einer Errungenschaft, hauptsächlich der aus Arbeiterkraft. Plötzlich fiel er unvermittelt mit dem Fahrrad um. Er befand sich auf halber Strecke und war von den Anstrengungen des Tages und seines Bierkonsums außerdem ganz und gar erschöpft und ehe er sich versah, fiel er deswegen inmitten der strapaziösen Heimfahrt mit seinem Rennrad in den Straßengraben, in dem er gottlob weich landete aber es benötigte Sekunden, bis er wieder zu sich kam, realisierte, was ihm eben geschah. Unter Lenins Führung rissen die Bolschewiki die Macht an sich. Dieses geschah am 25.10. 1917 und war am 07.11.1917 vollendet. Drüben werden sie in diesem

8

Herbst den 63. Jahrestag des glorreichen Sieges feiern, mit Militärparaden protzen, die nicht nur Dieter bedrohen und mit dem Gefühl des davon-einem-ganz-übel-werdens wendet er sich bestimmt auch in diesem Jahr davon nur ab, wendet er sich wichtigerem zu, vieleicht an neuer Arbeitsstätte, dann als junger Gärtner- und liebeshungriger Junggeselle, immer auf der Suche und zu neuen Abenteuern mit einer neuen Braut bereit. - Mariechen gönnte ihm heute Abend den ersten, lohnenden Erfolg hierbei. - In Beirut machte sich Illitsch auf den Weg zu Vadi Haddad. - Lenin trat 1917 als Vorsitzender des Rates der Volkskomissare an die Spitze des Staates und wer gründet sich schon in einem Staat der Komissariate, wenn nicht der Polizeistaat höchstpersönlich. - Jetzt ist auf Dieters Strecke keine Polizei unterwegs; die ihm hier drohende war scheinbar gezähmt und sie kümmert sich bestenfalls um die Verkehrssicherheit auf seinem Weg, die er nur kaum gefährdete, zumal jetzt nur wenige bis gar keine Fahrzeuge auf selber Strecke unterwegs gewesen sind und sie kümmert sich nicht mehr um seine politische Gesinnung, wovon er über sie weiß, daß es auch wegen der Verhältnisse drüben, den Polizisten in Westdeutschland ausgetrieben war und so pflegte die westliche Bürgerschaft das Bürgerrecht gemeinsam mit ihren Freunden und Helfern. - Er hatte sich wieder aufgerichtet gehabt, seinen Zorn verpustet, den Drahtesel aus dem Straßengraben gezogen, ihn auf der Straße aufgerichtet, das Rad auf ein Neues bestiegen und auf ihm wacker seine Fahrt fortgesetzt. Er litt unter seiner Trunkenheit, die er jetzt bereute. Er hoffte auf das Allmähliche und diesbezüglich gelang es Lenin immerhin, mit der Unterstützung Trotzkis und Stalins einen ganzen Staat zu gründen aber hierzu bedurfte es eines Toten. Damals war es der Zar und seine Familie wurde ihnen mit ihm nur überflüssig. Sie waren wegen eventueller Erbansprüche der Revolution viel zu gefährlich geworden und ihr somit heillos entwachsen. - Vadi Haddad wollte auch einen Staat - seinen Staat und unter seiner Führung den Staat der Palästinenser, die als schwache Volksgruppe von den Sowjets in ihrem Befreiungskampf unterstützt wurden. Er musterte Illitsch, prüfte dessen Einsatzwillen bei ihrem Zusammentreffen, damals in Beirut und er verwies den jungen, kampfbereiten wie -erprobten Revolutionär nach dem Vorbilde Che's.

Illitsch hatte bereits im Jahre 1970 ein Training in einem Camp in Jordanien absolviert gehabt und dort zusammen mit linken Studenten aus Deutschland zu kämpfen begonnen, die er aber nicht als wirkliche Kämpfer erkannte, sie vielmehr für bürgerliche Abenteurer hielt, wie er Haddad in besagtem Gespräch unterrichtete. Er hätte danach in den Bergen erste Kampferfahrung gesammelt und Haddad verwies ihn während ihrer Unterredung an Monsieur X, den er aufsuchen solle, in dessen Büro, irgendwo in Paris, denn Illitsch schien ihm brauchbar für seine Absichten und Zwecke. - Die Revolution hatte sich längst durchgesetzt, spann ihr Netz über die ganze Welt, von Moskau bis in den Süd-Jemen hinunter, bis nach Kuba hin und in der Mitte Europas hatte das Netz der Revolution sein schwarzes Loch sitzen. Ein Loch für den Klassenfeind, den es sog; eines für jene der von ihnen bekämpften, ein Loch für das unterdrückende Joch der Kapitalistenschweine. So hart schimpften sie es manchmal bei ihrer Schmähe und so unerbittlich knallte es im Olympischen Dorf zu München, während der Spiele im Jahre 1972 dort, womit der bewaffnete Kampf seine Fortsetzung nahm, der damit nach West-Europa hineinzuziehen drohte, wo man gerade so friedfertig damit begonnen hatte, ein belastetes Volk aus schmachvoller Sippenhaft nach einem von ihm angefangenen und schließlich verlorenen Weltkrieg ganz langsam zu entlassen, es hinüberzuführen, zu einem Apriori des Befreiten. Der Kategorische Imperativ erzwang den Willen aller Menschen zum Frieden hierzu. Es war die Zeit ihrer Entlassung aus der Ideologie des Todes, die seit der großen Revolution im Frankreich des ausgehenden 18. Jahrhunderts in Europa eine Flagge zu hissen begann, deren Farbe keine war, das Land nur schwärzlich verrußte und ihr Zustand suggerierte a priori den Schmauch des revolutionären Kugelhagels, dem der Kanonenschläge und Sprengstoffattentate, in dessen Fülle sich ein blutiges Rot verschmierte - Rot ist dabei die Farbe des Blutes, welches in Fortsetzung auf die Düsternis der Revolution zu fließen begann und es floß von Rache und es vermengte sich in ihrem Schmauch, wieder einmal. - Und es geschah unter Berufung auf das Proletariat, das von Marx im frühen 19. Jahrhundert als die leidtragende Klasse des feudalistischen Ständewesens in Europa erkannt war. Marx, dessen Idee die der Befreiung der Arbeiter und Bauern galt, errichtete Lenin dogmatisch ein diktatorisches Regierungssystem, weil Marx in einem System des demokratischen Mehr-Parteien-Staates keine Chance für seine Revolution erkannte, die sich von Anfang an auch unter dem Einsatz gewaltsamer Mittel behauptete und sich auch gegen die anderen, revolutionären Parteien wandte, weil es durchaus einer apriorischen Erkentnis der Revolutionäre entsprang, daß allein das Realitätsprinzip bei der Durchsetzung der revolutionären Ziele zumindest einen Toten verlange, anderenfalls würde die Revolution nicht real. 1918 wurde Lenin bei einem Attentat schwer verwundet - man versuchte es schon noch einmal - denn die Revolution benötigte Tote, weil vieleicht auch auf Golghata ohne eine Hinrichtung eine diesbezügliche Beweislage etwas in eine Schieflage gerate wäre, weil sich ein öffentliches Interesse an jenem Debakel wiederum nicht herstellen ließe, wie sich der derzeitige Zeitgeist zu äußern wußte.

Dank der Autorität Lenins hielt er unter souveräner Beherrschung der marxistischen Theorie die widerstrebenden Kräfte seiner Partei, seit 1918 Komunistische Partei der Bolschewike, zusammen; dabei strebte er im Rahmen eines Demokratischen Zentralismus die Zentralisierung der Macht in den Händen einer kleinen Führungsgruppe nach der Errichtung des Politbüros im Jahre 1919 und dem Verbot der Fraktionsbildung im Jahre 1921 an. Die Revolution feierte nur langsam und nur dann und wann ihre Erfolge. Beginnend mit dem Frieden von Brest-Litowsk im Jahre 1918 verfolgte Lenin eine langfristige Politik der Weltrevolution und eine kurzfristige des zeitweisen Zusammenlebens mit den kapitalistischen Staaten in einer Phase des Überganges, der Zeit, die von anderen als jene des Spätkapitalismus´ postuliert war. - Die Auffassung vom langfristigen dialektischen Prozeß der geschichtlichen Bewegung erlaubte es ihm auch mit der Neuen Ökonomischen Politik im Jahre 1921 in begrenztem Umfang kapitalistische Wirtschaftsweisen wieder zuzulassen. So hielt sich der sozialistische Staat Rußlands weltoffen und weil er die jungen Menschen, überall in der Welt, auf seine Seite zu bekommen verlangte, damit diese für den Sozialismus eintreten und für ihn kämpfen, durfte auch Illitsch von Venezuela zunächst in die DDR einreisen, um sich dort von der Stasi ausbilden zu lassen, auch ausspionieren zu lassen und vermitteln zu lassen, weiterführend in ein Schulungszentrum in der UdSSR, von wo aus er bald wieder in den Westen abgeschoben wurde, weil er im Osten in der Zeit um den 20. Jahrestag der Revolution herum, wegen eines auffallend dekadenten Lebensstils aus der Sowjetunion ausgewiesen und somit verbannt worden ist. Die Revolution verlangte weiterführend und jetzt erst recht von ihm zumindest einen Toten.

Vadi Haddads Organisation kämpfte für die palästinensische Organisation und Feiglinge wie Arafat, verriet ihm Haddad bei besagtem Zusammentreffen in Beirut, die also Verrat begingen, könne die Organisation nicht gebrauchen. Auch Golghata benötigte einen Verräter - wie man es weiß - für einen kapitalen Verrat; anderenfalls gab es keinen Toten.

Illitsch lebe bereits seit längerem in London; von dort könne er überaus nützlich sein. - Mohamed Bodia, der die Organisation in Europa vertrat, sei von israelischen Mossad-Agenten getötet worden, erklärte er Haddad in dessen Büro in Beirut und er beteuerte seine Unschuld hieran und hierbei nur durch ein Übergehen

11

weiterer Komentare zu diesem Ereignis. -

»... mit mir fahren Sie besser. Sie benötigen mutige Kämpfer und keine feigen Schreibtischtäter bei der Durchsetzung von militärischen Kampfaktionen.«, stellte er ihm anheim. - Haddad trug viele Gesichter in einem ihm typischen Antlitz und er war von manchem verkörperbar geworden:

»Wie alt bist Du? - Grünschnäbel kann ich nämlich nicht gebrauchen! Für meine Aufträge erfordert es den ganzen Kerl und keinen Hampelmann.«, forderte Vadi Haddad von ihm. -

»... und das glauben Sie von mir?«, hakte Illitsch und ihn dabei herausfordernd nach. -

»Du wirst von einem Mann, den Du vermutlich nicht kennst, in Europa unterwiesen! Dieser Mann ist für die Nachfolge Bodias von mir vorgesehen. Er ist reif und er hält, was er verspricht, ist zumeist sehr erfolgreich bei der Sache. Du findest ihn in Paris.«, motivierte Haddad Illitsch. - »Die Ablösung Stalins vom Amt des General-Sekretärs der KP, wie es im Testament des Vorsitzenden geschrieben stand, konnte Lenin nicht mehr miterleben, denn er starb im Jahre 1924; sein Leichnam wurde später in einem Mausoleum am Roten Platz in Moskau beigesetzt. Die bereits in der Schaffung des Sowjetstaates in Rußland begründete weltge-schichtliche Bedeutung Lenins erhielt insofern eine weitere Dimension, als sich sämtliche komunistische Herrschaftssysteme im 20. Jahrhundert auf seine Lesart des Marxismus als Marx-ismus-Leninismus beriefen.«[1] Und Haddads Ehrgeiz bezog sich nicht nur auf die Ausweitung dieser ideologisch längst etablierten Weltanschauung sondern auf die Stärkung ihrer Weltmacht, die ihn in seinem Kampf für den Marxismus unterstützte. In diesem Macht- und Einflußgeflecht hatte sich das Führerprinzip des Älter-en erhalten, das die jungen Menschen unter seiner Knute bishin zum KadaverGehorsam dazu anhielt - und dieses zur Verehrung des Patriarchen, die bis zur gottgleichen Anbetung und Unterwerf-ung führte - dessen Willen zu erfüllen und nur diesem eine Gültig-keit zuzusprechen. Im Winter des Jahres 1973 übergab Monsieur X hierfür eine Pistole und nur wenige Patronen an Illitsch und dieses in Absprache mit Haddad und dessen Auftrag, einen jüdischen Kaufhausbesitzer in London zu töten, denn die Revol-ution benötigt schließlich Tote und die Organisation will ihn sehen, Illitsch begutachten, wie gut er dabei ist, wie konsequent, treff-sicher und überhaupt wie mutig, wie durchsetzungsfähig. - Michel Moukhartel öffnete Illitsch die Tür in sein Büro aber Illitsch nannte ihn Monsieur X.

---

1   vgl.: Dtv -Lexikon, Brockhaus-Edition 1997 unter L wie Lenin, S. 9

»... jemand schickt mich zu Ihnen. Sie wissen bescheid, war mir gesagt. Das Kennwort ist Septembergrauen! - Kann ich Sie sprechen?«, fragte er den kleinwüchsigen, jüngeren Mann. Der stand ihm mit einem advokatisch geschnittenem, frischem Gesicht, in dem er einen kräftigen, schwarzen Schnurrbart über seiner schartigen Oberlippe trug, jenem Mann also, gekleidet in salopper Anzughose, außerdem in einem weißen Oberhemd, über das er eine graue Weste anhatte - ihn, dem Gesandten Haddads - an jenem Wintertag aus gutem Grunde eher mißtrauisch gegenüber. Jener noch junger, eher akrobatisch als athletisch gebauter, insgesamt also ein Mann von pykmischer Gestalt, der eine Anwaltskanzlei betrieb, von der aus er seine Dienste für die Organisation administrativ erledigte, hielt es für möglich. -

»Ich habe Sie erwartet!«, lud er Illitsch in die Wohnung mit dem kleinen Bürozimmer darin ein. Er übergab ihm im weiteren Verlauf ihrer Unterredung die Pistole, mit der er Illitsch losschicken soll und er erklärte ihm nebenbei:

»... wir machen das zusammen. Du bleibst dafür aber in London und ich in Paris. Du darfst auf gar keinen Fall Kontakt zu mir aufnehmen! Keine Mitteilungen, keine Fragen, keine Anweisungen. Nichts davon! Weder Adresse noch Telefonnummern. Du brauchst einen toten Briefkasten. Such´ Dir in London einen Freund - es darf auch eine gute Bekannte sein, welche für Dich die Post annimmt und dessen Adresse Du benutzen kannst. - Du pflegst Umgang mit Waffen?«, fragte er Illitsch und er bediente ihn kaltschnäuzig. -

»Normalerweise halte ich besseres in der Hand!«, imponierte Illitsch. -

»...`was Besseres habe ich leider nicht!«, entäuschte ihn Monsieur X. -

»Es sind nicht sehr viel Patronen, die Du mit mir auf den Weg schickst.«, bemerkte Illitsch, zweifelnd über die Anzahl des ihm ausgehändigten Materials. -

»Ich brauche nicht mehr?«, blöffte er Hartgesottenes. -

»Bereits seit Stalins Tod war die Zeit als eine Ära des blutigen bürokratischen Despotismus gebrandmarkt worden.«[2] Vieleicht floh Illitsch auch deshalb davon. Er setzte wenige Tage nach dem Zusammentreffen mit Monsieur X in London in einem für den Linksverkehr ausgestatteten beigefarbenen, britischen Mittelklassewagen von gewöhnlicher Marke seinen Weg mit dem Ziel der Villa seines Opfers fort, denn die Revolution beauftragte einen Toten und Illitsch sah sehr gut bei der Durchführung des Auftrag-

---

2   vgl. Paloczi-Horvath, Alle Macht der Jugend? - Kap. Fünf, Punkt 1, S. 101

es aus. Er war nicht gerade klein gewachsen, war von untersetzter, geradezu engelhafter Figur und er trug sein Haar mittellang, dabei die Ohren halb bedeckt, den Scheitel - jetzt nur sehr unordentlich gezogen - links. Die Farbe seines Haupthaares war eher brünett als daß man es als Schwarz bezeichnen durfte. - Er hielt in dem Londoner Villen-Vorort, verließ rasch den Wagen, verschuf sich durch einen Klingelton Einlaß durch die ihm daraufhin geöffnete Tür ins Haus des Warenhausbesitzers und engagierten Unterstützers der Zionistischen Bewegung, die seit langem, vieleicht bereits seit der Zeit des Karl Marx´, die Rückkehr aller Juden ins gelobte heilige Land nach Israel und seiner alsbaldigen Staatsgründung am selbigen Ort bestrebte und auch deshalb machte Haddad die Zionisten zu seinen Feinden, denn sie stahlen ihm damit, dank seiner Einbildungskraft, seine wunscherträumte Hauptstadt Jerusalem. Auf jeden Fall kamen sie ihm viel zu nahe. Der Mossad verfolgte ihn deshalb; sie duellierten sich bereits seit Jahren. - Illitsch hatte dafür fünf weitere Schüsse abzugeben, nachdem er den Buddler, der ihm ahnungslos nach seinem klingeln hin öffnete, der jenen Mann mit einer an dessen Hals gehaltener, durchgeladener Pistole unvermittelt und somit sofort anfiel, sich schließlich unter Mordandrohung den Eintritt ins Haus erzwang und mit einem dabei nach hinten verschränktem Arm des Dieners, also mit fesselnden Zugriffen, zusammen mit dem Überfallenen eine Treppe im Hause des Opfers hinauf gelangte und danach in der oberen Etage hinein ins Badezimmer, wo Illitsch inmitten des hell gekachelten, vornehm ausgestatteten Raumes nach dem Herbeirufen des Delinquenten von dem so eingeschüchterten Diener es halbnackt vor sich zu stehen bekam; und von den fünf Schüssen knallte sofort nur einer ganz laut, wovon das Opfer im Gesicht getroffen wurde, was es niederstreckte, wonach vier weitere Entladungen aus der plötzlich ladegehemmten Pistole zu nachfolgenden, metallen klingenden Fehlschüssen führten, die nichts bewirken konnten, weshalb der Todgeweihte überleben durfte, was nicht ganz dem Zufall überlassen schien, sondern der Absicht des Monsieur X entsprochen haben konnte, Illitsch nicht den ganzen Erfolg bei dieser Aktion zu gönnen. Jedenfalls blieb Illitsch so fehlbar, erpreßbar und er wurde nicht selbstbewußter, als es ihm, der allgemeinen Sicherheit wegen, zu erlauben gewesen wäre. - Tote drohen in solchen Fällen den noch Lebenden durch ihre frei herumlaufenden Mörder! Illitsch trug zu diesem Event eine silbern glänzende, dabei schwarze Lederjacke, vieleicht Mufflon, vieleicht gar Büffel, aber sicherlich nur eine Imitation davon, deren Kragen mit einem hellen, geknüpften Kunststoffell besetzt war, der ihm in der kühlen Jahreszeit eines nahenden britischen Herbsten nützlich war, denn mehr noch behagte ihm das mediterrane Klimat Süd-Amerikas oder das des Nahen wie des Mittleren Ostens zur selben Zeit, wo ihre Revolution die Todeskandidaten gebar. - Seine Hose war eine graue Anzughose, die er zur Hinrichtung kleidsam trug und er trug unter seiner Jacke einen pechschwarzen Pullover und so ward es ihm vor dem nahenden, schwarzen September heiß genug. Eine dazu passende, schwarze Gesichtsmaske über seinem massigen, rundlichen Kopf gezogen, diese aber nur während des Einsatzes vor dem und im Hause des Opfers tragbar, die dort nur einen Spalt weit Wahrheiten über sein Aussehen preisgaben - denen seiner Augen und Teilen seiner hohen Stirn - machte Illitsch auf seinem Weg in der Villa unsichtbar wie verwechselbar. - Er rannte nach dem kleinen Feuerwerk die Treppe hinunter und er verschwand rasch in seinem englischen Auto, das sich sofort nach dem Zuknallen der Fahrertür, dem startenden Aufbrausen seines Motors, mit quietschenden Reifen auf der ruhig gelegenen Straße um die Ecke herum auf- und davonmachte, denn schon bald war die Polizei verständigt und die Nachrichten verkündeten das Geschehnis, ächteten es als einen feigen wie bestialischen Überfall, den das Opfer nur knapp überlebte. Illitsch blieb bis hier hin unerkannt und das Attentat auf den Präsidenten der Warenhauskette, bei dem jener schwer verletzt auf dem Fußboden liegend zurückgelassen dalag, hatte sich bisher immer öffentlich für Israel starkgemacht und bei seinem letzten Interview und sich hierbei über das Attentat äußernd, für eine baldige Festsetzung des mordbereiten Attentäters ausgesprochen.

»Will man die russischen Jugendlichen dieses Zeitraumes charakterisieren, so muß man kurz auf einige spezifische - und zwar höchst politische - Auswirkungen hinweisen, die das leninistische System der Parteidiktatur, wie es während Stalins Herrschaft praktiziert wurde, nach sich zog. In diesem System gab es eine genau festgelegte Dringlichkeitsliste der verschiedenen Schritte, die schließlich zu einer Umgestaltung der Bevölkerung und des Landes führen sollten. Auf dieser Liste stand die komunistische politische Erziehung an erster und die allgemeine Ausbildung an zweiter Stelle, gefolgt von der technologischen und fachlichen Ausbildung. Da der größte Teil der vom Partei- und Staatsaperat kontrollierten finanziellen Mittel auf diese vorrangigen Aufgaben verwendet wurde und die Teilnahme an den entsprechenden Veranstaltungen obligatorisch war, konnte die elementare politische Ausbildung des gesamten Volkes tatsächlich mit Erfolg vollendet werden. Das bedeutet nicht, daß jeder mit Erfolg indoktriniert wurde, wie es an Illitsch bald zu erkennen war, sondern nur, daß jeder mit der komunistischen Doktrin vertraut war. Komunisten und Nichtkomunisten hatten ohne Unterschied die Seminarkurse für marxistisch-leninistische politische Erziehung zu besuchen. Von den Bauern und ungelernten Arbeitern bis zu den Büroangestellten, von den Akrobaten bis zu den Medizinern, von den Kantinenköchen bis zu den Waschfrauen war jeder unter fünfundsechzig Jahren zur Teilnahme an den elementaren Kursen für Marxismus verpflichtet. Jeder mußte sich mit der Entwicklung der Gesellschaftsformen und der Produktionsverhältnisse - vom primitiven Urkomunismus zur Sklavenhaltergesellschaft, zur feudalen, kapitalistischen und letztlich zur sozialistischen Gesellschaft vertraut machen. Diese Elementar- oder Grundkurse wurden häufig wiederholt. Bauern und Arbeiter mittleren Alters, die nur ein paar Jahre Schulunterricht genossen hatten, mußten ein wenig über die abstrakten Begriffe des dialektischen Materialismus und der politischen Ökonomie lernen und die Broschüren, die man ihnen mit nachhause gab, durcharbeiten. Viele mußten sich in den Seminaren für Fortgeschrittene weiterbilden. Diese politische Erziehung hörte niemals auf und es gab einfach Menschen, die zwei Jahrzehnte lang den Grundkurs immer wieder, meist in jährlichem Abstand, wiederholt hatten.«[3] - Illitsch kämpfte alternativ dazu in den Bergen für George Habbasch und Vadi Haddad klärte Illitsch bei ihrer Unterredung in Beirut darüber auf, das Habbasch schon lange nicht mehr zu ihrer Organisation gehöre, den Haddad aus den Augen verlor, weil er sein Ding lieber für die eigene Kasse drehe, worüber er lieber verschwieg. - Illitsch wurde während seiner ersten Kampfeinsätze verwundet und er fühlte sich danach wie ein feuergetaufter Soldat, unterwegs in der gerechten Sache der Revolution, denn schließlich hatte er es so überlebt. Die Revolution verzichtete mit ihm auf einen weiteren Toten und übte sich so in Gnade über ihn. Dann traten sie plötzlich aus der Treppenanlage eines U-Bahnschachts in London bei regengrauer Nacht hervor und sie flüchteten, dabei eng ineinander gehakt, in ein nahe gelegenes Hotel, wo sie sich in der dortigen Bar, in der nur einige Gäste zugegen waren, die sich im Abseits von ihnen aufhielten und sich dort unabhängig von ihrem Gespräch und den dabei offenbarten Absichten unterhielten. Magdalena schenkte ihm aus einer Rotweinflasche erst einmal in das Weinglas ein, das auf der hochglanzpolierten Holzplatte des hohen Bistrotisches bereitstand und sie fragte ihn bei anheimelnder Atmosphäre - der ganze Gästeraum schimmerte im gedämpften Orange, jener Modefarbe, die das ganze Jahrzehnt bestimmte, bei allem öffentlichen Ambiente in der westlichen und der nahöstlichen Welt:

»... ich bin dabei und ich habe eine Menge hinzugelernt. Letzte

3   Paloczi-Hrovath, Kap. Fünf, S. 101, Punkt 1, ff

Woche ging es gegen Pinoche. Aber ich sah Dich nicht.«

»Mir reicht es seit langem. Seit langem mache ich ernst und ich halte mich nicht mehr auf Demos auf. Außerdem sind die Bullen hinter mir her.« - Magdalena provozierte es und sie provozierte Illitsch weiterführend, der sich eben eine Zigarette anzündete und sie fragte ihn im folgenden streng wie zynisch:

»... und wie glaubst Du, daß Du davon kommst? Bist Du erst soweit, dann suchen die Dich über Interpol.« -

»Das ist mir egal. Es gibt Länder und Regionen, in denen die Wessis nichts zu suchen haben. Die finden mich dort nie. Es ist viel zu spät für mich, mich lediglich demonstrierend und agitierend in unserem Kampf zu behaupten. So kann sich die Revolution nicht durchsetzen. Auf jeden Fall nicht mit systemgelenkten Demonstrationen, auf denen eine offene Klarlegung des Feindbildes nicht zugelassen ist! - Wenn ihr dort aufmupft, kriegt ihr von den Bullen doch eines in die Fresse. Und wenn ihr sagt, für wen und wofür ihr demonstriert, landet ihr im Knast. Und dann war es alles und alles war umsonst.«, entgegnete Illitsch; er war davon überzeugt. -

»Mit welchen Methoden, will ich wissen, willst Du der Revolution zum Sieg verhelfen?«, fragte Magdalena; sie blieb unnachgibig und sie forderte ihn messerscharf zu einer Antwort heraus. Ihr Aussehen glich gerade dem einer wilden Katze, einem Panther vieleicht ähnlich, entsprechend der Farbe ihres vollen, schulterlangen und rechts gescheitelten Haares und seine Farbe ist Schwarz.

»Allein mit den Parolen auf euren Plakaten schafft ihr es nicht!«, suchte Illitsch sie zu überzeugen, sie zumindest umzustimmen, daß ein bewaffneter Kampf gegen das Establishment ein für seine Einsichten wirksamerer sei. Sie antwortete ihm zunächst mit strengen Blicken, schwieg, suchte nach Argumenten und die Züge ihres ovalen Gesichtes verschärften sich wie die schmalen Spalte ihrer verkniffenen, schwarzen Augen und sie stand aufrecht vor ihm, als sie ihn belehrte:

»Wie willst Du das schaffen?«, hatte sie ihn wiederum gefragt.

»... welche Art von Aktionismus soll euch den Erfolg bescheren?«, erkundigte sich Magdalena bei Illitsch und sie schien es zu beabsichtigen, sein Gehirn zu waschen, seine begonnen Schritte aber negativistisch zu stärken. -

»Verpflichtende, verbindliche.«, antwortete Illitsch wie auf Bestellung. Er sah sie fest entschlossen, geradezu beschwörend an.

»Wozu?«, fragte Magdalena und man spürte etwas von Ungeduld in ihr. -

»Ich spreche von der Verpflichtung, die Revolution fortzuführen, sie durchzusetzen! Und ich erkenne kein Zurück, denn sie ist sehr erfolgreich. Schau´ doch auf die UdSSR. Siehe nach China. Es sind Milliarden, die längst auf unserer Seite stehen«, versuchte Illitsch, sie zu überzeugen.

»Revolution ...«, wiederholte Magdalena seine Worte. -

»Und dazu benötigst Du die Schutzräume des Undergrounds?«, fragte sie ihn erforschend. Sie hielt ihr Weinglas in beiden Händen ganz fest vor sich und sie vergaß es, etwas von dem Wein zu trinken, so sehr war sie in dem Gespräch vertieft, so sehr war sie innerlich geladen und gespannt, daß Funken der Begeisterung für seine Absichten jetzt zu ihm in einer positiv verstärkenden Weise hinübersprangen. - Noch gab er an:

»Der Untergrund taugt nichts für meine Absichten! Ich strebe in den bewaffneten Widerstand!«, legte Illitsch ihr seine Motive offen. Er hätte eine Gruppe gebildet, erklärte er ihr und er stieß Zigarettenqualm in den Raum aus, als wolle er etwas vorankündigen, als wolle er von kommenden Zeiten seines revolutionären Aktionismus künden und wie es dabei Feuer gäbe.

»Und ich brauche Dich dazu!«, erklärte er ihr. - Magdalena wich ihm aus.

»Illitsch! Daraus wird nichts werden. Ich glaube nicht daran, daß der Kapitalismus auf diese Weise und mit den Methoden einer Guerilla zu bekämpfen ist. Du verfängst Dich dabei in einer Art Landser-Romantik, die noch niemals zu durchgreifenden politischen Erfolgen geführt hat. Das wird scheitern und es scheitert an der Übermacht der imperialistischen Weltmächte und deren unschlagbaren Waffentechnologien.«, desillusionierte sie ihn. Um ihre Augenpartien herum hatte sich ein Schimmer ihres Hasses ausgeweitet. - Illitsch respektierte zwar ihre Absage und er fragte sie fast unter Bedauern:

»... vom Nichts-Tun wirst Du mit Deinen Absichten auch nicht weit kommen?«

»Meinst Du wirklich von mir, daß ich keinen Kampf aufgenommen hätte, daß ich untätig sei?« konterte sie. - Illitsch forderte sie weiterhin nur heraus:

»... aber nur diskutierend und Du schwelgst bei linken Thematiken. Du verstrickst Dich in einer revolutionären Kaffeehaus-Romantik. Das ist viel schlimmer, weil es dekadent ist.« - Er beäugte sie kritisch und er wiederholte:

»... in den Kaffeehäusern willst Du der Revolution zu ihrem Sieg verhelfen? - Hm? - Entspricht das Deinem politischen Ernst und Deinen politischen Absichten, ja...?«, provozierte er sie weiterführend ...

»... wie kannst Du die Massengräber ignorieren, in denen unsere Genossen aus Latein-Amerika zuhauf gelandet sind. Die wollten kämpfen. Viele von denen starben im aktiven Kampf. - Mit Worten allein schaffst Du keine wirkliche Solidarität und schon gar keine wirkliche Veränderung herbei.«, war sein Einwandt, den er nicht gelten lassen wollte. -

»Du! Ich war dabei und habe alles mit angesehen? Wie kannst Du mich nicht ernstnehmen wollen?«, fragte er sie dann. Sie versuchte ihn zu rütteln, beugte sich über den Tisch hinweg, streckte sich leicht an ihn heran und sie konterte scharf:

»... nun höre aber bitte auf! Da stimmen die Proportionen nicht. Die Massen stehen auf Seiten des Kapitalismus und stellen sich gegen Dich!«, antwortete sie.

»Das ist Dein Glaube!«, entgegnete Illitsch; fast keiften die Beiden im weiteren Verlauf ihrer Diskussion. -

»... nein, kein Glaube, sondern tiefe Überzeugung - eigentlich feststehendes Wissen ...«, widersprach Magdalena -

»... natürlich ...«, beargwöhnte Illitsch ihren Unwillen, ihm beizupflichten:

»... betrachte doch das Schicksal Ches!«, verlangte sie. -

»... was ist aus dem geworden?«, fragte sie und er schien beinahe zu resignieren, war durchaus wissend um das Schicksal seines großen, komunistischen Idols. -

»... und der war ein wirklicher Soldat, ein echter Krieger!«, wies sie darauf hin. -

»Es ist zwecklos gegen die Rechten in Süd-Amerika zu kämpfen, wie Che es eben tat?«, konterte Illitsch. -

»... die Rechte gehört vernichtet! - Glaubst Du im Ernst, die sei unabhängig von den Amis?« -

»Wir alle werden von den Amis fremdbestimmt; wir alle! - Aber wir können die Amis nicht besiegen, weil der Imperialismus weiter bestehen bleibt. Dann hoffe ich auf unseren Kampf auf internationalem Parkett und überall auf der Welt kämpfen unsere Genossen zur gleichen Zeit aber niemals an der selben Front. Die Amis sind in Vietnam sowas von `rausgeflogen, sind sowas von gedemütigt worden. Wie kannst Du das außer Acht lassen und glauben, unser bewaffneter Kampf sei ohne Chancen?«, versetzte er sie scharf. Zugleich wollte er sie ermutigen:

»Wir haben die in den Boden gestampft.«, und er erinnerte Magdalena an Kampferfolge der Roten Khmer unter der komunistischen Führung Ho Chi Mins. - Illitsch dachte kurz nach. Dann sagte er noch:

»Na, komm! - .... also erzähle mir nicht, die Stärke des Feindes sei übergroß! Das ist nicht wahr!«, setzte er sich in seiner Argumentation über sie hinweg. Magdalena sah kritisch und ihn dabei abweisend auf die Oberfläche des Tisches hinab, hielt ihr Weinglas zu einem nippenden Schluck Wein daraus vor ihren Augen bereit. - Aber sie verharrte, schwieg nachdenklich, während Illitsch weiterhin auf sie einredete:

»... und wenn wir so weitermachen, den bewaffneten Kampf unerschütterlich fortsetzen, kommen wir zu Ruhm.«, erklärte er ihr abschließend. - Magdalena empörte sich darüber:

»... ist es das, was Du willst? Du willst zur Berühmtheit aufsteigen? Standing Ovationens ereifern, ja?«, fragte sie ihn ärgerlich. Illitsch trotzte ihr aber sie fügte an:

»... Du bist doch auch nur ein mediengeiler, besessener Zyniker.«, fluchte sie. Illitsch wartete für einen Moment mit seiner Antwort:

»... mir geht es um Ruhm der zur Verehrung führt. Nicht um Presserummel zionistischer Meinungsmacher um meine Person. Das stimmt nicht, was Du mir unterstellst.« -

»... ich will nur meine Pflichten erfüllen. - Es ist mir meiner Genugtuung ausreichend!«, machte er ihr klar. Magdalena wollte es nicht glauben und ihr Gesicht zeugte von Zorn ...

»... von einer stillen Genugtuung spreche ich; hast Du gehört. Nur darum geht es mir.«, bestärkte Illitsch sich in seinen Motiven, noch bevor er Magdalena zu antworten gestattete. -

»... und Du mußt von mir wissen, daß hinter jedem Schuß, den ich abfeuere, ein Gedanke steht, der meine Absicht erklärt und dabei habe ich keine Gewissensbisse. Weil die Revolution von mir diesen Kampf erwartet wie sie es eigentlich von uns allen verlangt, die sich ihr verschrieben haben - hörst Du?« -

»Lydia!«, so nannte er Magdalena bei ihrem Namen, den er jetzt nicht anders kennen wollte und kaum glaubte er an ein falsches Spiel, das Magdalena mit ihm triebe. Die Genossinnen sehen sich alle untereinander gleich. -

»... und Du hältst so etwas für eitel und überheblich? - Ja, Herr Gott, dann bin ich überheblich! Überheblich für die Unschuldigen aus der Klasse der Ausgebeuteten, der Arbeiter und Bauern überall in der Welt! - Dafür werde ich noch viel Gerede über mich bringen lassen. Und mein Name steht schon längst in den Gazetten.« -

»... außerdem mußt Du es wissen!«, fuhr er mit seiner Rede fort, während Magdalena nur schweigend und innerlich rebellierend bei ihm stand. -

»Ich bin Carlos!«

In der UdSSR wurden die Seminare für Parteimitglieder und für die Mehrheit der Nichtmitglieder getrennt durchgeführt und fanden einmal wöchentlich an den jeweiligen Arbeitsplätzen statt. Auch an den Diskussionen mußte jeder einzelne teilnehmen. Hinzu kamen für die Komunisten die ebenfalls obligatorischen Versammlungen ihrer Parteizellen, für die Nichtkomunisten die lokalen Gewerkschaftsgruppen. Wer innerhalb des sowjetischen Machtbereichs nicht wenigstens einmal wöchentlich an einer kurzen, das heißt etwa zweistündigen Diskusionssitzung nach der Arbeit und zumindest einmal monatlich an einer langen Sitzung (die sich über fünf bis acht Stunden erstreckte) teilnahm, durfte als krasser Ausnahmefall gelten. Sich nicht an der Diskussion zu beteiligen, war gefährlich; und deshalb strengte jeder einzelne sich an. Das war nicht alles. Morgens hatten sich alle ein wenig früher an ihrem Arbeitsplatz einzufinden, um in Gruppen von zehn bis zwanzig Personen an der regelmäßigen, etwa fünfzehn Minuten währenden Diskussion über die Nachrichten und Standpunkte, die in der Parteizeitung desselben Morgens enthalten waren, teilnehmen zu können. In solchen Versammlungen gewöhnten sich die Menschen daran, die inneren und internationalen Entwicklungen im Sinne der herrschenden Parteilinie zu debattieren. Unwissen über die häufig wechselnde Parteilinie in diesen Angelegenheiten zog unverzüglich einen Verweis des Gruppenleiters nach sich und konnte unerfreuliche Auswirkungen haben. Das Vertrautsein mit den innen- und außenpolitischen Verhältnissen und die Fähigkeit, in den Seminaren und auf den zahllosen Versammlungen im Prawda-Russisch darüber zu reden, gingen allen, die noch nicht fünfundsechzig Jahre alt waren, in Fleisch und Blut über. Auch was ihr Programm für die allgemeine Ausbildung angeht, waren die UdSSR und die Satellitenstaaten äußerst erfolgreich. Das Analphabetentum wurde ausgemerzt, und das leninistische Modell nötigte jedem eine Art kultivierter Existenz auf. Der Mangel an Vergnügungsstätten, die Eintönigkeit und die Armut des Lebens im allgemeinen ließen eine riesige Anzahl von Menschen, die unter normalen Umständen nur sehr wenig gelesen hätten, zu eifrigen Lesern werden. Da aber die offiziell geförderte zeitgenössische Literatur zum großen Teil langweilig war, und nicht selten als reiner Hohn empfunden wurde, wandte man sich den Klassikern zu. Zigmillionen von Russen griffen nun zu den großartigen klassischen Werken ihrer Literatur. Die gleiche Situation herrschte in den Satellitenstaaten, wo die nationalen und die russischen Klassiker zusammen mit denen des Westens gelesen wurden. Kurz, der unvorstellbare politische Druck und die bildungsorientierte Politik der Regierungen steigerten die Fähigkeiten und weckten die schlummernden geistigen Kräfte der Erwachsenen, indem sie diese zu Studenten auf Lebenszeit machte.«[4] - Carlos war dieser Aussicht

4   Paloczi-Hrovath, Kap. Fünf, Punkt 1, S. 102 ff.

entflohen und er war ein entgültiger Aussteiger hiervon, als er nach der Aussprache mit Lydia und jetzt nur momentan als Alleintäter unterwegs, in einer kleinen, braunen Herren-Ledertasche bei seinem dabei zur Außenseite seiner Hand hin gespreiztem kleinen Finger während eines filegranen Zugriffs seiner kräftigen Hand den Reißverschluß aufzog und in das Innere der Tasche griff, darin an einem Schalter hantierte, der bald danach eine Detonation auslösen sollte. Er befand sich noch in seinem momentanen Wohnort in London und er wandete sich dafür im britischen Chique, trug hierzu einen beinlangen, blauen Schurwoll-Herrenmantel und darunter einen eleganten Anzug. Er sah dann aus wie ein eleganter Herr, der niemandem etwas antäte und aus seiner Manteltasche ragte der Kopf einer renoumierten Tageszeitung hervor, deren Anzeigenseite er vieleicht mit neuen Nachrichten über sich selbst füttern wollte, weil ihn ihre älteren Inhalte über seinen Kampf bitter aufstießen, die er in ihrer Kritik für überflüssig und somit für sanktionsbedürftig hielt. »All das intensivierte jene anderen, wichtigeren Kräfte, welche eine erwachsene Bevölkerung einen ungewöhnlichen Grad geistig-emotionaler Reife erreichen lassen. Es ist eine Binsenwahrheit, daß gefährliche Herausforderungen einige der dem Menschen innewohnenden Eigenschaften zur Entfaltung bringen; und zweifellos stellte der fatale Terror des stalinistischen Polizeistaates das äußerste Extrem einer solchen gefährlichen Herausforderung dar.[5] Vieleicht hatte das System Carlos so ausgebildet; aber warum hat es ihn dann verbannt? Warum handelt er mit absoluter Eigenmacht oder tut er es vieleicht gar nicht, denn es bleibt fragwürdig, woher er über den Sprengstoff verfügte, den er eben scharf gemacht hatte? - Wer bezahlte ihm seine Auslandsaufenthalte? - Oder vieleicht doch? - vermochte er selbst nur gehofft haben. - Er kam bei seiner Sache sehr schnell in Bewegung, öffnete eben nur rasch wie möglichst unauffällig die elegante Glastür des Verlegerhauses, welches im Parterre direkt am Bürgersteig gelegen, den er entlangging, dessen Tür also, die Carlos sachte und möglichst unauffällig sehr rasch und nur einen Spalt weit öffnete, wonach er leise und somit fast unhörbar die eben geschärfte Herrentasche in den Vorraum des Verlagsgebäudes hineinwarf, wonach er schnell das Weite suchte, rasch den Bürgersteig entlang schritt und erwartungsvoll sowie außer Reichweite gelangt, den Big Bang auf seinem weiterführenden Wege nur abwartete. - Plötzlich zerbarsten die Fenster zwischen den noblen Mamorpfeilern des mehrgeschössigen Geschäftshauses und Carlos erschrak nur kaum, als der Knall so scheinbar unerwartet zu hören war und

---

5   ebd., S. 103

eine Druckwelle Staub auf dem eleganten und von anderen Menschen jetzt nur schwach frequentierten Bürgersteig hinausschleuderte. - Auch hierbei blieb er unerkannt und er war sich jetzt nicht sicher, ob er sein menschliches Ziel auch wirklich und auf diese mörderische Art und Weise angetroffen hatte. Aber ein Mensch wird schon etwas von seinem Terror abbekommen haben. - »Ein Leben unter einem brutalen bürokratischen Despotismus steigert also die geistige Reife der Menschen, wenn auch nicht unbedingt ihren moralischen Charakter. Wurde auf einer Kolchose, in einer Fabrik oder in einem Büro ein Mitbürger von der Geheimpolizei aufgrund irgendeiner völlig haltlosen und lächerlichen Beschuldigung als ein imperialistischer Saboteur oder trotzkistischer Verräter der Parteilinie verhaftet, so mußte zwar jeder, der ihn kannte, ihn auf der nächsten Versammlung in angemessener Prawda-Sprache denunzieren. Doch diese ewigen öffentlichen Denunziationen von Freunden oder Kollegen nimmt jeder hin als das, was sie in Wahrheit sind: zeremonielle Gesten, die man nicht umgehen kann, wenn man den eigenen Kopf retten will. Sobald es jedoch möglich ist, ohne Gefahr gegen die verhaßten und verachteten Behörden zusammenzuhalten, sind die Menschen bereit, es zu tun.«[6]- Carlos´ Komplizen nennen sich in Frankfurt die Revolutionären Zellen und in West-Berlin die Bewegung 2. Juni, welche sich in ihrer personellen Besetzung nur kaum von den west-berliner Tupamaros abgrenzen ließen, einer Terrorzelle, die ihren Ursprung in München gefunden hatte und man wußte sich leicht zu verständigen, weil es doch nur ein kleiner Personenkreis war, der es mit dieser Art des politischen Wettstreites so ernst nahm. Längst schoben sie sich auf internationalem Parkett Waffen, Sprengstoffe und Munition untereinander zu. Ihm war es, als wäre ihm dabei eben einer abgegangen. Er hatte sich schon bald danach in die Badewanne gelegt und allen Schmutz seines Tages von sich abwaschen wollen. Nebenbei hatte er das Radio laufen, als die Nachricht über einen weiteren seiner Anschläge über den Äther ging und wieder hatte es einen jüdischen Mitbürger tatsächlich tödlich erwischt, wie er es so mitgeteilt bekommen hatte, jenen feindlichen Mann, der scheinbar negativ über die komunistischen Bewegungen in West-Europa berichterstattete. Aber Carlos hatte sich in seinem Bekanntenkreis längst den Vorwurf gefallen lassen müssen, er buhle völlig mediengeil um öffentliche Aufmerksamkeit und sehr leicht würde ihm dann sein Opfer egal; hauptsache sein Name war genannt und eigentlich gelänge ihm nur das. So mochte er sich gefallen, als er in der Hitze des Tages der Wanne entstiegen und splitternackt in seinem

6   ebnd.

schattigen Zimmer vor den Spiegel trat, sich darin besah, dabei selbstkritisch wie -verliebt seine Brust massierte, sein Geschlecht massierte und sich selbst sehr ansehnlich empfand. - »Die sehr lange Arbeitszeit, die endlosen Versammlungen nach der Arbeit, die vielen freiwilligen Betätigungen und all die anderen Existenzschwierigkeiten härten einen Menschen ab.«[7] So auch ihn. »Mögen sie auch, ihrem äußeren und augenfälligen Verhalten nach, völlig versklavt und apathisch erscheinen - die meisten von ihnen sehnen sich nach einer Situation, in der sie gegen jene etwas unternehmen können. Dieses gewaltige Reservoir eines potentiellen Widerstandes wird allein durch die tödliche Bedrohung gebändigt. Sobald aber der Terror aufhört oder nachläßt, beginnt der Druck der reifen, politisch wachsamen Bevölkerung zu wachsen und in allen Bereichen des staatlichen Lebens seine Wirksamkeit zu entfalten.«[8] Schon deshalb haute Carlos aus England lieber schnell ab. - Er hatte sich auf den Weg zu seiner Maschine zum Flughafen mit seinem Reiseziel nach Beirut aufgemacht gehabt und er beabsichtigte, Vadi Haddad inbälde und aufs Neue zu konsultieren, wonach Dieter zur nächtlichen Stunde ein weites Stück seiner Strecke zurückgelegt hatte, gerade den kleinen Ort erreichte, durch den die Straße einsam führt und die These vom staatlichen Terror hatte ihn im vergangenen Jahr bloß deshalb interessiert, weil in Stammheim drei verurteilte Deutsche Terroristen Selbstmord begingen, nach dem eine Flugzeugentführung schiefgegangen war, wobei die terroristischen Entführer von einer neu gebildeten Spezialeinheit überwältigt und rücksichtslos wie vorsätzlich getötet wurden. So zumindest war es verlautbart. Auch er empfand sich wie ein Stück Freiwild auf einer bundesdeutschen Straße unterwegs; die Anstrengungen hierbei, in die Pedale zu treten, hatten ihn sehr belastet und der Deutsche Herbst war ihm dabei ganz egal geworden; die Möglichkeit einer Verunfallung blieb ihm gerade wegen seines angetrunkenen Zustandes immer noch ganz real für möglich gehalten aber jetzt fuhren keine Autos mehr dieser Straße entlang und so war es sehr unwahrscheinlich, daß ihm etwas paßieren könne. Er empfand es als einen Glücksfall für sich, quälte sich im Schein der Straßenleuchten, die noch nicht automatisch abgestellt hatten, weiter voran und träumte lediglich von dem baldigen Erreichen seines Bettes, damit er endlich ausschlafen konnte. Morgen früh erwartete ihn der erste Tag einer neuen Zeit als ausgelernter Gärtner, weiterhin beschäftigt, in seinem Lehrbetrieb.

---

7   ebnd.
8   ebnd.

Monsineure X war einem Taxi entstiegen, welches ihn vor dem Haupteingang des Flughafengebäudes an einer belebten Straße entließ. Er paßierte die Paßkontrolle, ferner die Gepäckkontrolle, wo sein diplomatischer Aktenkoffer von einem Beamten in Uniform unerwartet zur Untersuchung geöffnet wurde, in dem sich allerhand Akten in unterschiedlichem Einband befanden; darunter ein ganzer Stapel von Pässen, was ihm Ärger einbringen konnte. Der Beamte nahm sich interessiert wie kritisch den ganzen Stapel mit den Pässen heraus und blätterte in ihnen. Sein Mißtrauen war sicherlich nicht unberechtigt. Monsieur X war deshalb abgeführt worden und in einem hellen Büroraum auf einer der Etagen des Flughafengebäudes wurde er bald von zwei Männern vernommen. -

»Sie kommen aus dem Libanon. Halten Sie sich regelmäßig in Europa auf?«, fragte ihn der schwarz-haarige Mann mittleren Alters, der am Schreibtisch saß, neben sich einen weiteren Kollegen stehen hatte, der Monsieur X neugierig wie mißtrauisch beäugte, während der vor der längsseits des Fensters bis zur Hälfte mit einer Gallosie zugezogenen, verglasten Außenwand auf einem Stuhl dasaß und dem Beamten Rede und Antwort stehen sollte.

»... hin und wider. Ich bin ein Warenhändler. Ich handele mit orientalischen Gewürzen.«, antwortete er selbstbewußt. - Der andere Beamte ging dazwischen:

»Vadi Haddad aber nicht dergleichen? Und Sie sind mit ihm bekannt. Sie sind mit ihm im Geschäft! Aber Ihre Handelsware ist hier nicht orientalischer Kümmel. Die Körner, die Sie mit Haddad umschlagen, haben eine Kugelform und ihr Material ist bleiern!« -

»Ich arbeite nicht für Haddad. Darin irren Sie gewaltig, sollten Sie das glauben.«, beharrte Monsieur X. -

»Wie können wir Ihnen das glauben?«, fragte der Beamte. -

»... nur eine Art Makler! Da gab es in der Vergangenheit wohl `mal eine flüchtige Begegnung. Aber es ging uns dabei nicht um Geschäftemacherei.«, beteuerte Monsieur X. -

»Ein Makler?«, fragte der Beamte am Schreibtisch sitzend und er glaubte, nicht richtig zu hören.

»Für welche Art von Objekten, wenn nicht für Waffen?«, bohrte er weiter nach einer Bestätigung seines Verdachtes. -

»Nein, Sie verstehen mich falsch. Ich bin ein Mittelsmann Novedins!«, lenkte Monsieur X ihn ab.

»Ich handele dann in Verabredung mit ihm und vermittle nur dessen Verlangen. « -

»Und wer ist Novedin?«, wollte der stehende Beamte von ihm wissen.

»Er ist der führende Kopf der PFLP in Europa!«, hatte Monsieur X sich eine Antwort überlegt. Den Beamten machte es wütend:

»Novedin? - Und weiter?« -

»Man tauscht in dieser Branche keine Daten untereinander aus. Und das aus gutem Grund, wie man es jetzt sieht.«, antwortete Monsieur X. -

»Außerdem kenne ich nur sein Synonym. Ich bin also nicht bereit, mich mit Mördern einzulassen, deren Handlanger ich am Ende spiele! Deshalb stelle ich keine indiskreten Fragen, komme ich in einen Kontakt mit mir verdächtigen Personen, so wie Novedin. - Es war auch belanglos. Es ist eine gewisse Zeit lang her, daß ich ihn sprach.« - Der bärtige Beamte, der bis eben am Schreibtisch saß, hatte sich jetzt warnend erhoben. Er überlegte etwas, schritt dabei langsam auf Monsineure X zu, ging aber an ihm vorbei, zur linken Querwand hin und er stützte sich mit dem Gesäß an einem mittelhohen Regal, das dort stand, woran er sich lehnte:

»Sie trafen sich mit ihm. War das der Grund Ihres Erscheinens in Europa?«, fragte er von dort aus. - Monsieur X überlegte sich mit trüben Augen eine Antwort. -

»Nein. Er war das letztemal, nach dem er mich bestellte, bereits tot, als ich ankam.«, beharrte er. -

»Aber er lud mich kurz vor seinem Tod ein, wie gesagt. Er hätte etwas sehr wichtiges mit mir zu klären gehabt.«, gab Monsieur X preis.

» Sie bekamen also Geld von ihm. Er honorierte Sie?«, fragte ihn der Glatte, der an der rechten Schreibtischseite verharrende Beamte. Prompt richtete sich dieser gerade auf, ging fest entschlossen auf Monsieur X zu und er holte zu einer Backpfeife aus, die den arabischen Rechtsanwalt aus Europa heftig auf der linken Wange seines smarten Gesichtes traf, so daß es klatschte, so daß sie saß. -

»Ich habe Sie etwas gefragt!«, setzte der Glatte barsch nach. - Auch der Bärtige erhob sich vor Monsieur X und schlug ihm mit Nachdruck ebenfalls sehr heftig ins Gesicht, so daß es den kleinwüchsigen Mann vom Stuhl riß. Mit haßerfüllten Blicken suchte der davon am Boden liegende nach einer Antwort:

»Ich habe Ihnen alles gesagt. Aber ich unterstütze hauptsächlich die Sache der Palästinenser und dafür bekomme ich nichts.« -

»Nach dem Tode Stalins im März 1953 veranlaßte die Angst um das eigene Leben seine Erben dazu, dem eventuellen nächsten Diktator von vornherein das Recht zu bestreiten, irgendeinen ihres Ranges hinrichten zu lassen. Deshalb und aus dem Wunsch heraus, die Bevölkerung zu beschwichtigen, gebot man den Ausschreitungen

26

der Geheimpolizei Einhalt. Die nachstalinistische Führung erließ sofort eine weitreichende Amnestie; sie versprach eine sozialistische Rechtsstaatlichkeit, ließ die Spitze des riesigen Geheimpolizeiaperates wegen Erpressung falscher Geständnisse durch Folterung und wegen Hinrichtung und Einkerkerung unschuldiger Menschen verhaften. Und schließlich leitete sie die Rehabilitation für die Millionen noch lebender Opfer der Stalin-Ära ein. Einige von diesen wurden für unschuldig erklärt, nachdem sie fünfzehn oder sogar siebzehn Jahre im Kerker zugebracht hatten.«[9] - Auch aus dem Wissen dieses Hintergrundes heraus hatte Carlos keine Skrupel, Anselma bewaffnet aufzusuchen, die seinem näheren Bekanntenkreis zuzurechnen, dabei von der Polizei durchaus dem harten Kern seiner Gruppe zuzuordnen gewesen ist, die ihren Aktionismus im Auftrage Carlos´ aber bisher nur darin zugemessen bekam, ihm Unterkunft sowie -schlupf zu gewähren, damit er unentdeckt bleibt und sie hatte ihm Beischlaf zu gewähren. - Er machte sie dazu auf seine Weise scharf. In der iberischen Atmosphäre ihres Wohnzimmers hatte er ihr eine Handgranate - eine Attrappe, wie er sie zum Vorzeigen seiner Rekruten und Rekrutinen benötigt? - an ihren Schoß gehalten, während vom Plattenspieler eine romantische, spanische Musik plätscherte, die sie beide stimulierte, in die er sich einschwang, während er sich von hinten über sie gebeugt hielt, die Granate langsam über ihr grünweiß und dabei irgendwie indianisch gemustertes Kleid hinwegzog, im Einklang mit der Spannung des Gesanges aus der Konserve den Abzugsring der Granate an ihren Mund führte und sie aufforderte, ihn zwischen ihre Zähne zu nehmen. Er beschwor sie. - Unvermittelt zog er den Abzugsring der Handgranate aus ihrem Mund, was sie mitmachte, blind erahnend, worauf sie gewartet hatte, weshalb sie ihn schnell genug öffnete, bei diesem heißen Sexspiel, welches zu weiterem führte. Er baute sie auf. Flüsterte während seiner gefährlichen Näherungen:

»Es geht uns dann auch noch um Rolf. Der Mossad will ihn töten lassen und er bezahlt uns gut, wenn wir die Sache richtig angehen. Es ist wegen München. Und im Libanon fällt er nach seiner Flucht außerdem nur dumm auf. Er lebt zu protzig und er killt auf Verlangen und gegen eine üppige Bezahlung. Das haben die Juden nicht lieb; das weißt Du auch genau.«

»... die Tötung eines Menschen verlangt Präzision!«, sagte er dann. - Dann machte er sie doch für seine Zwecke heiß, wenn er sie fragte:

»... oder hat man es Dir in Venezuela noch nicht gezeigt? - Aber Du sollst hierbei nicht töten. Ich brauche Dich nur als Lockvogel.

---

9   vgl. Horvath, Kapitel Fünf, Punkt 2., S. 104 ff

Also halte Dich bereit!«

Monsieur X war zurück in seiner Pariser Wohnung. Er ließ sich, seiner Gewohnheit gemäß, mit einem Taxi vorfahren und tat dabei so, als wäre ihm zuvor nichts besonderes geschehen. Der Fahrer war zuvorkommend. Der hatte ihm sein Gepäck aus dem Kofferraum des weinroten Mercedes´ herausgehoben und es seinem Fahrgast ausgehändigt. Monsieur X bezahlte ihn gleich. - Gerade war er in der Tür hinter den vier Säulen vor dem Hauseingang verschwunden, als ein Fahrzeug mit zwei Männern darin auf der gegenüberliegenden Straßenseite in der nächtlichen Atmosphäre zur vorgerückten Stunde und nur unweit zu dem noch nicht weitergefahrenen Taxi stehen blieb. Der Fahrer darin rauchte, hatte eben den Motor abgestellt und die Augen beider Insassen des Fahrzeuges folgten Monsineure X, während der im Eingang des schräg gegenüberliegenden Hauses verschwandt. -

Er hatte sofort geduscht, kaum daß er seine Wohnung betreten hatte. Hatte den Schweiß von seiner anstrengenden und sogar ereignisreichen wenn auch nur knappen Reise, während der er von Polizisten übel mißhandelt wurde, von seinem drahtigen Körper gespült. Gerade hatte er sich ein Handtuch genommen, sich damit abgetrocknet. Er steckte sich dann genußvoll eine weitere Zigarette an, während er dabei an das Fenster zur Straßenseite herantrat und nach unten auf die Straße blickte. Es war sehr wahrscheinlich, daß man ihn weiterhin observierte. Unten sah er den PKW mit den beiden Männern darin am Seitenstreifen stehen, die er mißtrauisch beäugte. Er wollte es nicht ausschließen. Aber niemand suchte ihn in seiner Wohnung auf. - Er konnte unbehelligt die Nacht durchschlafen. Am frühen Morgen machte er sich in Hinterhöfen durch Gassen hinweg zu Carlos auf den Weg, von dem er wußte, daß der ebenfalls in Paris weilte. Monsieur X klingelte, nicht sehr intensiv und hektisch dabei, an der Tür zur Wohnung der Venezuelanerin. Aber es öffnete ihm Carlos.

»... komm, komm ...! - ... bitte!«, schickte Carlos Anselma fort. Ihr mißhagte es; sie verstand aber die Signale ihres Geliebten und sie gehorchte ihm prompt. - Monsineure X hatte während dessen abgewartet, dann in einem der Sessel platzgenommen und hielt sich zur Unterredung bereit, für die er Carlos hauptsächlich aufgesucht hatte. Der Schakal war ärgerlich geworden:

»Kein Mensch hat Dir gesagt, daß Du Dich erwischen lassen sollst. Hoffentlich hast Du nicht geplaudert. Es würde Dir nicht gut bekommen!«, beschimpfte er Monsieur X, wobei er vor ihm stehend sprach und er versuchte, ihn wenigstens einzuschüchtern. -

»Ich setzte nichts auf´s Spiel..«, widersprach Monsieur X.

»Wie kommst Du dazu, das zu glauben?« - Carlos mißtraute ihm. - Monsieur X suchte nach paßenden Antworten:

»Die hatten mich schon erwischt, als ich noch nicht einmal an der Gangway stand. Gleich bei der Gepäckkontrolle nahmen die mich hops.«, gestand er dann. - Carlos verharrte über diese Nachricht. -

»Wie das?«, fragte er. -

»Keine Ahnung.«, antwortete Monsieur X. Es deprimierte ihn sichtlich. Er antwortete dann ausweichend wie weiterführend:

»... der Mossad.«, sagte er läppisch wie unsicher. -

»... der hängt auch an mir d´ran. Über einen Mittelsmann, der mich kürzlich in der U-Bahn anstieß. Er bat mich zu einem daran anschließenden Gespräch in ein Kaffee!«, erboste sich Carlos. Ihm machte es angst.

»Du glaubst, der Mossad hätte Dich enttarnt?«, forschte er erschrocken. - Monsieure X griff zu seiner Zigarettenschachtel, öffnete sie und zog sich eine Filterzigarette aus ihr heraus. -

»Darum ging es nicht. Er erfragte einen Auftrag, den ich für ihn erledigen soll. Aber noch sind es ungelegte Eier. Und ich bekämpfe nur ungern eigene Genossen. Aber wenn sie mich verraten, wenn sie unsere Sache verraten, garantiere ich für nichts. Ich soll Rolf für den Mossad aufspüren und ihn ausliefern. Der hängt doch auch im Libanon?«, fragte Carlos streng wie skeptisch. - Monsieur X überlegte sich seine Antwort, während er ein Zündholz über die Reibefläche des flachen Streichholzpäckchens zog und entzündete sich zuerst seine Zigarette, die er im Munde stecken hatte, bevor er weiteredete.

»Ich redete mich heraus. Ich sei nur ein Bote, bog ich denen bei. Und euren Rolf kenne ich nur kaum. Und natürlich liefere ich nicht aus.«, gab er dann dem Schakal zur Auskunft. -

»Und das nahmen die Dir ab?«, vermutete Carlos. Er zweifelte. -

»Sie haben nichts gegen mich in den Händen. Nur falsche Pässe, die sie dummer Weise bei mir fanden. Das war alles.«, beschwichtigte Monsieur X.

»Und die Papiere für mich?«, fragte Carlos und er wirkte autoritär dabei wie weiterhin skeptisch. -

»Die habe ich dabei.«, sagte Monsieur X. -

»Wir müssen sie verstecken, damit sie nicht in falsche Hände geraten.«, ordnete er an.

»Dich halten die erst einmal 'raus, wenn die mit Aufträgen an Dich herantraten. Dann mach´ Du dieses hier auch!« - Carlos nahm den von Monsieur X mitgeführten Aktenkoffer an sich, stellte ihn rechts neben sich an den Sessel, auf dem er saß.

»Ich kann es gut unterbringen. Ich lasse es in einem Fach

verschließen.«, sagte er dann. - Monsieur X überlegte etwas, sagte:
»Und ich verwische die Spuren, die zu Dir führen. Weder in Genf noch in London werden sie uns verfolgen, weil sie ahnungslos bleiben.« - Die beiden Männer, die bereits am Vorabend vor Monsieur X' Wohnung parkten, standen auch in diesen Momenten der Begegnung oben aber diesmal vor Anselmas Wohnung, welche die beiden - Carlos, mit dem Aktenkoffer in seiner Hand, der ihm gerade übergeben war, sowie Monsieur X - eben gemeinsam verließen. Der Beifahrer des sie observierenden Fahnderteams nutzte die Gelegenheit - machte von ihrem Verschwinden einige Fotos.

Einige Zeit später traf sich Carlos mit Lydia auf einer Parkbank in der Nähe des Eifelturmes. Sie hatten es gelernt, wichtige Gespräche besser unter freiem Himmel zu führen, weil sie sich dort weitestgehend abhörsicher fühlten. Ein alter Trick von Menschen, die den Geheimdiensten interessant sind. Sie nahmen bei gräulichem aber trockenem Wetter und bei herbstlicher Stimmung auf der Bank platz. Schon auf dem Weg dorthin sagte Carlos, der den ihm von Monsieur X ausgehändigten Koffer bei sich trug, zu ihr:

»Der Kerl ist nicht aufzuspüren.« - Es besorgte ihn.

»Dann ist er zurück in den Libanon?«, vermutete Lydia.

»Nein!«, antwortete Carlos kurz und sich seiner Annahme ganz sicher. -

»Er hat nur Schiß.«, sagte er. - Das dünne Geäst der Alleebäume entlang des Weges hinauf zum Eifelturm hatte seine Blätter bereits verloren. - Es wirkte winterlich.

»Oder er tauchte irgendwo unter.«, spekulierte Lydia. -

»Nein. So dumm wird er nicht sein.«, entgegnete Carlos. -

»Dieses Arschloch. Er wird immer eigensinniger und weicht ab.«, galt seine Schelte Monsieur X.

»... glaub´ nicht so `was!«, verlangte Lydia.

»... glaub´ ich aber.«, wies Carlos sie streng zurecht. - Sie trug ein blau-graues mit in sich abwechselnden roten Streifen darin, eines von duftigem Chiffon aber es war in seiner ganzen Eleganz ein nicht sommerlich sondern hauptsächlich in den Farben gelegenes, herbstlich wirkendes Kleid, welches sich jetzt harmonisch wie elegant in die Umgebung fügte, in der links neben ihnen ein figürlich geschnittener, nicht gerade kleiner Buchsbaum den kleinen Platz mit der Bank darauf zu seiner Linken hin begrenzte, wo hinter ihnen eine kahle, nicht sehr hohe Hecke für Rückendeckung sorgte, was ihnen jetzt behagte.

»Der steigt aus!«, schimpfte Carlos trotz dessen, wobei Lydia ihm widersprach:

»... bisher hattest Du nichts gegen ihn einzuwenden!«, sagte sie zu ihm.

»Nein! - Ich war so dumm! Ich hatte von Anfang an nicht an ihn geglaubt.«, antwortete Carlos ihr in einer vieleicht nicht unberechtigten Sorge.

»Der Typ ist saugefährlich. Das glaube ich schon lange von diesem Hund.«, warnte er. - Mächte seiner Gewohnheiten zwangen ihn, sich jetzt eine Zigarette anzünden zu müssen. Lydia, die eigentlich Magdalena war, woran Carlos aber nur bedingt glaubte, beäugte ihn kritisch.

Er hatte sich dann telefonisch vereinbart und Boni wie auch Angle waren ihm alsbald nach dem Treffen mit Lydia sehr hilfreich. Sie hatten gerade eine Holzkiste bestückt und hievten sie eben in den Kofferraum eines Mercedes´, den Carlos ihnen mit einem Schlüssel, den er bei sich trug, geöffnet hatte.

»Wir sind mit Sicherheit schon heute Abend in Frankfurt. Ich habe keine Zweifel daran, daß wir mit den Waffen im Kofferraum unentdeckt bleiben. Wir kennen da gute, sichere Wege hin.«, versicherte Boni Carlos, als Angle soeben mit dem frisch beladenen Fahrzeug davonfuhr. -

»Das ist die Bedingung.«, akzeptierte Carlos, der Boni einen Fahrzeugschlüssel aushändigte und ihm dabei mitteilte:

»... Du bist den Bullen nicht bekannt. Such´ Monsieur X auf und lasse Dir alles an Waffen herausgeben, was er Dir zu bieten hat. Und in Deutschland kannst Du es irgendwo sicher verstekken. - Geht das in Ordnung? - Sollte etwas nicht klappen, nimmst Du den!«, erklärte Carlos ihm und er hatte ihm einen gefälschten deutschen Reisepaß ausgehändigt, den Boni entgegennahm und den er sogleich sorgsam prüfte, als er darin blätterte. Er nickte zufrieden, während beide in Wartestellung vor Bonis Volvo standen, mit dem der beabsichtigte, damit alsbald zu verschwinden. Noch steht ihm Carlos bei:

»Sollten die Bullen Dich ausquetschen, weil sie Dich doch erwischen, redest Du Dich `raus! Sag´ dann, Du seiest nur Helfer für ein Paar baskische Genossen.«, instruierte er Bonie in diesem Sinne. Der hatte Carlos verstanden.

»Hier in Frankreich wird es akzeptiert!«, beruhigte Carlos den schwergewichtigen Mann, der gleich danach in das Fahrzeug stieg und damit verschwand.

»Das Gespenst des Volksaufstandes verfolgte Stalins Erben; und durch eine kollektive Führung wollten sie der Bevölkerung die Sicherheit geben, daß die Zeit des Personenkultes (um ihre lächerliche Umschreibung für eine Zeit blutigster Tyrannei zu zitiren) vorüber sei. So erhielt die Phase, die unmittelbar auf Stalins Tod folgte nach einem Roman eines russischen Dichters Namens Ilja Ehrenburg den Namen Tauwetter. Die großen Amnestien in der UdSSR und in einigen der Satellitenstaaten sorgten dafür, daß Tausende, die von der Brutalität der Geheimpolizei Zeugnis ablegen konnten, aus den Gefängnissen und Konzentrationslagern entlassen wurden. Es gab innerhalb der westlichen komunistischen Welt in dieser Anfangsphase des Tauwetters kaum jemanden, der nicht einige authentische Berichte über die Folterungen und über das schreckliche Leben der unschuldigen Gefangenen zu hören bekam, von denen viele glühende Komunisten waren. Die moralische Empörung und die Lockerung der Zensurbestimmungen führten in der komunistischen Welt zu einer erstaunlichen literarischen Renaissance. Nach den Jahrzehnten der staatlich organisierten Lüge entfaltete sich ein von der gesamten öffentlichen Meinung getragener Widerstand. Es erschienen Tausende von Gedichten über die Opfer des stalinistischen Terrors und über die Schuldgefühle des Dichters, der den plumpen Verleumdungen gegen diese Unschuldigen Glauben geschenkt hatte.«[10] - Und auch in West-Deutschland setzte sich eine Justizreform durch, deren Beginn bestimmt war mit der Verurteilung der Komunarden um den legendären Andreas Baader und seiner Geliebten Ennslin herum, die wegen einer Kaufhausbrandstiftung in Frankfurt am Main vor Gericht gestellt wurden, dort den Richtern ein mildes Urteil abgerungen hatten, vergleicht man es mit dem Urteil, verhängt durch den Nazi-Richter bei einem ähnlich gearteten Fall einer Brandstiftung hierbei aber die des Berliner Reichstages und verhandelt gegen den komunistischen Täter van der Lubbe, der sicherlich seine Absicht und auch die Tat gestanden hatte, über die er aber aussagte, daß er sie allein begangen habe. Den man aber nicht wegen einer Brandstiftung und somit in einer Abstimmung mit der den Richtern gebotenen Verhältnismäßigkeit bei einer Urteilsfindung bedachte wie bestrafte sondern wegen eines Hochverrats, den man dem Täter vorwarf, er habe ihn nicht allein sondern in Gemeinschaft einer komunistischen Verschwörung betrieben, weshalb er prompt und bereits im Vorfeld der Verhandlung zum Tode durch das Fallbeil vorverurteilt und schließlich auch hingerichtet wurde. Die Revolution fand einen weiteren Toten, damit in diesem ein krankhaft ehrgeiziger und mörderischer Blutrichter für solcherlei Strafmaß ein eigenes Gericht zugesprochen bekam: einen Justizpalast, den man im III. Reich fortan den Volksgerichtshof nannte, erbaut für einen Mörder

---

10   ebnd.; ff.

im Richteramt, unter Leitung des Blutrichters namens Freißler. - War der Protest der Bande um Baader sicherlich gegen dieses Urteil gerichtet, gegen die ungerechtfertigte Hinrichtung des van der Lubbe, damit sich begangenes Unrecht während der Nazi-Herrschaft im Nachkriegs-Deutschland zumindest herumspricht und damit offenbar würde? Aber sie gaben vor, sie betrieben ihren brandstiftenden Aktionismus innerhalb eines politischen Kampfes gegen den amerikanischen Imperialismus. - So war ihre Tat dann so oder so die eine von Märtyrern und nicht die von Pyromanen, die aber im folgenden nur ungern ihre Strafe absaßen, stattdessen trickreich aus ihrer Gefangenschaft ausbrachen und in ´s Ausland, auch nach Frankreich hin, flohen, was sie hinsichtlich ihrer Gemeingefährlichkeit um so mehr verdächtiger machte, denn auch hierbei fielen Schüsse, war ein Polizist schwer getroffen worden. So machte es die Weltpresse ihrer Leserschaft weltweit nur klar. Niemand wußte wirklich, wer Andreas Baader überhaupt gewesen ist, der Pressefotos von sich aus Frankreich nach Deutschland entsandte, die durchaus von Schauspielern gestellt worden sein konnten, weil Baader und hierbei nur als eine Legende existierte. Allein die Botschaft war der revolutionären Bewegung der 68´er wichtig genug, daß es ihr in dieser Weise und zur Aufrechterhaltung des Protestes in der bundesdeutschen Jugend, die vielfach nicht dogmatisch komunistisch im marxistisch-leninistischen Sinn gewesen war, wohl aber sozialistisch orientiert. - Ganz Europa war darüber in Aufruhr geraten und die Gruppe um Carlos, die zweifelsfrei auch in Deutschland aktiv war, mischte kräftig dabei mit. - Für Boni hatte es zur Folge, daß seine Verfolger zwar keine Tötungsabsichten gegen ihn hegten, denn die Polizisten waren inzwischen gelassen wie geläutert hinter ihm her, als sie sofort nach dem Erreichen seiner Wohnung dem observierenden Polizeifahrzeug in Zivil entstiegen und dem fleischigen wie stattlichen noch jungen Mann rasch hinterher gingen, ohne daß dieser es sofort bemerkte. Das Treppenhaus zu seiner Wohnung hinauf erklomm Bonie noch vollkommen ungehindert. Erst beim Öffnen seiner Wohnungstür griffen die Polizisten in Zivil, die ihm auf leisen Sohlen folgten, hart gegen ihn durch. Dann war es vorbei mit ihm! Kaum hatte er die Tür geöffnet und den ersten Schritt in seine Wohnung gesetzt, da umfaßten ihn kräftige Hände, die ihn zu Boden stürzten. Sie hatten ihn rasch überwältigt, ihm Handschellen angelegt, wobei sie seine Arme nach hinten über seinen Rücken verschränkten. Komissar Jean Herranz, der Chef der Anti Terror Truppe des DST, dem französischen Inlandsnachrichtendienst also, hatte Boni auf diese Weise zu sich bestellt, außerdem Monsieur X, den Herranz gerade selbst verhörte, der

Monsieur X gerade einen Paß mit dem Foto des Carlos´ darin vorhielt, mit seiner hartnäckigen Bitte um eine Auskunft, um wen es sich auf der Abildung handelt. -

»Du kennst den doch?«, fragte Herranz Monsieur X, den er duzte. - Der sah lieber nicht so genau hin, antwortete nur ungenau:

»... keine Ahnung, wen Sie da haben.«, log er. -

»Wir wissen genau, das Du Dich mit ihm triffst.«, widersprach Herranz.

»... daß Du ihn also kennst. Ihr seid miteinander vertraut. Wir wissen es genau!«

»... er besaß Deine Wohnungsschlüssel!«, beharrte der Komissar darauf, daß er sich nicht irren könne und er zog den Schlüssel aus seiner Hosentasche und schüttelte ihn, so daß es in Monsieur X´ Ohren nur so klimperte. Der schielte wie erwischt zu dem vor ihm stehenden Komissar hinauf, wobei er verkrampft vor ihm auf seinem Stuhl saß und er sagte nur ungenau:

»... ein Anwalt. Er sagte, er sei Deutscher. Soviel ich weiß, ist er den Genossen behilflich. Ich halte den für sauber. Da sehe ich keine Chance für die Polizei.«, ermahnte er den Komissar. - Herranz hatte die Nase voll, von Monsieur X weiterhin nur angelogen zu werden. Eben hatte er den Verhörraum entnervt verlassen, wobei er es unterließ, Monsieur X zu schlagen, was einem Akt der Folter gleichgekommen wäre, die nach Auffassung dieses Komissares grundsätzlich zu unbrauchbaren Falschaussagen führe. Herranz begab sich schließlich und ratsuchend zu dem großen Aufenthaltsraum an der Fensterfront ihrer Etage zur Straßenseite hin, worin sich etliche seiner Kollegen in illustrer Gesellschaft aufhielten, die sich bereits in Feierabendlaune geraten, aufgeregt austauschten, dabei Bier auf dem Tisch in der Mitte des abgedunkelten Raumes stehen hatten und manche von ihnen rauchten dabei.

»... er wurde ganz wild und mochte Ärger, als wir ihn fingen.«, hörte man einen der Beamten im Hintergrund von einem Erfolg verlauten, als Herranz zu ihnen hinzutrat. - Einer der Kollegen dort wurde auf ihn aufmerksam, kam ihm sogleich entgegen, als er ihn bemerkte, stellte sich in der offenen Tür für eine Auskunft zur Verfügung:

»Wißt ihr `was Neues über den Deutschen?«, erkundigte sich Herranz bei ihm. -

»Wir wissen nur, daß er mit falschen Ausweisen unterwegs ist. Er wolle zu ein Paar baskischen Freunden.«, gab der Komissar im weißen Oberhemd gekleidet und Herranz gegenüberstehend zur Auskunft. Sie hatten Boni im Verhör gehabt und Boni hielt sich an die getroffene Absprache mit Carlos, falls er aufflöge. -

»Dann übergeben wir ihn den Deutschen. Die wollen ihn verhören.«, entschied Herranz. -

»Und den aus dem Libanon?«, erkundigte sich der Kollege nach dem Umgang und dem weiteren Verbleib des verhafteten Monsieur X. - Herranz überlegte es sich, während er einen kräftigen Zug von seiner Zigarette nahm, die er sich eben angezündet hatte:

»Das wird erst nach dem Wochenende entschieden. Bis Freitag will ich für den Untersuchungsrichter alles ausgearbeitet haben. Ich mache dann Wochenende und fahre zu meiner Frau und den Kindern.« - Später versuchte er es noch einmal. Er legte Monsieur X ein weiteres, jetzt großformatiges Foto auf den Tisch und er fragte ihn:

»... Novedin? Du weißt, wer das ist! Ist er das?« - Monsieur X blickte gewohnt kalt und abweisend zum Kommissar auf.

»Nein! ... ist er nicht.«, erklärte er; seine Nervosität trieb ihm eine neuerliche Filterzigarette in den Mund. Er zündete sie sich an. -

»Wer ist das?«, fragte der Kommissar ihn herausfordernd. -

»... nur ein- , zweimal gesehen!«, wich Monsieur X der Befragung nur aus, als winke er ab.

»Irgend so ein Neureicher aus Peru, hatte ich verstanden.«, gestand er dann schließlich ein.

»Wir hatten Spaß zusammen.« - Der Kommissar unterbrach ihn:

»Wie heißt er?«, verlangte er nach einer Auskunft danach.

»Carlos.«, antwortete ihm Monsieur X. - Die beiden Kommissare, die Monsieur X am Wickel hatten, tauschten gerade einen Zettel miteinander aus ...

»... und wo ist dieser Carlos?«, fragte der zweite, hinten an der Wand an seinem Schreibtisch sitzende Kommissar. - Monsieur X erschrak über die Direktheit, die in der Frage verborgen lag, überlegte, ob er überhaupt antworten solle, ob er es dürfe, ohne einen von beiden zu gefährden, hauptsächlich aber sich selbst zu gefährden und er traf seine Entscheidung:

»Bei seiner Geliebten.«, gestand er den ihn verhörenden Kommissaren ein. Beide tauschten darauf hin beratende Blicke miteinander aus. -

»... aus Venezuela. Sie studiert aber hier.«, sagte Monsieur X außerdem. -

»Anselma Lopez.«, nannte er ihren Namen nach kurzer Stokkung.

»Und er lebt bei ihr?«, erkundigte sich Herranz. - Monsieur X überlegte:

»Das glaub´ ich nicht. Ich weiß es aber nicht genau.«, sagte er.

»Ihre Adresse!«, verlangte Herranz. - Monsieur X mußte überlegen.

»Nr. 9 - Rue Toilget.«, erinnerte er sich. -

»In der Nähe vom Boulevard San Michael.« - Herranz hörte es sich skeptisch an.

»Gut, wir sehen danach.«, sagte er ermahnend. Monsieur X entgeisterte die Aussicht hierauf.

»Bereits vom Mai des Jahres 1953 an begannen in Rußland viele der desillusionierten Parteimitglieder und andere von der Wahrheit zu sprechen und einen Teil der Wahrheit über einige Aspekte der terroristischen Bürokratie zu enthüllen, die ihr Dasein unnötig zur Qual gemacht hatte. Langsam und zögernd versuchte nun auch die Presse, winzige Fragmente der Wahrheit, die gegen die Partei sprachen, zu erwähnen oder sogar zu erörtern. Und von Anfang an stieß man hier und dort auf einzelne, mutige Artikel, mutig zumindest für die sowjetische Öffentlichkeit, die lernte, die verborgene Botschaft zwischen den Zeilen zu entdecken. Die russischen Zeitungen und Periodika trugen die ansteckende Wahrheit weiter in die osteuropäischen Länder, wo so viele, insbesondere natürlich die Jugend, gezwungenermaßen Russisch gelernt hatten.«[11] Dieses galt auch für Carlos, der es allerdings wegen seines undisziplinierten Lernverhaltens nicht sehr gut erlernte; er war aber mit dieser Sprache vertraut. - »In den Satellitenländern war der terroristische Polizeistaat dreimal so schnell aufgebaut worden wie in der Sowjetunion. Der Eroberungszug des uneingeschränkten Stalinismus war kurz und brutal gewesen, und so war die Bevölkerung hier weniger geschwächt als die Russen, die ihn bereits mehr als drei Jahrzehnte erduldet hatten. Deshalb konnte es nicht überraschen, daß den komunistischen Führern ihre ersten Lektionen über die Gefahren einer gelockerten Zügelführung in der DDR und der Tschechoslowakei erteilt wurden. Die Komunistische Partei und Regierung Ostdeutschlands gab am 12. Juni 1953 offiziell zu, daß sie schwere Fehler begangen hatte, als deren Folge viele Menschen die Republik verlassen hatten. Man widerrief den Beschluß, die ostdeutsche Wirtschaft schnellstmöglich zu sozialisieren, gab beschlagnahmtes Land den bäuerlichen Eigentümern zurück, erleichterte die Zwangsablieferungen von Getreide und verkündete eine begrenzte Amnestie. Nur das Los der Industriearbeiter wurde nicht gemildert; im Gegenteil: Die Arbeitsnormen wurden um zehn Prozent erhöht. Am 16. Juni 1953 brach im Laufe einer Ostberliner Protestdemonstration von Arbeitern und Jugendlichen der Aufstand los. Sowjetische Truppen und Panzer-

---

11   Paloczi-Horvath, Alle Macht der Jugend?, Kap. Fünf, Punkt 2, S. 104

einheiten traten in Aktion und schlugen die Revolte nieder. Ähnliche Aufstände von Arbeitern, Studenten und anderen jungen Leuten flackerten in Magdeburg, Halle, Leipzig und in anderen Industriegebieten auf. Gleichzeitig begann auch im tschechischen Pilsen eine Revolte. Die sowjetischen Panzer spielten zum ersten Male ihre später so wohl bekannte Rolle, indem sie wochenlang gegen Arbeiter und Studenten kämpften. Doch die Aufstände waren Lektionen, die zwar von der Geschichte und der Realität angeboten wurden, aber, soweit es die komunistischen Führer anging, nicht fruchteten. Indem diese auf die veraltete, von Engels[*] so häufig verspottete Theorie zurückgriffen, daß Revolten und Aufstände notwendigerweise das Ergebnis geheimer Verschwörungen und von finsteren feindlichen Agenten angezettelt sein mußten, überzeugten sie sich selber, daß die ostdeutschen und tschechischen Aufstände nichts anderes als mißlungene, antikomunistische Verschwörungen gewesen waren, die von imperialistischen Kriegshetzern aus dem Ausland und klassenfeindlichen Elementen im eigenen Lande lanciert wurden. Die Gummiknüppel der Geheimpolizei sorgten wie üblich für einige Geständnisse, und die sowjetischen, ost-deutschen und tschechischen Parteichefs setzten ihre Politik einer sehr langsamen und stufenweisen Lockerung fort. Sie glaubten, daß ohne eine gewisse Normalisierung ihres Systems ein wirtschaftlicher Aufschwung unmöglich sei. Das System der bürokratischen Diktatur wurde also um ein weniges gemildert. Auf solche Lockerungen von oben folgte ein erneuter Druck von unten. Das Tauwetter drang in die Administration, in wirtschaftliche Bereiche und in die meisten

---

[*] Nach neuerer Vermutung hatte sich diese Idee in den Köpfen der Revolutionäre Rußlands um 1917 herum soweit festgesetzt, daß einer der hauptverantwortlichen Hintermänner, ein schillernder, russischer Sozialist, sowie der mutmaßlich verantwortliche Manager der Russischen Revolution namens, I. L. Helphant, sich ihrer in der Weise annahm und danach skrupellos Kontakt zum Auswärtigen Amt in Berlin und somit zur Politischen Führung des Deutschen Kaiserreiches aufnahm, um Geldmittel zu beschaffen, mit denen es möglich wurde, Russische Separatisten auch mit Waffen zu unterstützen. Man müsse in Rußland mit großen Geldmitteln einen Massenstreik ingangsetzen, aus dem dann eine revolutionäre Bewegung wird. Separatisten müsse man mit Waffen und Sprengstoffen unterstützen, das Zarenreich werde dann von Aufständen erschüttert. Versorgungswege würden dann durch gesprengte Brücken und gesperrte Zufahrtswege abgeschnitten, die Nachschubwege zu den Fronten unterbrochen. Das Chaos würde schließlich den Zaren zum Abdanken zwingen und dem Sozialismus zum Sieg verhelfen. - Es gibt wichtige Anhaltspunkte, die zu der Annahme berechtigen, daß dieses tatsächlich so geschah und zum Machtwechsel in Rußland führte und somit zur Beendigung der kriegerischen Auseinandersetzung Rußlands mit Deutschland, dem Zwei-Fronten-Krieg, an der aus deutscher Sicht sgnt. Ost-Front. (vgl. hierzu: Marc Brasse und Michael Kloft, Die gekaufte Revolution, Redaktion: Der Spiegel, Chefredakteur Stefan Aust, Spiegel-TV, Jahrgang. 2007)

Zweige der Wissenschaft vor. Die Periode von Stalins Tod bis zum XX. Parteikongreß im Februar 1956 war die Ära einer inoffiziellen oder halb offiziellen Entstalinisierung.«[12]

In Anselmas Wohnung hatten sie sich zu fünft eingefunden und bis jetzt waren sie froher Dinge, feierten ein kleines Fest, ihrer augenblicklichen Lebensfreude wegen spontan veranlaßt wie begangen, denn ein anderer Grund ließ sich für sie an jenem Abend hierfür nicht finden. Ein Sanges-Duo, das bei ihnen saß, sang zu den Klängen ihrer Mandolinen, während sich Carlos in ´s Badezimmer begab, in dem eine junge Frau gerade auf dem Boden kauerte und sich dort bei selbstbestimmter Zurückgezogenheit mit Fragwürdigkeiten beschäftigte, worum sich Carlos außerdem bekümmterte. Sie schimpfte sofort, als Carlos ihr gegenübertrat:
»... das schlimmste was es für mich gibt, ist das Spießertum. Mein Mann redet zwar die ganze Zeit über die Revolution aber in Wirklichkeit interessiert ihn nur sein Studium. Und danach wird er doch in die Wirtschaft gehen und dort des Klassenfeindes Diener. Ich finde das beschissen! Ich könnte wirklich kotzen.«, höhnte sie. - Carlos belächelte es:
»Dann laß´ ihn sitzen.«, riet er ihr. Dynamisch beugte er sich dabei über einen auf dem Boden stehenden Aschenbecher und drückte seine Zigarette darin aus. -
»Uns verbindet aber ein Trauschein! Den werde ich nicht mehr los, bis der Tod uns scheidet!«, gestand sie ihm ihre Abhängigkeit von ihrem Gatten ein. -
»... das macht mich furchtbar abhängig von ihm.«, entgegnete sie seinem Rat. - Zwischen das Sing-Sang des Gitarren-Duos und ihrem Gespräch mischte sich plötzlich ein hölzernes Klopfen an der Wohnungstür. Carlos bat die junge Frau, sich vom Boden zu erheben und an die Tür zu gehen. Gerade hatte eines der Mädchen im Wohnzimmer durch den Spion in der Tür entdeckt, wer angeklopft hatte und sie warnte Carlos:
»... wenn das keine Bullen sind, dann weiß ich es auch nicht.« - Lena ging zur Tür und öffnete sie. Herranz hatte zwei seiner Männer mitgebracht. -
»Guten Abend!«, wünschte er ihr und:
»Polizei!«, wies er sich ihr mit seinem hervorgehaltenen Dienstausweis aus.
»Gibt `s ein Problem?«, fragte Lena bei aufgesetzter Neugierde.
»Nicht der Rede wert ...«, antwortete Herranz. -
»... aber, wohnt Anselma Lopez hier?«, fragte er die junge, dunkelhaarige Frau, die sich anschickte, ihm die Tür nicht ganz zu

12   ebd. - Horvath-Paloczi, S. 105 ff.

öffnen und die ihn nicht sofort hereinlassen wollte.

»Ja. - Die ist aber vor zwei Wochen oder so nachhause geflogen.«, teilte Lena ihm mit.

»... was ... - Noch Fragen?« - Herranz hatte die Tür energisch aufzogen und er drang in den Korridor der kleinen aber durchaus geräumigen Wohnung ein. -

»Können wir `reinkommen?«, hatte er sich so recht aufdringlich den Einlaß erbeten. In seiner Begleitung befand sich auch der Kollege, mit dem er im Laufe des Tages Monsieur X verhörte und Carlos fragte Herranz; er war überrascht, angesichts des unerwarteten Besuchs:

»... Guten Tag! - Etwas zu trinken?« - Es war Abend und draußen war es längst düster. -

»Nein, wir sind im Dienst.«, lehnte Herranz das Angebot ab.

»... aber ich möchte gerne einmal zur Kontrolle ihre Pässe sehen.«, verlangte er.

»Meinen Paß? Kein Problem!«, gehorchte sogar Carlos ihm, der gleich mit einer Zigarette in der Hand reagierte und sich bald nachdenklich auf den Weg in der kleinen Wohnung gemacht hatte, um nach seinem Paß zu suchen. - Die anderen Gäste kamen ihm zuvor, hielten ihre Pässe bereits in ihren Händen und überreichten sie dem Komissar. Das Mandolinenspiel war somit unterbunden, denn auch die Musikanten mußten erst einmal nach ihren Pässen suchen um sie vorlegen zu können. - Carlos hatte sich schnell sein Sakko übergezogen, in dem er seinen Paß einstecken hatte und er überreichte ihn, unter kritischer Beobachtung des zweiten Komissars, Herranz. -

»Danke!«, nahm der den Ausweis entgegen und begann, ihn aufzuschlagen. Er hatte sich dazu auf einen Sessel niedergelassen, der am Tisch im Wohnzimmer stand und er musterte Carlos´ Aussehen, das er mit dem auf dem Paßbild verglich.

»Sind Sie Carlos Martinez?«, fragte er. -

»Das will ich behaupten!«, antwortete Carlos kurz und knapp. -

»Kennen Sie vieleicht den Libanesen, der Michel Moukhartel heißt!«, erkundigte sich Herranz. - Carlos verneinte es gleich und er blieb gelassen bei seiner Lüge, hatte gerade auf der gegenüberstehenden Couch platzgenommen. -

»Mit Arabern knüpfe ich keine Kontakte. Ich kann sie nicht ausstehen.«, sagte er zudem. -

»Aber er ist Ihnen bekannt, sagte er uns.«, entgegnete Herranz. -

»Er hatte uns diese Adresse genannt.«, erklärte er Carlos. Der überlegte es.

»Es ist erstaunlich.«, antwortete er. -

»In Ihrem Paß ist ein libanesisches Visum vermerkt. Sie hatten das Land also besucht.«, erinnerterte Herranz. -

»Genau gesagt, sind Sie in Beirut gewesen.«, stellte er an den Einträgen in dem Paß fest, wobei er zauderte. Carlos überlegte sich eine Antwort. -

»Als Tourist darf ich nicht mehr hinfliegen, überall dorthin, wohin ich es mag und will?«, fragte er dann. - Der zweite Beamte setzte sich neben den Gesuchten und er zeigte ihm ein Schwarz-Weiß-Foto:

»... und was sagen Sie hierzu?«, fragte er Carlos kritisch. Der griff nach dem Foto, hielt es in seinen Händen und besah es sich.

»Es besagt doch gar nichts, oder?«, spielte er bei näherem Betrachten des Fotos das Unschuldslamm. -

»Und das Foto beinhaltet nicht ihre Abildung?«, fragte ihn der Beamte und er blieb hartnäckig an Carlos d´ran. -

»Das würde ich nicht behaupten.«, versuchte Carlos sich herauszureden. Er sah den Komissar an. -

»... nicht Sie?«, fragte der Beamte noch einmal. -

»Nein. Der Typ da, auf dem Bild, ist mir unbekannt«, wiederholte Carlos. -

»Er sieht Ihnen aber verdammt ähnlich!«, beharrte Herranz. - Carlos betrachtete noch einmal die Abildung. -

»ein x-beliebiger Süd-Amerikaner. Sehen sie nicht alle irgendwie gleich aus?«, fragte er. Den Komissar empörte es:

»Nun ist es aber gut, uns weiterführend nur zu verarschen.«, wehrte er sich gegen Carlos´ Lügerei. -

»... ich verbiete mir Ihre Tonart.«, wehrte sich aber Carlos. -

»... ja? - Ich wende mich an die Botschaft meines Heimatlandes. Mein Vater ist sehr einflußreich und wir sind für Sie vollkommen unantastbar - das wissen Sie nicht?«, wies er den Beamten zurecht. -

»Sie leugnen also weiterhin, daß Sie jener Mann hier auf dem Foto sind?«, wollte Herranz noch einmal von ihm wissen.

»Ja, natürlich bin ich das nicht! Das habe ich Ihnen doch gesagt!«, machte Carlos ihm schon wieder weis.

»Was will der Libanese von mir? Warum macht er euch heiß?«, erkundigte er sich.

»Das wissen wir auch nicht. Aber er wird seine Gründe haben.«, antwortete Herranz.

»... und wo steckt er?«, fragte Carlos, der sich eben wieder in seinen Sessel setzte.

»Wir haben ihn dabei. Er ist unten in unserem Wagen geblieben«, sagte ihm Herranz. -

»Dann holen Sie ihn! Aber sofort, denn das läßt sich klären«, verlangte Carlos. -

40

»... dann wird es sich herausstellen, ob er die Wahrheit sagt.«

»Moment!«, verlangte Herranz und von seinem Kollegen, Monsieur X herauf zu holen. Die anderen begannen, sich zu zerstreuen und fanden zu einem neuerlichen Auftakt auf ihren Mandolinen zurück und setzten ihren Gesang fort, während Carlos Herranz einen Whisky anbot, den der nicht mehr ausschlagen mochte. Sie saßen mit sechs Personen um den Kommissar herum. - Carlos schlich sich dann in eines der Nebenzimmer der Wohnung und ergriff seinen Aktenkoffer, in dem er seine Pistole aufbewahrte, in die er ein bereitgehaltenes Magazin einlegte, ein weiteres zur Reserve in seine Jackentasche steckte, womit er sich bewaffnete, bevor er zu Herranz zurückkehrte. Der ging während dessen im Wohnzimmer umher, begutachtete ein Bildnis Ches´ an der einen Wand und er stellte fest:

»Wie ich sehe, bekennen Sie sich zu Ihrer politischen Einstellung und zu Ihren Idolen« - Carlos war eben zurück:

»Sie nicht so?« -

»... wovon sind Sie überzeugt?«, erkundigte er sich. - Herranz zuckte mit den Achseln:

»Ich halte mich aus allem Politischen heraus, so gut ich es kann.«, antwortete er.

»Aber Sie sind von der Polizei, oder?«, fragte Carlos - Herranz antwortete:

»Mich bekümmert die Gefahr des Terrors und wie er sich auf Unschuldige auswirkt.« - Carlos begann, ihn zu verkaspern. Er hob dazu beide Arme und hielt sich seine Hände vor die Stirn und deutete mit erhobenen Zeigefingern das Gehörn des Satans an. - Es mag dahingestellt bleiben, aus welchem Grund Monsieur X bereitgewesen ist, Carlos der Polizei auszuliefern. Vielleicht unterschätzte er die Spielregeln, unter denen zumindest Carlos seinen Aktionismus betrieb. Vielleicht hoffte er, einen bis dahin als Anfänger zu gelten habender Schakal in einer quasi geheimdienstlichen Mission, rechtzeitig kaltstellen lassen zu können. Damit würde sich Monsieur X in einer abzuschätzenden Weise in seiner eigenen Machtposition und diese innerhalb eines Macht- und Beziehungsgeflechtes um Haddad herum sehr viel einfacher selbstbehaupten können. Haddad gegenüber hätte er nur einen triftigen Grund nennen müssen, um den Ausschluß Carlos´ auch für alle Kämpfer innerhalb der PFLP plausibel zu machen. Es war tatsächlich keine Frage des Sexus´, mit dem er vieleicht aufzuräumen suchte, weil er einen Ekel bekam, als er sich steif und stumm dem Schakal gegenüberstellen ließ. Dann war es schon eher eine des Soizide by Cop* in einer speziellen Variante. - Die

---

*   Selbstmord durch Provokation eines schießwilligen Polizisten.

Atmosphäre in Anselmas Wohnung schien ihm außerdem arabisch genug und es herrschte eine knisternde Spannung unter den Anwesenden, die seinem Geschmack sicherlich entsprechen konnte. Aber Carlos war ihm inzwischen als außergewöhnlich konsequenter Killer bekannt, gegen dessen Machtstreben er in Zukunft vieleicht chancenlos bliebe. Kaum daß er gehofft haben mag, ihn zukünftig im Gefängnis als Mandanten betreuen zu können, was ihm Geld einbrächte, in dem Falle der Auslieferung, seiner Verhaftung und der sich daran anschließenden, zwingend zu erfolgen habenden lebenslänglichen Inhaftierung eines Mörders. Der Schakal hätte sich bestimmt nicht darauf einlassen wollen, sich ausgerechnet von dem eigenen Verräter auch noch bei gerichtlichen Belangen gesetzlich vertreten zu lassen. - Die Szenerie innerhalb der Carlos-Gruppe war Monsieur X zu undurchsichtig geworden. Carlos agierte bis hierhin ziemlich eigenmächtig, konnte sich vieleicht auf sporadische Unterstützung durch Geldzuwendungen bei illegalen Geschäften im Waffenhandel auf Haddas Gunst verlassen, dieses auch, wenn sein Büro den Kämpfern gelegentlich finanzielle Zuwendungen zukommen ließ und vieleicht fand sich hierin der Grund für die Auslandsreise des Carlos´ nach Beirut, damit entsprechende Abmachungen mit Haddad getroffen werden konnten. Aber mehr als Appetithäppchen hatten die Leute um Carlos herum bis jetzt nicht von der Zentrale der PFLP zu erwarten gehabt. Nun war es geschehen. Monsieur X war weich geworden und er hatte der Polizei glaubwürdig Carlos´ Aufenthalt preisgegeben - sie jetzt sogar zu ihm hingeführt. In dem Moment ihrer Gegenüberstellung erkannte Monsieur X instinktiv nur noch eine Chance, sich gegen Carlos nachhaltig durchzusetzen, so daß er selbst seine Haut retten könnte. Er mußte für dessen Verhaftung sorgen und darauf hoffen, daß sie jetzt erfolgen wird. Die Hauptsache für ihn war dann, daß der Schakal hinter Schloß und Riegel verschwindet. -

»Sind Sie einander bekannt?«, fragte Herranz Carlos noch einmal. Der wiederholte, von Verblüffung gezeichnet, daß er dem Mann noch nie begegnet sei. -

»Und das gilt auch für Sie?«, fragte Herranz Monsieur X. -

»Nein. Ich kenne ihn! Es ist Carlos, der Mann, den Sie suchen.«, antwortete Monsieur X nach kurzer Überlegung. Carlos erschrak über diesen Verrat. -

»Er ist der Mann auf dem Foto, zweifelsfrei.«, bekräftigte Monsieur X seine Aussage.

»Er hat von mir auch die Akten in dem Koffer übergeben bekommen.«, verriet er. - Im Zimmer herrschte jetzt eine Totenstille. Carlos zögerte einen Augenblick, nahm einen schnellen Zug von seiner Zigarette und drückte sie danach in dem Aschenbecher auf dem Tisch aus. Dann war es ihm egal. - Blitzschnell zog er seine Pistole und er gab Schüsse auf die Beamten ab, auf deren Köpfe er abzielte und die er mit einer verblüffenden Geschwindigkeit abfeuerte, so daß die Beamten keine Gelegenheit fanden, sich mit eigenen Waffen zur Wehr zu setzen. Schnell lagen sie alle drei schwer getroffen am Boden und Carlos zeigte keine Gnade mit ihnen, gab noch etliche Schüsse auf sie ab, die sie tödlich treffen sollten. - Er hatte sich Monsieur X übriggelassen und auf ihn genau so wenig gezielt, wie auf die anderen Genossen im Zimmer. Dann aber kümmerte er sich um den Verräter im Speziellen. Mit steif hervorgestrecktem Arm ging er langsam auf ihn zu. Geradezu hypnotisierend stierte er ihn an, hielt er ihm die Pistole vor das Gesicht und zielte damit unbarmherzig auf ihn. Monsieur X verharrte in seiner Person und er bewegte sich nicht, wirkte vielmehr so, als sei er in Selbstaufgabe begriffen, war sich sicher in seiner Erwartung dessen, was gleich folgen wird. Er hatte verloren und schien sich aufgegeben zu haben.

»Warum?«, war die letzte Frage, die Carlos ihm stellte. Seinen ersten Blutrausch hatte er inzwischen im Griff, bevor er sich in einen neuerlichen hineinsteigerte. Er zog ab, streckte Monsieur X mit einem gezielten Kopfschuß nieder. - Dann war es ganz still im Wohnzimmer geworden. Er war schwer entäuscht, mochte heulen und er begab sich hektisch in ´s Badezimmer zurück, war schnell dorthin unterwegs, um in den dort zurückgelassenen Aktenkoffer die Pistole zurückzulegen. Ganz verausgabt, von diesem Gewaltexzeß, erholte er sich aber allmählich und er verschwand sofort danach mit dem Aktenkoffer in der Hand aus Anselmas Wohnung, floh zur Tür hinaus, lief bereits einige Stufen die Treppe hinunter. Noch schnaubte er in seiner Rage. Dann stoppte er. - Vorsichtig ging er noch einmal zurück, kam durch die Tür herein, stellte sich vor den am Boden liegenden Monsieur X, zielte wutentbrandt und feuerte noch einmal auf ihn ab. - Dann verschwand er schnell und entgültig durch das Treppenhaus hinaus in die Stadt. Zurückgelassen hatte er vier Männer, die er gerade allesamt umgebracht hatte.

So ziemlich zwei Monate später war es ihm bereits gelungen, im süd-jemenitischen Aden unterzutauchen. Er strebte zu Haddad und er hatte bereits Kontakt zu ihm aufgenommen gehabt. Er war noch nicht lange wach, war frisch geduscht als er bald danach in den Jeep stieg, mit dem er in ´s Camp abgeholt wurde. Die Söldner führten ihn, mit Schnellfeuerwaffen in ihren Händen, dem Komandanden vor. Vadi Haddat saß bei einem Glas Tee in einer

Couch in der gepolsterten Sitzecke in seinem Büro. Er hatte sich etwas für ihn zurechtgelegt, als Carlos eintraf, legte die Tageszeitung aus der Hand, in der er bis eben las und er sah den Ankömmling verwegen wie streng an, begutachtete ihn, musterte seine Verfassung, ohne zunächst dabei Worte zu verlieren. - Dann sprach er:

»Nichts ist mehr, wie es vorher einmal war! Alles wurde mit dieser Aktion anders.«, stellte er seit ihrer letzten Begegnung an Carlos fest. - Der überlegte, was er antworten sollte. -

»Ich bin nicht zur Untätigkeit erzogen worden!«, sagte er dann. Über der türkis-farbenen Eingangstür, die nach innen hin offen stand, durch die hindurch Carlos soeben gekommen und Haddad vorgeführt war, leuchteten in fruchtigen Gelb- und Orangetönen zwei Fenster oberhalb des Türrahmens und Carlos fühlte sich insgesamt von der staubigen Exotik der jemenitischen Wüste, wo die Erde nicht sehr fruchtbar ist, bis hier her sehr der Farbenpracht der Fenster wegen aber auch insgesamt sehr gut angekommen wie aufgenommen. Irgendwie paßte er hier her, hatte er im Gespür. - Haddads Büro, das untapeziert und auch deshalb sehr schlicht war und insgesamt nur mit kahlen, lehmverputzten Wänden aufwartete, in einem größeren Raum, zu dem einige Nebenzimmer gehörten, worin sich überhaupt nur kaum Mobiliar befand, weshalb alles dort sehr anspruchslos wirkte, beherbergte im Augenblick nur wenige Anwesende: Haddads Elite, die ihrer Sache nachging und Haddad zufrieden ließ, wenn sie ihn nicht direkt beschützte. Er hielt sie unter Kontrolle, so gut er es konnte und so lange er zahlte. - Carlos´ Blicke schweiften während dessen in weiten Fernen. -

»Du säufst zuviel oder bist Du jetzt auf Droge?«, riß ihn Haddad aus allen Wolken, womit er ihn erniedrigte, in seiner Frage einen Vorwurf verpackt hatte, der den jungen Mann kränkte. Carlos stand ihm auf eine kurze Instanz in der Nähe zur offenen Tür gegenüber, sah ihn unerschrocken an und er fragte mit einer für ihn und seinem Rang nach kaum zu gestattenden, sehr unflätigen Strenge:

»Na und? - Geht es Sie wirklich etwas an?« - Haddad war es gewohnt, daß er auf sich aufpaßen mußte. -

»Ich habe das Gefühl, daß es der Fall ist! Süchtige sind mir zu gefährlich und sie taugen nichts für unsere Sache!«, lieferte er ihm in einer Retourkutsche. -

»... und schnell umfallen. - Wie kommst Du dazu, Monsieur X zu exekutieren? Ihn umzulegen, als könntest Du machen, was Du willst?« - Haddad hatte seine Informanden und er las in den Zeitungen.

»Monsieur X? - Er war ein Verräter.«, verteidigte sich Carlos.

»Er bekam, was er verdiente. Er arbeitete für die Mossad-Juden. Außerdem verriet er mich beim DST. - Dagegen mußte ich mich wehren.«, rechtfertigte sich der Schakal. -

»Das kannst Du nicht behaupten, wenn Du es nicht beweisen kannst.«, schimpfte Haddad. -

»Wenn er Dich wirklich verraten hätte, wären die Bullen bewaffnet gewesen ...« - Carlos unterbrach ihn, zeigte sich verständnislos. -

»... er hat mich vor versammelter Manschaft in Anselmas Wohnung nicht nur verraten! Er lieferte mich aus! Der Kerl hatte sich vor Angst in die Hosen geschissen. Er war nur ein feiger Hund, der Ihr Vertrauen nicht verdiente!«, versuchte Carlos Haddad umzustimmen. Jener Mann, der eben noch recht selbstgefällig in seiner Couchreihe an der Wand seines Büros von dort aber nur anscheinend ruhig zugehört hatte, verlor, jetzt in Jähzorn geraten, seine Fassung. Er erhob sich rabiat aus seinem Sessel. -

»Über die Auswahl meiner Vertrauenspersonen entscheide nur ich alleine!«, schrie er Carlos an.

»Sonst niemand, außer mir! - Dich halte ich nur mit Befehlen zu Aktionen an, die ich dann auch vertreten kann! Nur ich entscheide über Leben oder Tod eines Delinquenten und auf gar keinen Fall Du allein!« - Ihm war der Respekt vor dem Einsatzwillen und der Mordbereitschaft des Schakals nicht gänzlich verloren gegangen, weil der nach seinen Aufträgen hin mit bereits fünf getöteten Gegnern und einem Schwerverletzen diente. Plötzlich zog Haddad seine Pistole aus dem rückwärtigen Hosenbund hervor, hielt sie mit steif ausgestrecktem Arm Carlos bedrohlich entgegen und er wußte nicht sofort, ob er den gefährlichen Mann vor sich tatsächlich erschießen soll. Dann wäre er alle Sorgen mit ihm los gewesen. Er sprach leiser, als er nach einer kurzen Pause und in Unentschlossenheit geraten Carlos weiterhin zu disziplinieren suchte:

»Ich entscheide auch über Dein Schicksal! Darüber, ob unser Standrecht Anwendung finden muß!«, drohte er dem Kerl vor sich, der jetzt unbewaffnet vor ihm stand und Haddad mit zweifelnden Blicken bedachte. -

»Das Gesetz der Waffe ist für mich als Soldat zu ihren Diensten immer noch akzeptabel. Aber Ihre Sache ist unsere Sache und ich bin bereit, für sie zu sterben. Dafür gebe ich mich her und opfere mich für die Idee der Befreiung. Und das wissen Sie genau. Und Sie wissen auch genau, daß ich keinen Ausweg mehr finden darf.«, sagte Carlos. - Vadi Haddad ließ sich für `s erste beruhigen. -

»Der Presserummel um Dich ist enorm und in Europa wie auch

in den USA bist Du längst ein Star der Presse: Carlos, die Berühmtheit.« - Haddad ließ von ihm ab, während er es sprach und er hörte damit auf, auf ihn die Pistole zu richten. Scheinbar lässig begab er sich an einen Tisch und er setzte sich an ihn, um von dort mit seiner Rede fortzufahren. -

»Wie gesagt. Ich würde für Sie lieber eine Aktion durchführen. - Aber sie muß einen Sinn haben und sie muß etwas bringen, womit sie auch eine politische Wirkung zeigt!«, offenbarte Carlos ihm jetzt zuvorkommend und er offerierte ihm seinen Wunsch seriös.

»Dann sollst Du Deine Chance dazu bekommen.«, machte ihm Haddad Hoffnung. - Carlos hatte sich langsam wie vorsichtig zu ihm hinbegeben. -

»Intelligent genug bist Du dazu und Du beweist mir großen Mut.«, ermutigte Haddad ihn. - Carlos schwitzte vor dem in Abstand befindlichen, halbovalen, dabei spitz nach oben hin zusammenlaufenden, orangebunten Fensterglas, hinten in der Ecke des großen, kahlen Raumes nahe des kleinen Schreibtisches, auf dessen schwarzer, glänzender Oberfläche das Schießeisen des Komandanden inzwischen hingelegt war. Es schien beiden Männern sehr zu imponieren.

»... nur fehlt es Dir an Gehorsam.«, mäkelte Hadad weiterhin.

»... Du zeigst keine genügende Vorsicht!«, kritisierte der breitschultrige, untersetzte Typ von vieleicht mitte fünfzig Lebensjahren mit kurzgeschnittenen, schwarzen Haaren, dessen kurzen Koteletten, seinen Schläfen entlang, längst ergraut waren. An der Kante der dünnen Tischoberfläche, hinten an der Wand vor dem besagten, kleinen Fenster, saß ein weiterer Kämpfer, der mit Schreibarbeiten beschäftigt schien und dabei dem Gespräch der beiden Männer lauschte. -

»Hältst Du Deine Dir gebotene Disziplin, dann hast Du Chancen auf einen Erfolg bei der Sache!«, sagte Haddad zu Carlos, der sich eben eine neuerliche Zigarette angesteckt hatte.

»Wir sind hier in einem verkehrten Raum! Komm mit! Wir gehen eben ´rüber.«, forderte Haddad ihn auf, der sich nun von seinem Platz erhob und sich auf den Weg in ein Nebenzimmer des Büros machte, in das er Carlos hineinbat und mit ihm zusammen einen zweiten Kämpfer, der sich schon länger im Camp aufhielt und sich auf Kampfeinsätze vorbereitete - sich für sie bereithielt. Haddad machte ihn mit Carlos bekannt. -

»Annis Nakkasche. - Wir nennen ihn Khallid! Er gehört zu mir.« - Die Kämpfer musterten sich mit spitzen, kritischen Augen und sie begrüßten sich einander. Khallid hatte dann die Tür des Zimmers hinter ihnen vorsichtig zugezogen, damit die drei Männer bei ihrer Unterredung ungestört blieben. -

»Wir sind in einer Vorbereitung. Und wenn wir uns bereits so weit geeinigt haben, dann gilt mein Beschluß, daß Du diese Operation anführen sollst.«, sagte Haddad, der wieder platzgenommen hatte, zu Carlos. Carlos hatte sich zu ihm in einen der Sessel der ledernen Couchgarnitur gesetzt. -

»Nach der letzten Revolte im Irak hat das Land einen neuen Führer erhalten. Es ist Saddam Hussein. Und er will sich gegen die kurdische Unabhängigkeitsbewegung auflehnen und sie vernichten. Die Kurden werden aber vom Iran unterstützt. Saddam sucht einen Krieg gegen den Iran. Aber der ist sehr teuer. Er zielt auf den Ölpreis ab, den er um dreißig Prozent erhöht wissen will.«, erklärte Haddad vertraulich dem Schakal. -

»... es ist viel verlangt. Und nicht alle Länder der erdölproduzierenden Staaten werden ihn dabei unterstützen. Saddam stößt dann mit seinem Vorhaben auf so manchen Gegner. Ich denke an die Saudis.«, überlegte Carlos, dessen Antwort wie aus seiner Pistole geschossen kam. -

»Ja! Und auf den Ölminister der Saudis haben wir es auch abgesehen - Scheich Yamani.«, sagte Haddad. -

»Aber wenn er aus dem Spiel ist, werden die anderen OPEC-Staaten ihre Seiten wechseln und Saddam unterstützen.« -

Khallid hörte der Unterredung aufmerksam zu. Er saß in der einen Ecke des Bürozimmers mit dem Rücken einem kleinen Schreibtisch zugewandt und er war dabei Carlos und Vadi ganz Ohr.

»Im Dezember ist es soweit. Dann treffen sich die Vertreter der OPEC-Staaten in Wien«, erklärte Haddad Carlos jetzt ganz nahe gekommen und er sprach im vertraulichen Ton. -

»... wir brauchen eine Geisel. Und dazu ist der Minister gefangen zu setzen, hast Du gehört? - Du baust eine Komandogruppe um Dich herum auf und nur ihre Mitglieder kennen das entgültige Ziel.«, sagte Haddad. - Carlos horchte auf. -

»Und das wäre?«, fragte er. -

»Ihr agiert unter dem Deckmäntelchen einer palästinensischen Befreiungsorganisation. Ihr capert ein Flugzeug, das heißt, ihr werdet es von den Östereichern zu eurer Bereitstellung verlangen und damit fliegt ihr die Minister in ihre jeweiligen Heimatländer zurück, wo sie zum bloßen Anschein eine Solidaritätserklärung verlesen. Aber Yamani muß sterben! Ihr müßt ihn exekutieren! Nur das ist euer eigentlicher Auftrag. Außerdem Dr. Jamshit Amouzegar.« -

»... den Ölminister des Irans.«, mischte sich Khallid in das Gespräch ein und räumte durch seinen Hinweis mit Möglichkeiten von Mißverständnissen zwischen ihnen auf. Er wußte längs bescheid. - Carlos überlegte die Situation, zögerte und fragte dann Haddad:

»... und wo bleiben wir ab? Also, wo werden wir entgültig landen?«.

»In Bagdad. Dort müßt ihr hin denn dort findest Du den notwendigen Schutz vor den Verfolgern.«, antwortete Haddad. Von Bagdad aus erhaltet ihr für die gesamte Operation eine starke Rückendeckung und außerdem werdet ihr vom Irak mit Waffen ausgerüstet. Es wird in der Vorbereitungsphase vor Ort in Wien jemand an euch herantreten.« Er hielt seine Schultern hochgezogen und er sah sehr kämpferisch aus, als er in diesem Gespräch seine Absichten preisgab. -

»Saddam wird damit aber als Unterstützer der Aktion erkannt und verraten.«, befürchtete der Schakal.

»Und wenn Saddam, um vor der Weltöffentlichkeit unantastbar zu bleiben, deshalb plötzlich nicht mehr mitmacht? Was ist dann?«, fragte er. -

»Er gab mir sein Ehrenwort. Und sein Ehrenwort gilt mir wie der Eid eines Soldaten. Der kennt keine Furcht bei all seinen Sachen und er steht zu dem was er versprach. - Anders als sein Vorgänger Hassan Albagga.«, äußerte er sich verwerflich über die letztere Persönlichkeit der irakischen Führungsrigen. - Carlos hörte dem Komandanden gut zu. Er sann über das eben von ihm Vernommene nach, bevor Haddad sie weiterführend beschwor:

»Unterstützung erfährt er voll und ganz von Oberst Kadi aus Libyen. - Saddam weiß inzwischen über Dich bescheid. Dafür habe ich gesorgt und ich konnte ihn davon überzeugen, daß Du der richtige Mann für diese Aktion bist. - Und deshalb möchte er, daß Du die Sache übernimmst. - Vier Männer. - Vier Männer hast Du in Paris getötet. Und deshalb traut er Dir auch noch zwei weitere zu.«, lobte Haddad abschließend. - Carlos hatte es sich aufmerksam angehört, sog nachdenklich an seiner Zigarette. Er lächelte gewinnend und er sagte zu Haddad:

»Es ehrt mich.« - Der erhob sich gerade aus dem Sofa, jenem vor dem hellen Außenfenster des Bürozimmers stehenden. -

»Ja, es ist der Ehre wert!«, pflichtete er seinem Schakal bei während er durch das Zimmer zur Ausgangstür eilte.« -

»... und wir machen selten Komplimente.«, bemerkte Haddad anbei.

»... und Khallid?«, fragte Carlos. -

»... was ist sein Part dabei?« -

»In München ist der Leiter bei dem Anschlag umgekommen. Die ganze Operation ist deshalb fehlgeschlagen. Ich werde Khallid speziell instruieren. Auf jeden Fall wird er Dein Ersatzmann sein, sollte Dir etwas zustoßen.«, erklärte ihm Haddad. -

»Aber wir benötigen noch einige Zeit, bis es losgehen kann. Du gehörst trainiert! Sieh´ Dich an! Jetzt bist Du nur ein Wrack. Ein zu fett gewordenes.«, beschwor er Carlos geradezu, während er sich zu dem im Sessel zurückgebliebenen, jungen Mann herabbeugte. -

»Na ja.«, sagte der Schakal, der angesichts dieses Vorwurfs nur kleinlaut reagierte. -

»Drei Monate gebe ich Dir Zeit, in der Du Dich wieder fit machst. Dann bist Du wieder ein richtiger Soldat und keine Legende der Medien.«, verlangte Haddad.

Grillen gaben im offenen Gelände dieser verfluchten süd-jemenitischen Gegend den Ton an, dem sich jetzt das Brausen des geschlossenen Militärfahrzeuges beimengte. Die Gegend liegt in öder Wüstenei und ist dort von sandigen Hügelketten umgeben, die weich die Landschaft durchziehen. Nur vereinzelt gedeihen schattenspendende Bäume an den Kämmen ihrer Höhen. Der Jeep stob fast weißen Staub hinter sich her, während er mit einem bis jetzt gemäßigten Tempo den unbefestigten, schmalen Wüstenweg entlangfuhr. Carlos saß lässig wie mächtig auf dem Rücksitz des Autos und er ließ sich entspannt den Fahrtwind, der durch die offene Seite des Jeeps zu ihm hineinströmte, durch sein verwegenes, braunes Haar wehen. Er trug zur Zeit einen Vollbart von einer nicht besonderen Länge, ein naturfarbenes T-Shirt, wie Wüstensoldaten es so tragen und seine großglasige Sonnenbrille, die er in seinem runden, breitwangigen Gesicht trug, schützte sein Augenlicht in einer hier angemessenen Weise, so daß sie ihrer Zweckbestimmung gerecht wurde und nicht ausschließlich seiner bloßen Tarnung diente, wofür er sie in Europa hauptsächlich benutzte. - Er schwieg, dachte nach, während die Kämpfer, vorne im Führerhaus sitzend, ihn in´s Camp fuhren. -

»Das wird hier drei Wochen lang dauern. Dann verlassen wir das Camp wieder.«, sagte plötzlich der eine von ihnen. Es war Khallid, der auf dem Beifahrersitz saß. -

»Trainiert wird täglich! Zu saufen und auch zu rauchen gibt es dabei nichts!«, erläuterte er die militärische Strenge, die von nun an auch für Carlos gelte. -

»So wird aus Dir ein neuer Mensch!« - Carlos lachte verdrießlich über diese Aussicht. - Das Gras auf den Hängen war dürr aber es tünchte die ganze Landschaft in ein warmes Meer einer malerischen Tristesse von ebenmäßiger, okener Farbe, worin sich so mancher Mensch recht wohl fühlt, weil es sehr romantisch ist. Die Männer fuhren inzwischen rascher den sandigen Weg entlang. Zertrümmerte Ruinen bei nackten Betonhäusern zeugten von zivilem Leben, das hier einmal zumindest während der britischen Kolonialzeit stattgefunden haben mußte. Es ist nicht auszuschließen, daß die Bewohner einstmals aus dem Ort herausgeschossen wurden, bevor er von der sozialistischen Miliz beschlagnahmt und zu einem Truppenübungsplatz umgewandelt wurde. Oberlandleitungen entlang des Weges am Ortsrand zeugen von einer Stromversorgung des Camps oder handelt es sich um eine Telephonleitung? - Noch kannte sich Carlos nicht aus.

Gerade wurde ein Stoßtrupp junger Kämpfer, unter denen sich auch Frauen befanden, von ihren Komandanden gescheucht, als Khallid, mit einer MP bewaffnet, und sein Fahrer zusammen mit Carlos dem Fahrzeug entstiegen. Carlos orientierte sich erst einmal interessiert, schaute dem Treiben der Kämpfer neugierig zu ...

»... los, los, schneller! Es geht noch schneller!«, feuerte einer der Komandanden die Kämpfer an, die sich gerade anschickten, mit Schnellfeuerwaffen im Anschlag, eine nicht sehr hohe Steinmauer im Staub des dürren Geländes zu überspringen - der Reihe nach einer nach dem anderen und dicht an Carlos vorbei - über eine zu zerfallen drohende, nicht sehr hohe Mauer hinweg, die bei anderer Gelegenheit und im Kampf auch einen Schutz bietet, wenn man sich hinter ihr verschanzt. -

»Von guten Leuten, die auch kämpfen wollen, brauchen wir jede Menge.«, erklärte Khallid Carlos lobend.

»Und wir haben keine Zeit mehr zu verlieren.«, sagte Khallid.

»Zum Glück gibt es ja die Revolutionären Zellen Deutschlands.«, machte er den wahren Hintergrund dieses Camps deutlich. - Carlos sah ihn an, pflichtete ihm nickend bei, wonach er den Kämpfern auf ihrem Pfad durch das Manövergelände mit wachen Augen folgte. - Sie probten einen Angriff bei strengen Rufen eines der Komandanten und jetzt ratterten Maschinengewehrsalven dabei in seinen Ohren. - Sie hatten dann später Brigitte von den Revolutionären Zellen zu sich bestellt.

Sie trug ein weißes Tuch um ihren Kopf, welches sie wallend und auch um den Hals herum in solcher Weise gebunden hatte, als würde sie sich damit einer alten, moslemischen Sitte entsprechend, verschleiern. Das Glas ihrer selbsttönenden Sonnenbrille glänzte sehr edel als sie sich zu den Ankömmlingen hinzubegab. Sie kam lässig einher, nahm sich zuerst ein Glas, bevor sie zu reden beginnen wollte, schenkte sich Tee aus der Metallkanne ein, die auf einem Stövchen auf dem niedrigen Tisch stand, an dem es sich Carlos und Khallid bequem gemacht hatten, vor dem sie lang ausgestreckt und sich mit einem ihrer Ellenbögen emporstützend eher dalagen als daß sie saßen, während sie die junge Frau abwarteten. -

»Was Neues von eurem Mann?«, fragte Carlos sie dann. - Khallid hatte sich erhoben, stand inzwischen bei ihr, wartete darauf, sich ebenfalls ein Glas Tee einschänken zu können, als sie Carlos antwortete:

»Da waren Leute im Haus, die gaben sich als Gesandte der israelischen Regierung aus. Er hat nicht weiter nachgefragt. Es ging da um lukrative Aufträge. Wir werden dazu gebraucht!« - Entschlossen nahm sie ihre Sonnenbrille aus ihrem Gesicht, während sie ihm Rede und Antwort stand und sie legte dabei mit ihren schlanken Fingern elegant die Bügel der Brille zusammen. -

»Ich schickte ihn in eure Wohnung. Er war mit mir schon vorher in Kontakt getreten. Ich weiß also bescheid. Aber es überrascht mich, daß er euch kennt. Darüber hatten wir nicht miteinander gesprochen.«, sagte Carlos zu ihr. - Brigitte überlegte etwas, wobei Khallid sich zu ihr neigte, sich ebenfalls vom Tisch ein Teeglas nahm, welches er sich füllte. -

»Aber es dauert noch ein Weilchen. Wir haben zuvor noch wichtigeres zu tun. Und hierbei kämpfen wir dann leider für die falsche Seite. Aber für die weltpolitische Entwicklung ist unser Vorhaben in zweierlei Hinsicht sehr wichtig.«, bedauerte Carlos.

»Die Franzosen haben ihn einen Tag lang festgehalten. Sie ließen ihn dann aber wieder frei.«, erklärte ihm Brigitte bei ihrer Antwort darüber, was Boni geschehen war. -

»Dann ist Boni ihnen aber bekannt und sie werden ihn ob-servieren.« - Khallid lag inzwischen soldatisch an der rohen Mauer der natursteinernen Ruine, als er sich warnend an Brigitte mit seinem Einwandt wandte:

»Du und Boni, ihr beide seid dem Feind bekannt. Außerdem erkennen euch die Fahnder feindlicher Polizeiorganisationen so-fort.«, sagte er.

»Deshalb taugt ihr nichts für unsere Aktion in Wien.«, erklärte er ihr. - Von den schlecht erhaltenen Stufen der zertrümmerten, kleinen Haustreppenanlage hinab kam gerade Nada zwischen den Wänden der Ruine zu ihnen hinzu. - Hungrig rupfte sie mit ihrem Mund eine Feige von einem kleinen Zweig, den sie in ihren Händen bei sich trug und sie wirkte matt und erschöpft von der soeben beendeten Trainingseinheit. -

»Nada! - Sie ist in Wien dabei.«, stellte Khallid sie Carlos vor. - In Deutschland war Nada unter dem Namen Gabriele Kröcher-Tiedemann bekannt geworden, als sie zusammen mit anderen Gefangenen bei der Lorenz-Entführung aus dem Gefängnis freigepreßt und in den Jemen ausgeflogen wurde. Sie hatte da-nach hier ihren Kampf fortgesetzt. -

»Ich habe sie selbst ausgebildet.«, sagte Khallid zu Carlos. Der kauerte bei ihm und schaute zu der vor ihnen stehenden Kämpferin auf, beäugte kritisch ihr Erscheinungsbild, das von Kämpfertum so wie von wilder Entschlossenheit zeugte, während die junge, dunkelhaarige, nicht groß gewachsene aber durchaus kräftige Frau nahezu gierig von ihren Feigen aß. -

»Aber Du bist eine Frau? - Kann man Frauen solches etwa zutrauen?«, wollte Carlos der Absicht Khallids nicht gleich folgen. -

»Sie ist eine deutsche Frau.«, betonte Khallid. -

»Sie geht immer weiter.«, erklärte er ihm. - Carlos sah sie beide an, wobei er sie musterte. Nada hatte sich auf dem Fenstersims der Ruine niedergelassen. -

»`ne Linke? - Studentin?«, wollte Carlos von ihr wissen. -

»Nein. - Kämpferin. - Wie Du ein Kämpfer bist. Ich baue keinen Mist wie der Baader.«, antwortete Nada.

»Ich habe allerdings in West-Deutschland zwei Jahre lang im Knast gesessen.«, verriet sie. -

»Zwei Jahre?«, wollte Carlos von ihr wissen. -

»Eine lange Zeit. - Wegen eines Drogenmißbrauchs?«, hegte er seinen Verdacht.

»Ach quatsch!«, antwortete Nada. -

»Ich hatte damals während eines Überfalls auf einen Bullen geschossen. Es ging nicht gut aus. Er war nicht kaputt zu kriegen und er hatte es überlebt. - Carlos schwieg es aus. Er überlegte und er sprach sie an:

»... wir haben für Dich noch etwas in Aussicht. Einen Auftrag im Libanon. Es geht dort um den Roten Prinzen - Du kennst den genau. Der Mossad setzte einen Preis für ihn aus, heißt es. Also strenge Dich an und mache Deine Sache gut, in Wien. Dann wirst Du eine reiche Frau. Niemand wird Dich dann noch in ein deutsches Gefängnis kriegen, wenn Du danach den Roten Prinzen zusammenhaust!«

Aus Herzen wurden Mördergruben

Es paßierte dann am 17. Dezember des Jahres 1975, als sich Boni in Begleitung Angles im Wiener Flughafengebäude Zutritt verschuf, welches beide, auf ihrem Weg zur U-Bahn die Treppe in den Schacht hinab, gleich wieder verließen, es somit nur rasch durchstreiften, auch um Fahndern keine Gelegenheit zu bieten, ihrer habhaft zu werden und sie eilten zu dem verabredeten Ort. Die Dinge waren soweit auch mit Hilfe der Kämpfer in Deutschland vorbereitet. Sie trafen sich jetzt mit Carlos in dessen Wiener Hotelzimmer, damit die Einzelheiten besprochen werden konnten.

» Die Besetzung des OPEC-Hauptgebäudes hat nur Nachrang.«, führte er sie ein.

»Das gilt auch für die Beseitigung der Minister.«, erklärte er ihnen vorbereitend auf seinem Weg zu ihnen hin in die elegante Sitzgruppe, in der die anderen bereits platzgenommen hatten. - Carlos goß sich eben in ein Glas Kognak ein, bevor er weiter-redete. Sie hatten die Vorhänge zugezogen, damit sie sicher sein konnten, daß sie von außen nicht beobachtet werden. Dort saßen sie nun zu viert. -

»... also, die Minister müssen an ihr Land ausgeliefert werden. Jeder von ihnen muß aber ein zuvor an ihn ausgehändigtes Kommunikee verlesen haben, so lautet unser Auftrag.«, erklärte Carlos weiterführend. -

»Und was geschieht im Falle eines Widerstandes?«, fragte Boni. Er wirkte wissend dabei und er bezweckte mit seiner Frage eine beabsichtigte Wirkung auf die hier anwesenden Kämpfer, stellte somit eine Frage von ausschließlich suggestiver Qualität. -

»Dann wird exekutiert.«, beschwor Carlos sie lapidar wie unumgänglich.

»Wir fliegen von Land zu Land, entlassen dort die Minister aus unseren Händen und bringen den nächsten mit einem Weiterflug nachhause.«, erklärte Carlos. - Angle zeigte seine Skrupel an:

»Und was geschieht, wenn etwas daneben geht - wenn der Anschlag also mißlingt?«, fragte er skeptisch. -

»Was ist, wenn sich die Geiseln tatsächlich widersetzen?«, war sein Einwandt.

»Auch in solchen Fällen wird von der Schußwaffe Gebrauch

gemacht! Die Minister müssen wissen, daß wir ernst machen und einen nach den anderen von ihnen abknallen, wenn sie sich nicht auf unsere Forderungen einlassen.«, machte ihnen Carlos mit Nachdruck klar. -

»So auch im Falle der Befehlsverweigerung. Auch dann wird er exekutiert.«, beharrte er. -

»Und wer in Panik gerät und einfach wegläuft, wird hingerichtet.«, fuhr er fort. -

»Das gilt auch für euch. Wenn sich einer von euch widersetzt, wird er hingerichtet«, war sein Befehl. -

»O. k. - Aber ich bin kein Mörder. Und Mord mache ich nicht mit. Dazu lasse ich mich nicht einspannen.«, widersprach aber Angle. -

»Du bist ein Soldat. Und Soldaten sind keine Mörder!«, schrie Carlos ihn an. -

»Du bist ein politisch militanter Kämpfer! Und die genießen Soldatenstatus, zumindest nach unserem Recht. Und das verteidigt Dein Verhalten. Entsprechend wirkt unser Rechtsschutz auf Dich. Damit kann Dir nichts geschehen, solltest Du Dich nicht selber der westlichen Justiz ausliefern. «, betonte er, ihn einschwörend.

»Dann sind es Befehle, die Dich erreichen und keine Killeraufträge. Dann handelt es sich auch nicht um einen Mord, wenn Du jemand im Verlauf eines politischen Kampfes während eines soldatischen Einsatzes - wenn Du dabei also jemanden erschießt.«, beschwor Carlos ihn. - Er trank sein Kognakglas aus, bevor er sich erhob und zum Ausgang des Zimmers ging. Angle sah ihm kritisch hinterher.

»Ich hoffe, ich bin von euch klar und deutlich verstanden worden?«, ermahnte Carlos abschließend. -

»... ja, ...«, stimmte Angle ihm zu. -

»... ich glaub´, ich habe Dich verstanden ...«. -

Mit der Ankunft der irakischen Delegation auf dem Wiener Flughafen komplettierte sich der Kreis der Konferenzteilnehmer und mit ihnen traf eine Delegation der befreundeten Staaten ein. Sie hatten Waffen und Munition in ihrem Gepäck, welches sie unauffällig in silber-metallenen Kisten im Gepäckraum ihres Fliegers bei sich führten. Die sechs Terroristen mußten im Vorfeld des Überfalles einige Späher entsenden, dieses auch, um sich mit den Persönlichkeiten und vor allem mit den ihnen darunter wichtigen, vertraut zu machen. Es waren später zwei Männer in scheinbar diplomatischer Mission unterwegs, die Carlos zusammen mit Khallid in einem Kellerraum in Wien empfing. Die beiden

Terroristen ließen sich von den Männern mit den von ihnen benötigten Waffen ausrüsten, so wie Haddad Carlos bereits in ihrer ersten, vorbereitenden Unterredung es angekündigte und Carlos begriff, daß alles wie am Schnürchen lief. Khallid war jetzt besonders damit beschäftigt, das Material zu begutachten. Einer der beiden sie dort erwartet habenden Männer - zwei irakische Lieferanten - erklärte Carlos, wie er mit der Schnellfeuerwaffe umzugehen habe, mit der er seinen Kampf führen solle. Die Iraki hielten zudem einen Plan des Gebäudes bereit, zu dem sich die Terroristen schließlich hinbegaben, der auf einem Tisch und dort auf ihm ausgebreitet dalag, auf dessen Zeichnungen sie sich dann aufmerksam orientierten. Die irakischen Lieferanten erklärten ihnen hierzu näheres:

»... und hier der Gebäudeplan. Im zweiten Stock ist der Konferenzsaal gelegen. Diese Treppe hier ist die Haupttreppe. Aufzüge gibt es drei im Hause. Auch zu den Räumlichkeiten des Konferenzsaals führt ein Aufzug. Sie lassen sich leicht blockieren. Wenn Sie einen Schützen hier postieren, können Sie dann beide Eingänge kontrollieren. Ihnen kann nichts paßieren.«, resümierte einer der Männer. - Carlos orientierte sich noch eine Weile lang und mit scharfen Blicken auf dem vor ihm liegenden Plan. - Der Geschäftsträger der Irakischen Delegation trat während dessen in den Raum hinzu und er sprach Carlos gleich an:

»Saddam Hussein spricht sehr oft von Ihnen. Saddam bewundert Männer, die sich hart durchsetzen und die Dinge selbst in die Hand nehmen, wenn es darauf ankommt.«, meinte er zur Begrüßung der beiden Kämpfer jetzt hauptsächlich Carlos ansprechen zu müssen. - Dem schmeichelte dieses Lob.

»Er sagt, daß Sie nicht nur mutig sondern auch besonnen bei der Sache sind, so hätte es sich bis zu ihm herumgesprochen.« - Der Geschäftsträger der Irakischen Delegation erwies sich somit hocherfreut über das Kennenlernen des kampfbereiten Schakals in gemeinsamer Sache. -

»Und Sie schießen auch, wenn es darauf ankommt. Yamani wird heute morgen in Wien einfliegen. Mit ihm Amouzegar. In zwei Tagen geht's los mit Ihnen! Die beiden dürfen es nicht überleben.«

Angle wartete in einer Telefonzelle in der Stadt nahe des OPEC-Gebäudes und inzwischen auf das Eintreffen der Limousinen, welche weitere Teilnehmer der Konferenz und diese somit nach und nach vorfuhren und in das Konferenzgebäude hinein aus den Fahrzeugen entließen. Beim Eintreffen Yamanies sagte er telefonisch bescheid:

»O. k.!« -

»Es ist soweit!.« -

Bald warteten die Terroristen an einer nahegelegenen Haltestelle gemeinsam auf eine Straßenbahn, die sie nach ihrer Ankunft bestiegen, in der sie zivil gekleidet unterwegs waren und die Rucksäcke sowie die Reisetaschen mit dem darin verstauten Kampfmaterial bereiteten ihnen jetzt das hauptsächliche Problem bei ihrer Mission, denn die Waffen, die sie bei sich trugen, waren nicht nur sehr schwer sondern auch unhandlich groß und entsprechend mußten sie verpackt sein, damit die Truppe unterwegs keine Aufmerksamkeit auf sich lenkte. Nach einigen Stationen durch Wien stiegen sie schließlich vor dem OPEC-Gebäude aus. Carlos schritt ihnen voran. -

»... Verzeihung! Wo findet die Konferenz statt?«, erbat er sich bald von dem Konferenzire, vorne beim Empfang im Hause der OPEC, die Auskunft. Sie wurden anstandslos und ohne daß sie einen Verdacht auf sich lenkten, die Treppe hinauf nach oben geschickt. Übergangslos machten sie sich auf ihren Weg dorthin auf. Bereits beim Eintreten in eines der Vorzimmer des Konferenzsaales zog Khallid eine Pistole; ebenso tat es ihm Nada gleich, die einzige Frau in diesem Komando, die sich hieran beteiligte. Joseph, ein weiterer Kämpfer in der Truppe, kniete sich gerade auf den Boden und holte die Maschinengewehre aus der Reisetasche, die er bei sich führte und er verteilte die Waffen. Unvermittelt stürmten sie daraufhin einen weiteren Raum und jetzt verschreckten sie die darin befindlichen Personen mit ihren hochgerissenen Armen und wilden Schüssen aus ihren Maschinengewehren sowie Pistolen und sie schossen zunächst nur in die Lüfte - gegen die Decke. Kampferprobt überwältigten sie dabei unter dem Knallen ihrer Salven jene Personen, die den Überfall als einen solchen alsbald durchschauten und die sich ihnen in den Weg stellten, weil es ihnen Schlimmeres zu verhindern galt. Es kam zu einem Handgemenge, bei dem sich die Terroristen ohne Anstrengung durchsetzen konnten, denn ...

»... Hände hoch!«, schrie Nada eine der abwehrbereiten Wachpersonen inmitten des chaotischen Tumults an. - Andere zwangen sie mit wilden Schüssen in die Luft zu Boden. Inspektor Joanda wurde ganz plötzlich von Carlos in ein nebengelegenes Bürozimmer gezerrt. Der Inspektor nutzte darin sofort die Gelegenheit, ergriff promt das Telefon, das sich auf dem dortigen Schreibtisch befand und er meldete der Polizei den Überfall, gleich nachdem Carlos die Tür zu ihm verschlossen hatte. Erst jetzt ging es richtig los. Sie stürmten den Saal mit den Konferenzteilnehmern darin. Sofort war Carlos, der allen voranschritt, von einem Mann angegriffen worden und der Schakal machte ernst mit seiner zuvor in Absprache getroffenen Androhung in solch einem Fall - er

erschoß mutwillig und mit mehreren, wild wie inbrünstig abge-
feuerten, aufeinander folgenden Schüssen den Angreifer, womit er
den Mitkämpfern wie auch den übrigen Geiseln die Marsch-
richtung angab, die tatsächlich für sie alle zu gelten habe. Was den
so Getroffenen überwältigte, weshalb der tot über dem Boden
zusammenbrach:

»Dies´ ist ein militärischer Angriff! Legen Sie sich alle auf den
Boden und bleiben Sie friedlich! Sonst werden Sie erschossen!«,
schrie der Schakal dabei in den Saal und jeder wußte bescheid,
daß sie ernst machten. Blutrünstig gab er noch einige Schüsse auf
den längst tot am Boden liegenden ab, schnaubte dabei in Rage
geraten und benötigte Momente, um sich wieder einzukriegen.
Nada hatte noch eine Rechnung offen. Sie mußte es gerochen
haben. Sie schnappte sich den wohlgekleideten Herrn mit den
silber-grauen Haaren und fragte ihn schroff wie es ahnend:

»Sind Sie Polizist?« - Der Mann bejahte es. Es war nicht weit mit
ihm bis zur Tür des Aufzuges, die offen stand und sie befahl ihrem
Opfer, dort angelangt:

»... los, `rein da und mit dem Gesicht zur Wand! - Machen Sie
schon!« - Der Beamte folgte eingeschüchtert ihrer Anweisung,
woraufhin Nada ihn postwendend mit einem Genickschuß niederstreckte. Auch dieser Mann war ebenfalls tot und er war vornüber
in den Aufzug gefallen, in dem Nada ihn dann ganz und gar
verstaute, seine Beine hineinschob und mit dem sie ihn nach
unten schickte. - Wild beschoß Angle die Sekretärin hinter einem
Tresen, als diese zum Telefonhörer griff. Angle schoß gezielt auf die
hölzerne Auflage des Tresens und schoß an der Frau gezielt vorbei.
Er glaubte, eine bloße Abschreckung müsse jetzt und in solch
einem Fall genügen. Sein Griff erwies sich als erfolgreich. -
Während sich die anderen tumultartig mit den noch wider-
standsbereiten Konferenzteilnehmern auseinandersetzten und
diese unter Waffengewalt der Reihe nach auf den Boden zwängten,
wo die meisten unter den Tischen im Saal instinktiv und von ganz
allein einen Schutz suchten, unter denen sie sich buchstäblich
verkrochen. Bald herrschte absolute Ruhe unter ihnen und somit
im ganzen Saal. Carlos führte das Komando, für alle Anwesenden
deutlich erkennbar, und er brachte sich dadurch in Position. -
Beinahe hätte ein anderer Sicherheitsbeamter Nada überwältigt,
die sich bereits in seiner Gewalt befand, der sie mit einem
Klammergriff aus dem Gefecht ziehen wollte, aus dem sie sich aber
herausdrehen konnte und wobei sie den Angreifer gezielt in den
Kopf schoß. Er war der zweite Tote, der bei dieser Aktion auf ihr
Konto ging.

»Ich sagte, Sie sollen sich ruhig verhalten! - Mein Name ist

Carlos! Und Sie kennen mich genau - wissen also was los ist, was Ihnen blüht und was wir von Ihnen wollen!«, schrie der Schakal während dessen in den Saal hinein, nachdem alle Konferenzteilnehmer darin überwältigt und bis jetzt zu genüge eingeschüchtert waren.

»Dr. Fernandez Archosta? - Erheben Sie sich!« - Der Schakal hatte ihn dem Namensschild nach abgelesen, jenem eines der Teilnehmer auf dem jeweiligen Platz dessen und dort auf einer metallenen Tischkarte geschrieben, worunter Fernandez unter dem Tisch lag, während Carlos, sie alle einschüchternd, zwischen den Tischreihen entlangging und die vor ihm danieder liegenden Geiseln abschritt. - Carlos stellte sich hinter den grau-millierten Herrn, der um die Mitte Fünzig gewesen sein mochte, der sich allmählich in die Aufrechte erhob, während Carlos jede seiner Bewegungen mit dem Lauf seiner Pistole nachzeichnete. -

»Ich bin auch aus Venezuela. Und ich begrüße die Einstellung Ihrer Regierung. Wir stehen auf der selben Seite.«, sagte er zu dem Landsmann. -

Einer der Kämpfer war damit beschäftigt, mit einem Isolierband ein Paket Sprengstoff an ein Stahlrohr-Stuhlbein eines der Konferenztische zu kleben während Carlos langsam und mit hervorgehaltener Pistole den Personenkreis der unter den Tischen liegenden, überwältigten Personen umkreiste, plötzlich stehen blieb, sich zuvor auf der Tischkarte vergewisserte und dann rief:

»Scheich Achmet Saki Yamani. - Welch eine Ehre!« - Er beugte sich hinab, hielt dem Scheich den Lauf seiner Pistole in ´s Gesicht ...

»... los, hoch! - Hoch mit Dir!«, schrie er ihn an. - Der Scheich betete ein Stoßgebet, lag lang auf dem Boden ausgestreckt da. Er hatte seine Rolle in diesem bitterbösen Spiel verstanden. Allmählich und dabei sehr vorsichtig wie verängstigt, erhob er sich - kam er unter dem Tisch hervorgekrochen. Sie entsprachen sich in ihrer Körpergröße, als Carlos ihm fest in die Augen sah. Yamani war gut und gerne eine Generation älter als Carlos und er trug einen Diplomatenanzug von blauer Farbe, dessen Jacke er jetzt nicht zugeknöpft hatte und sein Schlips war in Unordnung geraten; die Kragen seines weißen Oberhemdes standen, wenn auch geknickt, zu den Seiten hin ab. Carlos hielt ihm mit gestrecktem Arm den Lauf seiner Pistole vor. -

»Durchsuche sie nach Waffen - und entwaffnet sie!«, befahl er seinen Komplizen, während er sich von Yamani drohend abdrehte und sich zur edelholzvertäfelten Innenwand des Saales hinbegab, an der sich einige der überwältigten Personen, erschöpft auf dem

Boden sitzend, bereits anlehnten. Khallid hatte den an ihn vorhin ergangenen Befehl befolgt und schob nun Jamshid Amouzegar vor sich her, mit dem er in die Mitte des Saales voranschritt. Er stellte sich ihn gerade vor sich hin, deutete ihm, ruhig stehen zu bleiben! Die Terroristen paßten gut auf. Einer von ihnen verschuf sich Respekt, indem er sich unvermittelt von Amouzegar abwandte, ruckhaft und mit hervorgestrecktem Arm die Pistole auf einen anderen, am Boden liegenden Gefangenen richtete und ihm mit hervorgehaltener Pistole drohte:

»Halt `s Maul!«, komandierte er ihn barsch. - Dann begann er damit, jeden Einzelnen der Überfallenen an die Wand zu stellen und ihn nach Waffen zu durchsuchen, während Khallid Amouzegar neben Yamani in den Gang zwischen den Tischreihen und somit in die Mitte des Saales stellte, beide von den anderen also isolierte und er zwang sie dort beide, sich auf den grau-blauen Teppichfußboden niederzuknien. - Während ein anderer Terrorist damit beschäftigt blieb, weitere Sprengstoffpakete an die jeweiligen Tischbeine zu kleben.

Die waren mit Maschinengewehren bewaffnet und sie stürmten unten gerade in das Gebäude, vor dem ein Mitarbeiter des Empfanges auf sie gewartet hatte. Sie orientierten sich auf `s äußerste vorsichtig, gingen schleichend einige Schritte voran, im Hause der OPEC bis zum Aufzug hin, der dort stehen geblieben war, dessen Tür offen stand und aus dem heraus der Oberkörper des oben von Nada erschossenen und in dem Fahrstuhl nach unten geschickten Polizisten ragte. Der Einsatzleiter des Sonderkomandos der Wiener Polizei hatte sich gerade zu ihm hinabgebeugt. Der fühlte vorsichtig den Puls an der Halsschlagader des Mannes, die durchschossen war, dessen Gesicht deshalb ganz mit Blut verschmiert war. Der soldatisch behelmte Polizist hatte ihn deshalb aufgeben müssen. Der Anruf des Inspektors vorhin hatte erfolg gezeigt, denn soeben war ein kleiner Militärbus vor das OPEC-Gebäude gefahren, dem die vier uniformierten Polizisten dieser Sondereinsatzgruppe im raschen Galopp entstiegen waren. - Ihr Komandoführer ging jetzt vorsichtig zu den drei anderen Soldaten zurück, nachdem er sich von dem tot vor ihm liegenden Mann abgewendet hatte und er beschloß, zusammen mit seinen Männern die Treppe hinauf in die Etage mit dem Konferenzsaal zu gehen. - Die Männer folgten ihm einsatzbereit. Angle und Joseph hatten sich, der Anordnung gemäß, hinter umgestürzte Ledersessel verschanzt, die sie in den langen Gang positioniert hatten, in der Nähe der Eingangstür des Treppenhauses und zum Konferenzsaal hinführend, um jeden Eindringling von einer ungehinderten Erstürmung der Etage

kampfbereit abzuhalten. Angle hatte die Schritte der heran-
nahenden Kämpfer des Sondereinsatzkomandos längst gehört und
er deutete Joseph, er solle sich auf etwas gefaßt machen. - Die
Männer des SEK`s hatten inzwischen die Etage erreicht. Leise
sammelten sie sich und bereiteten sich auf ihren Angriff vor. Der
Einsatzleiter voran erstürmte dann den Gang mit einer ratternden
Maschinengewehrsalve, orientierte sich dabei nach Angriffszielen,
wobei er seine drei Männer schnell nach sich zog, die den Gang
ebenfalls erstürmten und mit ihm zusammen sofort sowie
blindwütig in ihn hinein zu ballern begannen. - Angle und Joseph
hatten ihre Mühe, die Überzahl ihrer Angreifer in den Griff zu
bekommen. Sie waren auf alles gefaßt gewesen und reagierten
heftig mit einem sofortigen Gegenfeuer aus ihren Maschinengewehren. Das erste Gefecht war nur von kurzer Dauer. Die
Männer des SEK`s zogen sich zurück, versammelten sich in der
Deckung einer Wand beim Treppenhaus. Den Kämpfern der PFLP
war es bis jetzt gelungen, sich erfolgreich zu widersetzen und die
Angreifer von der Erstürmung des Konferenzsaales abzuhalten.
Niemand war nach dem ersten, kurzen Feuergefecht getroffen
worden und die beiden Terroristen konnten nur abwarten. Ein
Angriff ihrerseits war jetzt nicht geboten. Nach einer kurzen
Atempause erstürmten die Männer des SEK`s erneut den schmalen
Gang auf der Etage. Sie hatten inzwischen ebenfalls Ledersessel
vor sich geschoben gehabt, hinter denen zumindest einer von
ihnen Deckung nahm, kniend das Feuer wieder aufnahm und die
Terroristen massiv beschoß. Während sich die anderen drei
geradezu todesmutig nebeneinander und aufrecht hinter ihren
Kameraden stellten. - Stehend auf die beiden Kämpfer und in den
Gang zum Konferenzsaal hineinschossen. - Jene beiden gaben
nicht auf, waren aber von der massiven Attacke aufgeschreckt,
denn es drohte ihnen ihre Überwältigung. - Unter ständigem
gegenseitigen Beschuss geraten, riß es sie in die Aufrechte. Sie
liefen unter Abgabe ständiger Schüsse auf ihre Angreifer rückwärts
im Gang davon. Im Verlauf ihrer Flucht hatte es Angle erwischt; er
war getroffen. Der Schmerz hatte ihn zu Boden gerissen. Im
Gewehrfeuer ihrer Angreifer richtete er sich bei heftiger Gegenwehr
wieder auf und er war nur schwerfällig wie hilfebedürftig hinter der
Wand am Ende des Ganges nahe des Konferenzsaales verschwund-
en, wo er eine wirksame Deckung fand. - Joseph hatte sich mit-
tendrin, dabei Angle einen Feuerschutz bietend, in der offen
stehenden Tür zur kleinen Konferenzküche hinein verschanzt
damit Angles Rückzug gelang. Dabei traf Joseph einen der Wiener
Angreifer. Der Treffer schuf auch ihm eine freie Bahn, denn er
erzwang damit eine kurze Feuerpause und er zog sich hinter der

Wand zu Angle zurück, wie die geschockten Einsatzkräfte des SEK`s ebenso hinter einer gegenüberliegenden Wand beim Treppenhaus Deckung nahmen. Angle wartete Joseph nur ab. -

»In Deckung! - Achtung - Macht, daß ihr wegkommt!«, rief der am Boden liegende Angle ihnen zu. Er entsicherte in seiner Not schnell eine Granate, die er auf die halbe Höhe des Ganges warf. -

»In Deckung!«, schrie er warnend, kurz bevor die Granate explodierte. - Joseph wagte es, hatte kaum abgewartet, kehrte noch einmal zurück, stellte sich im Schmauch des sich nur langsam verziehenden Granatfeuers in den Gang hinein, verlieh der Empfehlung Angles an die Gegner Nachdruck, sofort aus dem Gang zu verschwinden, als er mit weiteren Salven bei vorwärtsgerichteten Schritten dem Gegner aus seinem MG entgegenschoß, was seine Angreifer tatsächlich in die Flucht verschlug. - Die Männer des SEK`s waren bezwungen. Sie hatten sich zurückgezogen und gefährdeten die Sicherheit der Geiseln im Konferenzsaal außerdem nicht mehr.

Angle hatte sich in die Konferenzküche der Etage geschleppt. Erschöpft versank er am Küchentisch auf einem der dortigen Stühle. Es quälte ihn seine Verwundung und er faßte sich an die Seite seines Unterbauches in knapper Höhe seiner Lende. Er sah auf dem Tisch eine Schachtel Zigaretten liegen. Sie kam ihm wie gerufen und er zog sich aus dem Päckchen eine Zigarette heraus und entzündete sie sich. Allmählich fand er zu seiner inneren Ruhe zurück.

Während Nada gerade und in Eile geraten, einen der Erschossenen übersprang, dabei im Begriff, sich weitere Gefangene vorzuknöpfen, zu denen sie hin eilte, die sie mit dem Gesicht voran an die Wand stellte und die sie nach Waffen abklopfte. Im Gang, in dem eben die Schießerei beendet war, rührte sich einer der Männer des Sondereinsatzkomandos, der außerdem vom Granatfeuer etwas abbekam, gequält am Boden liegen geblieben war und sich anschickte, aus der Schußlinie zu gelangen, was Joseph registrierte, der jetzt aus der Ecke am Anfang des Ganges hervortrat, sein Gewehr auf Einzelschuß stellte und den Verwundeten gezielt in ´s Bein schoß, um ihn kampfunfähig zu halten. - Angle quälte der Schmerz seiner Verwundung zunehmend. Er nahm seine Pistole vom Küchentisch und erhob sich langsam von seinem Platz. Gepeinigt aber tapfer ging er in den Konferenzsaal zurück. - Carlos drehte sich nach ihm um als er in den Saal eintrat; beäugte ihn, während Nada weiterhin damit beschäftigt blieb, die Gefangenen nach Waffen zu durchsuchen. Angle schloß die Tür hinter sich. Er krümmte sich leicht vor Schmerzen und sein Gesicht war schmerzverzerrt. -

»Mich hat `s erwischt!«, sagte er gequält zu Carlos. -

»Es ist aber nicht so schlimm. Und die Angreifer haben keine Chance. Die sind verschwunden!« - Er ging schleppend auf Carlos zu, der sich auf kurzer Distanz die Verwundung ansah.

»Einer von denen ist verletzt. Die anderen flohen. - Aber Joseph hält die Stellung.«, erstattete Angle einen Lagebericht. -

»O. k. - Jetzt hört `mal zu! - Die Vertreter der neutralen Staaten gehen da `rüber. Auf die linke Seite!«, vergab Carlos ein weiteres Komando an die Geiseln. -

»Das geht schneller!«, half Khallid. -

»Die neutralen Länder da drüben hin!«, befahl er und er wies mit ausgestrecktem Arm in die entsprechende Richtung.

»Gabun! - Nigeria! - Äquador! - Venezuela! - Da in die Ecke, links!«, rief Carlos die Namen der einzelnen Länder. -

»Indonesien! - Und nun die befreundeten Staaten! - Da vorne, in die rechte Ecke! - Irak! Libyen! Kuwait! - Und Algerien!«, sortierte er die Manschaften aller Geiseln, ihrer nationalen Zugehörigkeit nach, in ihre jeweilige Ecke. -

»Und die anderen, übrigen sind Feinde unserer Sache! Und das sind: Saudi-Arabien - in die Mitte, schnell ...« - Amouzegar erhob sich vom Boden, stellte sich vor Carlos auf und er wies mit schwenkendem Arm die Personen seiner Delegation an den von Carlos befohlenen Ort:

»Tut, was er Dir sagt!«, forderte er sie auf. -

»Die Emirate!«, rief Carlos dazwischen. -

»Khatar!« -

»... und Iran!« - Er stellte sich vor den am Boden knieenden Yamani.

»Steh´ auf!«, schrie Khallid ihn aus einiger Entfernung auf die Beine. - Carlos schritt die Reihe der feindlichen Delegationen und dabei jeden Einzelnen von ihnen beschwörend ihn anstarrend ab. - Von der Straße her, unten vor dem Gebäudeeingang, drang während dessen leise der Klang eines Sondereinsatzsignals zu ihnen empor. Carlos besorgte es. Er begab sich schnell zu einem der Fenster in der Reihe an der Außenwand des Saales. Nada stand dort bereit, hatte sich mit Blicken durch die hervorgehaltene Gardine bereits Orientierung verschafft und bat Carlos, es ihr gleichzutun, damit er die Situation einschätzen und beurteilen kann. Unten waren inzwischen etliche Kleinfahrzeuge der Polizei im Einsatz und auf dem Bürgersteig hatten sich Schaulustige eingefunden, die dem Spektakel beiwohnten. Weitere Soldaten eines Sondereinsatzkommandos sprangen aus einem zusätzlich herangefahrenen Kleinbus der Polizei heraus - und hielten sich für Anweisungen der Einsatzführung bereit. Sie brachten sich in der

Umgebung in Stellung.

»Was ist denn los, da oben?«, fragte ein Mann in Zivil, der soeben einem anderen Mann, der sich in einer kleinen Menschenmenge in der Nähe vor dem Eingang in `s OPEC-Gebäude aufhielt, ein tragbares Funkgerät überreichte. -

»Ich versteh´ Dich nicht! - Ich weiß nicht, irgend etwas ist paßiert.«, teilte er mit. - Der Mann, der soeben das Funkgerät entgegennahm, wandte sich an einen in der Nähe stehenden Wachmann:

»Kann mir einer sagen, was hier geschieht?«, fragte er ihn -

»Einer unserer Kameraden ist verletzt! Das Haus ist voller Terroristen!«, klärte der uniformierte Mann ihn auf. Die Kämpfer waren oben während dessen damit beschäftigt, eine mobile Funkanlage einsatzbereit zu machen. -

»Lesen Sie es noch einmal vor!«, befahl Carlos, ungerührt von den Begleitgeschehnissen, der Chefsekretärin der Konferenz, die er sich vorübergehend in die Küche bestellt hatte. -

»... an die östereichische Regierung! Wir haben die Delegierten der OPEC-Konferenz als Geiseln genommen. Wir fordern, daß das beigefügte Kommunikee innerhalb von zwei Stunden im östereichischen Radio und Fernsehen verlesen wird und dann turnusmäßig alle zwei Stunden. Ferner wird uns ein Bus mit Vorhängen zur Verfügung gestellt, der uns ....« - Carlos unterbrach sie und er komandierte die blonden Frau korrigierend:

»... vor den Fenstern. - Vorhängen vor den Fenstern ...« - Sie verbesserte nervös den Text auf dem Zettel, den sie eher zitternd in ihren Händen hielt.

»... ein Bus mit Vorhängen vor den Fenstern ...«, wiederholte sie:

»... wird bereitgestellt, der uns morgen früh um sieben zum Wiener Flughafen bringt.« - Während sie es las, baute Angle zunehmend ab und eben war er ohnmächtig von seinem Stuhl gesackt und blieb auf dem Boden liegen. - Sie unterbrachen deshalb die Leseprobe. Angle raffte sich noch einmal auf und Carlos kam ihm zu Hilfe, sich wieder auf seinen Stuhl zu setzen. Er nahm Angles Kopf besorgniserregt in beide Hände und er überprüfte dessen Augen, schob dazu mit seinen Daumen beide Lider empor. -

»Ist ein Arzt anwesend?«, fragte er in Strenge rufend in den Raum hinein, wo inzwischen die überwältigten und sortierten Delegierten auf Stühlen platzgenommen hatten, auf denen sie strapaziert dasaßen, auf ihnen eher nur erschöpft den Terror ausdauerten. Nada hielt sie alle mit hervorgehaltenem Gewehr in Schach. -

»Ist unter Ihnen ein Arzt?«, wiederholte Carlos streng seine

Frage. - Ein Mann aus der Delegation erhob seinen Arm, meldete an:

»Ich bin Arzt.« - Es war Helaid Abdessalam, der Algerische Ölminister, der sich von seinem Stuhl erhob und nun Carlos´ Aufforderung folgte, sich um den Verwundeten zu kümmern. Khallid ergriff seinen Arm und führte ihn dazu vor. Nada hielt die Anderen weiterhin in Schach. -

»Komm´ her!«, befahl Carlos, jetzt in Milde begriffen. - Abdessalam wurde von Khallid losgelassen; der beschleunigte daraufhin seinen Schritt und er trat neben Carlos zu Angle heran. -

»Legen Sie sich bitte auf den Boden!«, bat er Angle, der angegriffen und schlapp vor ihm auf seinem Stuhl saß aber noch ansprechbar war und angestrengt versuchte, das Übergehen seiner Augen zu bekämpfen. - Abdessalam half ihm dabei, sich auf den Boden zu legen. Dann begann er seine Untersuchung. -

»Machen Sie weiter!«, befahl Carlos der Sekretärin. -

»... wo eine DC 9 mit dreiköpfiger Besatzung bereitsteht, um uns und unsere Geiseln an den entgültigen Bestimmungsort zu bringen. Jede Verzögerung, jede Provokation, jeder unerlaubte Versuch, sich uns zu nähern, würde das Leben der Geiseln in Gefahr bringen. Unterzeichnet: Der bewaffnete Arm der Arabischen Revolution. Wien, 21 Dezember 1975.« - Carlos blickte für einen Moment in ´s Leere, als die Frau mit dem Verlesen des Kommunikees zu Ende war. Dann beugte er sich zu einer geöffneten Reisetasche nieder und holte aus ihr eine Büromappe, aus der er eine Urkunde herausnahm. -

»Hier! - Das ist das Kommunikee. - Sie gehen jetzt nach draußen und übergeben es der Polizei. Zusammen mit diesem Brief!« - Der Schakal sprach jetzt freundlich zu ihr. Sie blickte mit einem zerknitterten Gesicht auf das Blatt in der ihr vorgehaltenen Mappe und legte den Brief, den sie eben vorgelesen hatte, hinzu, während Nada nur stumm und weiterhin mit ihrer Pistole, die sie gegen die Saaldecke hielt, fuchtelnd die Delegierten einschüchterte. - Carlos zeigte sich galant, faßte mit weit ausgestrecktem Arm der Sekretärin an die Schulter und nur bittend geleitete er sie zum Ausgang des Saales.

»Joseph!«, rief er den Kämpfer zu sich. Der stand weiterhin im dunstverhangenen Gang und hielt dort Wache. -

»Kommen Sie!«, verlangte er von der Sekretärin, die eingeschüchtert auf ihn zuging und ihren Auftrag zu erfüllen begann. Es standen sehr viele Menschenleben auf dem Spiel, die sie weiterführend nicht aufs Spiel setzen durfte. Sie kümmerte sich auf halbem Weg um den dort am Boden liegenden, verwundeten Soldaten, der sich jetzt flehend bewegte, als sie ihn erreichte und sie verstand seine wortlosen Zeichen. Sie half ihm, sich aufzurichten, während Joseph seine Wache entschärfte, indem er seine Waffe sicherte und sie nicht mehr auf die beiden gerichtet hielt. - Die schleppten sich vor seinen wachsamen Augen gerade nach unten ...

... während im Konferenzsaal Carlos´ ganze Aufmerksamkeit der Gesundheit Angle`s galt. -

»Er ist schwer verwundet und er schwebt in Lebensgefahr!«, hatte der Arzt ihm eben mitgeteilt, der abschließend Angles Puls an dessen Halsschlagader fühlte. -

»Er gehört versorgt! Eine OP ist unumgänglich. Unbedingt!«, machte er die Sache dringlich. -

»... aber ich fühl´ mich. - ... ich komme durch und bleibe lieber hier ...«, widersprach Angle - aber er widersprach gequält. - Carlos kniete sich zu ihm nieder und er betrachtete sich die Schußwunde in dem nackten Bauch des Kameraden, dessen Pullover hochgezogen war, damit dem Arzt eine erste Diagnose möglich wurde - ein kleines, rotverfärbtes Loch in der seitlichen Mitte des Bauches, rechts. - Carlos durchwühlte Angles Anzugtaschen seines braunen, feingerippten Kordanzuges und suchte nach dessen Papieren. Er fand sie schließlich in einer der Taschen und er nahm sie heraus, damit Angle unidentifizierbar bleibt, wenn er sich gleich der Wiener Polizei übergibt.

»... laß mich hier ...«, widersetzte sich Angle kraftlos den Absichten seines Komandanden. Der überhörte es. -

»Du übergibts ihn der Polizei! Sie sollen ihn in ´s Krankenhaus bringen! Aber Du kommst zurück!«, beauftragte er Abdessalam. -

»Kann ich mich darauf verlassen? - Versprichst Du es mir?«, fragte Carlos abschließend. Der Arzt zeigte sich, zwar verzagt von den Verständigungsproblemen, damit einverstanden:

»In Wien habe ich keine dauerhafte Bleibe! Ich muß zurück.«, versprach er Carlos. - Er half Angle die Treppe hinunter. Unten standen vier Soldaten im Gang und versperrten ihnen mit schußbereiten, ihnen entgegengehaltenen Gewehren den Weg, hinaus zu einem bereitgestellten Krankenwagen. Zwei von ihnen legten ihre Waffen jetzt aus der Hand und sie schulterten Angle hinaus. -

»Sind Sie einer der gefangengesetzten Konferenzteilnehmer?«, war Angle von einem der dabeistehenden Soldaten befragt.

»Ich bin einer der Kämpfer. Ich heiße Angle.«, antwortete der verwundete Terrorist gequält. - Draußen hielten zwei militärisch uniformierte Sanitäter eine Trage bereit, auf die sie Angle dann legten. -

»Ein Konferenzteilnehmer? ... eine Geisel?«, war wieder gefragt. -

Pressefotografen bannten die Bergung auf Fotos und mochten ihre Neugierde nicht verbergen.

Oben verfolgte Carlos aus dem Fenster heraus den Abtransport des Genossen. Dann kümmerte er sich wieder um die verfeindeten Delegierten. Die sahen verängstigt zu ihm auf.

»Na los!«, befahl er ihm. Yamani beendete das hin- und herschieben der Perlen an seiner Gebetskette, die er in seiner rechten Hand hielt und er schien vor Todesangst leise zu wimmern. Allmählich erhob er sich. - Carlos setzte dabei mit seinem Gewehr an, einen Gefangenen zu erschießen, der sich unerlaubt bewegt hatte.

»Aber nein! - Unterlassen Sie das!«, flehte Yamani um dessen Leben. Carlos ließ sich davon abhalten. Er und Khallid führten Yamani aus dem Konferenzsaal zur Tür hinaus. Er ging mit dem Gefangenen allein in die Küche, nur wenige Schritte den kleinen Gang hinauf, wo oben Joseph weiterhin die Wache hielt, im nicht verschmauchen wollenden Dunst der Explosionen von den Feuergefechten im langen Gang vorhin, während die beiden Männer in der Tür verschwanden.

Yamani mußte sich zur Unterredung an den Küchentisch setzen während Carlos sein Gewehr sicherte und es ablegte. Er setzte sich zu Yamani. Er begann, haßerfüllt wie drohend, zu reden:

»Nun ist es geschehen. Wir werden mit Ihnen abrechnen und Sie müssen es bezahlen. Sie büßen jetzt für Entscheidungen und Haltungen bei den Einmischungen im politischen Weltgeschehen Saudi Arabiens. - Sie übten Verrat und dafür leiden Sie jetzt ihre Gefangennahme. Sie wissen, was auf Verrat steht?« - Yamani nickte demütig mit dem Kopf. -

»Der Tod!«, beschwor Carlos ihn. -

»Und im Angesicht dessen beten Sie.«, fuhr Carlos ihn an. - Er grinste triumphierend.

»Aber wir sind von selben Kalibern und Sie verstehen mich genau. Wir beide dürfen glauben, daß, wenn Östereich nicht bereit ist, unser Ultimatum anzunehmen, daß ich dann keine andere Wahl habe. Und ich werde Sie ohne Skrupel eigenhändig hinrichten. - ... und gleich hier aus einem der Fenster herausschmeißen, der Weltöffentlichkeit zu ihren Füßen!«, schüchterte er sein Opfer ein. - Es kam ein Helicopter zum Einsatz, der den östereichischen Bundeskanzler Bruno Kreisky in die Nähe des Tatortes einflog. Kreisky entstieg ihm, wurde am Boden von einem Mann in Empfang genommen, der ihn zu einer entfernt bereitgestellten Diplomaten-Limousine abholte, in der Otto Rösch, der österreichische Innenminister, zu einer Unterredung auf ihn wartete.

»Die Terroristen verlangen für die Vermittlung den Botschafter Libyens.«, erklärte Rösch dem Bundeskanzler, während dieser, auch mit einer gewissen Ehrerbietung seinem Minister gegenüber aber hauptsächlich einer größeren Bequemlichkeit wegen, seinen Hut von seinem Haupt zog und sich erst danach der kleinen Ansprache des Ministers zuwandte. -

»... aber er ist nicht im Lande. Er hält sich in Prag auf«, zeigte sich Rösch entäuscht.

»Ein libyscher Delegierter wurde von den Terroristen erschossen. Es heißt, der Anführer der Gruppe kenne keine Skrupel. - Gaddhafi soll es mit Empörung zur Kentnis genommen haben und hält eine Unterstützung der Aktion für ausgeschlossen. Aber der irakische Geschäftsträger hat angeboten, anstelle des Libyers die Vermittlung zu übernehmen.«, informierte der Minister im weiteren Verlauf ihrer knappen Unterredung mit dem Bundeskanzler diesen, der sich dann antwortend äußerte:

»Ich glaube, es bleibt uns nichts anderes übrig. Die Rettung von Menschenleben hat hierbei oberste Priorität und wir müssen erst einmal Zeit gewinnen und dürfen die Terroristen nicht provozieren.«, sagte er. - Der Minister stimmte ihm zu, nickte.

»Ich habe die Kanzlerin kontaktiert; sie werden sich alle ruhig verhalten. Der Überfall wird von der PLO nicht getragen. Sie verurteilt diese Aktion.«, pflichtete der Minister dem Kanzler bei.

»... und nur von Algerien ist uns Hilfe zugesagt.«, sagte Rösch. -

»Dann muß ich mich an die Algerier halten und mit dem Präsidenten Kontakt aufnehmen.«, kündigte der Kanzler an. -

»Er wartet bereits darauf.«, bestätigte Rösch.

Inzwischen war die Nacht hereingebrochen. Eine Limousine fuhr vor und entließ den Beauftragten für irakische Angelegenheiten in Wien, jenen Mann also, der Carlos bei der Bewaffnung durch die irakischen Waffenhändler begrüßte. - Aus den Lautsprechern des Autoradios erklang eben eine Nachrichtenmeldung zur aktuellen Lage:

»... die sich als Arm der Arabischen Revolution bezeichnende bewaffnete Gruppe, die gegenwärtig Delegierte in Wien zur OPEC-Konferenz als Geiseln gefangen hält, hat nachfolgende Erklärung verfaßt ...«:

»... Der Östereichische Rundfunk sendet jetzt den ungekürzten Text des Armes der Arabischen Revolution vom 21. Dezember 1975: Inzwischen dürfte der ganzen Welt bekannt sein, daß sie die Konsequenzen dafür tragen muß, daß die arabische Sache, insbesondere die Palästinenser-Frage mit einem Komplott beson-

67

deren Ausmaßes zu tun hat, das einzig dem Zweck dient, der zionistischen Existenz auf unserem Grund und Boden die Anerkennung zu verschaffen und zur Teilung, Schwächung und zum Streit mit unserer arabischen ...« - Auch im Konferenzsaal hörten die gefangengesetzten Delegierten, zusammen mit den Terroristen die Verlesung des Kommunikees dort allerdings aus einem Kofferradio an, daß zwischenzeitlich bereitgestellt war. Amouzegar begab sich währenddessen und möglichst unauffällig zu Dr. Fernandez - ... und bat ihn um Feuer. Er wollte sich, von den Terroristen unbemerkt, kurz austauschen:

»Sie und Yamani ...«, flüsterte Fernandez Amouzegar zu, während er ihm Feuer reichte. -

»Dann müssen Sie ihn umstimmen! Man muß ihm Geld bieten. Fragen Sie ihn, mit wieviel Lösegeld er sich zufrieden gibt?«, flüsterte Amouzegar. -

»Sie geben vor, es ginge ihnen nicht um Geld. Sie haben ein anderes Endziel im Visier«, minderte er seine Hoffnung auf sein Davonkommen. - Dr. Fernandez sann nach, sprach dann:

»Normaler Weise wird jeder Mensch weich, wenn er genügend Geld geboten bekommt.« -

»Dann müssen Sie es probieren!«, verlangte Amouzegar. -

»Fragen Sie, mit welcher Summe er sich zufrieden gibt!«, verlangte er noch einmal von Dr. Fernandez. Der stimmte ihm mit einem undeutlichen Kopfnicken zu:

»Ich werd `s versuchen«, flüsterte er, während er sich von seinem Platz erhob. Die anderen lauschten weiterhin der Radiomeldung. Carlos machte sich dabei auf, die zur Unterschrift zuvor ausgeteilten Kommunikeebögen wieder einzusammeln. Er überreichte den Stapel mit den unterschriebenen Bögen dem Irakischen Beauftragten mit seiner Aufforderung ...

»... geben Sie das dem östereichischen Bundeskanzler Kreisky!« - Der Iraki stimmte Carlos kopfnickend zu. -

»Die Briefe sind von den Gefangenen.«, klärte Carlos den Mann auf.

»Und richten Sie aus, daß es besser für alle Beteiligten ist, diese Bögen zu unterschreiben, um jedes weitere Blutvergießen zu verhindern und damit wir dieses Land so schnell wie möglich verlassen können.«, erklärte Carlos dem ihm zustimmenden Diplomaten. -

»Sie können nach Algerien. Dort ist man bereit, Sie zu unterstützen.«, teilte er Carlos mit.

»Ausgerechnet Algerien? Wie kommt `s?«, erstaunte diese Mitteilung den Komandanden. -

»Nun, ja. Ich nehme an, die Algerier versprechen sich einen

Profit davon. Vieleicht handelt es sich um eine Umgarnung der Saudis.« -

»Aber wir streben nach Bagdad. Das ist von uns klar und deutlich mitgeteilt.«, widersetzte sich Carlos. -

»Von Algerien aus erreichen Sie Bagdad oder den Jemen sicherlich besser. Sie können auch dort Ihre Mission beenden.«, erklärte der Iraki. -

»Wenn wir das wollten, ich meine einen Zwischenstopp, dann hätten wir Tripolis bevorzugt, nicht Algier.«, erklärte Carlos. Der Iraki wandte sich von ihm ab:

»Wenn es auch so ist: aber Libyen haben Sie sehr verärgert. Sie hätten dann ihren Delegierten nicht töten dürfen.« -

»Ich konnte nicht anders handeln. Er griff mich an!«, wehrte sich Carlos. Entschlossen schritt er zur Ausgangstür und komplimentierte mit einer vornehmen Geste den Iraki aus den Saal hinaus. -

»Ach, noch etwas. - Die Brötchen, die Sie gebracht hatten, waren mit Schweinefleisch belegt. Aber wir verzehren kein Fleisch vom Schwein!«, erklärte ihm Carlos, der in der geöffneten Tür stand. Der Iraki nickte verwundert und er antwortete nach kurzer Überlegung:

»Dann werde ich es abstellen. Ich werde es veranlassen.« - Carlos schloß die Tür hinter ihm.

»Entschuldigen Sie!«, winkte Fernandez Carlos zu sich herbei.

»Ich bin kein Mohammedaner aber ich habe einen riesigen Kohldampf!«, erklärte er dem terroristischen Anführer. Mit Gier ging er zu dem Tisch, auf dem Platten mit belegten Brötchen bereitgestellt waren. Carlos stellte sich an seine Seite. -

»Carlos.«, begann Dr. Fernandez, während er hungrig in ein Brötchen biß ... -

»... wäre es der Revolution nicht dienlicher, Sie verzichteten auf ein Blutbad und bringen ihr statt dessen etwas mehr Vermögen mit nachhause?«, fragte Fernandez ihn herausfordernd. Der Komandand hatte sich neben ihn auf einen Stuhl gehockt und er hatte sich eine Zigarette entzündet, während er dem Mann an den übereinander gestapelten Plastikkörben mit den belegten Brötchen darin, aufmerksam folgte. Er griente versonnen, während er über Fernandez Frage nachdachte. -

»Was glauben Sie von uns, Dr. Fernandez? In aller Freund-schaft will ich Ihnen mitteilen, daß ich so gut bezahlt werde, daß ich auf jedes Geld verzichten kann. Mein Auftrag lautet anders. Und ich habe nichts davon, wenn ich auch nur einen von diesen Schweinen am Leben lasse.« - Carlos hatte sich ganz dicht vor Fernandez gestellt. Er klopfte ihm nun aufmunternd auf die Schulter:

»Guten Appetit und essen Sie gerne weiter von dem Schweinefleisch.« - Der Östereichische Presseaparat lief auch nächtlich auf Hochtouren und er übertrug life eine kurze Ansprache des Bundeskanzlers:

»Gegen die Freilassung der sämtlichen der östereichischen domizilierten Angestellten der OPEC - also nicht nur die Österreicher, die sich in den Händen der Terroristen befinden, wird dem Komando ein Flugzeug vom Typ DC 9 zur Verfügung gestellt.«, machte der Bundeskanzler soeben öffentlich bekannt. Er antwortete auf die Zwischenfrage hin, mit welchem Ziel:

»Algier. - Der Präsident dort hat angeboten, in dieser Angelegenheit zu vermitteln und er hofft, damit ein weiteres Töten von Menschen verhindern zu können. Ich möchte ihm dafür im Namen Östereichs danken.«, beendete er eine nächstliche Pressekonferenz.

Ein kostspieliger Ausflug

Die Nacht war vergangen und es war hellichter Tag, als der verlangte Bus mit von innen verhangenen Fenstern vor das OPEC-Gebäude fuhr. Die Tür eines Seiten-Ausganges des Hauses schlug auf, und vorne weg Khallid, gefolgt von Carlos, kamen herausgerannt. Sie begaben sich auf den kleinen Vorplatz, an dem der Bus hielt, gleich an dem Ende des Gebäudes, wo hinter einer Absperrung eine Menge Schaulustiger gebannt dem Spektakel folgte, während Khallid hektisch wie zornig mit seiner Faust gegen die vordere Bustür schlug und den Fahrer autoritär aufforderte, die Tür zu öffnen. Carlos stellte sich hinter ihn, sah nach oben, sah in Richtung der Etage mit dem Konferenzsaal, beäugte auch Dächer, auf denen sich eventuell Scharfschützen bereitgehalten haben und er hielt sein Maschinengewehr dabei auf die in einiger Entfernung vor ihm stehenden Paßanten. Khallid erstürmte den Bus durch die soeben geöffnete, hintere Tür des Fahrzeuges, stürmte nach vorne, zum Fahrer hin und befahl dort einem Begleiter des Busteams laut rufend:

»Na, los Mann, `raus hier!« - Der gehorchte ihm prompt. Die anderen Kämpfer führten mit durchgezogenen Waffen unter laut ausgerufener Bedrohung Einzelner die Delegierten in den Bus. Der Irakische Beauftragte wohnte dem Geschehen auf dem Bürgersteig stehend bei und beorderte Carlos zu sich heran. -

»Dein Krankenwagen bringt den Kameraden direkt zum Flughafen.«, teilte er Carlos kurz mit. Der witterte nach einer Falle:

»Ohne ihn werden wir nicht abheben. Ich hoffe, das ist allen klar. - Kapiert?« - Schnell steckte er sich eine Zigarette in den Mund, während sich Khallid zu ihm gesellt hatte, um ihm Deckung zu geben. Zwei Beamte der Östereichischen Polizei standen hinter dem Irakischen Beauftragten. Der reichte Carlos, der jetzt bei ihm stand, in umschützenden, hohlen Händen Feuer für die Zigarette. -

»Kreisky hat bereitgehalten«, mischte sich Khallid ein. -

»War doch klar! - Wenn nicht, wäre das hier zu einem Spektakel geworden, in dem das Blut nur so gespritzt hätte; darauf konnte er sich verlassen!«, triumphierte Carlos. Er drehte sich aus der kleinen Gruppe heraus, beäugte die Situation am Platze, sah zu den Paßanten hinter der Absperrung hinunter und rief nach Nada. -

»Nada!«, winkte er die junge Frau in dem wadenlangen, afghanischen Fellmantel zu sich herbei, die ihre Pistole in den geöffneten Seiteneingang hielt, die darin verbliebenen Personen bedrohte und weiterhin in Schach hielt. Sie hetzte zu Carlos und machte dem kleinen Personenkreis, wobei es sich um österreichische Angestellte der OPEC handelte, unter denen sich auch die Sekretärin befand, die das Kommunikee aus dem Saal zu bringen hatte, den Weg dafür frei, sofort und um die Hausecke herum, die Flucht zu ergreifen. Noch einmal wandte sich Carlos an den irakischen Beauftragten:

»Sehen Sie, auch ich löse meine Versprechen ein. Wir haben die Leute freigelassen.«, teilte er in aller Kürze mit. -

»Asta la Vitoria!«, rief er laut in den hektischen Vormittag hinein, wobei er dabei eine Maschinengewehrsalve in den Himmel verschoss, bevor er den Bus bestieg. Khalid wartete schon darin, bat ihn hinein und im Vorbeigehen komandierten sie den Fahrer:

»Schließen Sie die Türen! Und machen Sie keine Dummheiten!«, wiesen sie ihn an, der daraufhin die Fahrt zum Flughafen aufnahm. Auf dem Flughafen stand das versprochene Flugzeug mitten auf der Piste bereitgestellt. In einiger Entfernung von der Maschine stand die Limousine des Innenministers Österreichs bereit, der unter dem Schutz eines Soldaten den Start der Maschine beobachten sollte. Er hatte sich gerade eine Pfeife angesteckt, war aus dem Fahrzeug gestiegen und stellte sich auf die Piste, auf der der Bus gleich entlangfahren mußte, auf den er wartete. - Es dauerte dann nicht sehr lange, bis der Bus mit den Geiseln auf ihn zugefahren kam, der bald auf Höhe des bereitgestellten Flugzeuges auf eine entsprechende Verabredung hin direkt vor der Maschine stoppte und Carlos konnte es nicht abwarten, stieß mit dem Ballen seiner offenen Hand gegen die Bustür, die gleich darauf vom Fahrer geöffnet wurde. Aus dem Heck der Maschine war die Treppe ausgefahren, zu der Carlos gleich eilte und die Stufen hinauflief, in die Maschine hinein. Eine flugbegleitende Person, die den verwundeten Angle versorgte, der dort in einer Nische im Heck des Paßagierraumes auf einer Trage lag, stand auf, als Carlos hektisch den Innenraum der Maschine betrat, ihn im Gang zwischen den Sitzreihen kurz anschaute, auch nach Angle sah, bevor er zum Cockpit der Maschine strebte und auf dem Weg dorthin die Sicherheit im Fluggastraum mißtrauisch checkte. - Im Bus kümmerten sich derweil die Komplizen um die Ruhe unter den Geiseln. - Carlos kam bald zu ihnen aus dem Flugzeug zurück ...

»... es ist alles soweit in Ordnung!«, gab er das Zeichen, daß das Umlassen der Geiseln von dem Bus in das Flugzeug hinein beginnen konnte. Die Terroristen trieben sie unter Gewaltandrohung dazu an.

»Schneller, schneller! Beeilt euch!«, ertönten zornige Komandi durch den Innenraum des Busses. Verstörte Männer verließen, mit von Angst gezeichneten Gesichtern, vor den Augen des östereichischen Innenministers diesen. Bald darauf stieß der Schakal die Tür zum Cockpit, zu den Piloten hinein, auf. -

»... mein Name ist Carlos! Sie erhalten von mir alle weiteren Befehle und sonst von niemandem!«, überfiel er den Piloten barsch. -

»O. k. - Carlos. Ich bin der Kapitän; Pollak ist mein Name - Dr. Herold, mein Copilot.«, nahm der Pilot den Terroristen in Empfang und stellte sich vor. -

»Es ist gut so!«, bestätigte Carlos das gegenseitige Verständnis. -

»Wir fliegen zunächst nach Algier. Für einen kurzen Zwischenstop und dann weiter nach Bagdad.«, gab er dem Kapitän seine Anweisung.

»Das ist vollkommen ausgeschlossen!«, widersetzte der sich.

»Wieso das denn nicht?«, fragte Carlos. - Der Kapitän zuckte nur mit seiner Schulter:

»Bagdad ist zu sehr entlegen.«, machte er dem Schakal bekannt. -

»Dann werden wir einen Zwischenstopp einlegen müssen. In Algerien kann die Maschine gewartet und es kann dort auch nachgetankt werden.«, schlug Carlos vor.

»Auch das wird uns nicht weiterbringen. Der Maschine fehlt es grundsätzlich an einer entsprechenden Reichweite.«, wies der Kapitän darauf hin.

»Das kann nicht sein. - Uns war die Bereitstellung einer DC 9 zugesagt. Nur sie machten wir zur Bedingung.«, sagte Carlos.

»Der wurde somit entsprochen. Sie haben eine DC 9 zur Verfügung gestellt bekommen. - Aber wir kommen mit dieser Maschine nicht bis nach Bagdad. Selbst von Algerien aus wäre die Entfernung zu groß.« - Carlos überlegte schweigend. Er verließ das Cockpit und schloß die Tür hinter den Piloten. - Schon bald begann die Maschine ihren Startflug auf ungewisse Odyssee. Im Paßagierraum hatte sich Nada um Angle zu kümmern begonnen, saß bei ihm und sie war um das Leben des Genossen besorgt. Sein Begleiter sprach zu Carlos, der eben zu ihnen kam:

»Es ist Ihnen gesagt und Sie sollen es nicht unterschätzen! Dieser Mann befindet sich in absoluter Lebensgefahr.« - Carlos sah sich den schwer Verwundeten an und er antwortete:

»Es ist uns zugesagt, daß in Algier seine chirurgische Versorgung gewährleistet ist. Man wird ihn mit einem Krankenwagen abholen und ihn zur Operation in ´s Krankenhaus bringen.«

»Hoffentlich wird er den Flug überstehen.«, wandte der Begleiter ein. Carlos verließ das Szenario, drehte sich um und ging in die Mitte des Ganges, wo einer der Kämpfer mit entsichertem MG stand. - Carlos setzte sich zu Yamani auf den Nachbarsitz. -

»Wie lange werden wir in Algerien bleiben?«, fragte ihn Yamani. -

»Nur kurz. Ich denke, nach spätestens zwei Stunden werden wir dort wieder abheben.«, beschloß Carlos. -

»Wir lesen unser Kommunikee, und im Gegenzug lassen wir vieleicht ein paar Geiseln frei.« -

»Ich befürchte, daß Sie mit den Libyern da ein Paar Probleme haben. - Sehe ich das richtig?« - Yamani redete angstvoll und dabei sehr langsam auf Carlos ein. -

»Falsch!«, antwortete Carlos ihm. - Er war dann zum Cockpit zurückgekehrt und hatte eine Funkverbindung herstellen lassen. -

»Ich muß mit Ihnen etwas besprechen.«, sagte er dem Mann, der von hinten aus dem Fahrgastraum zu ihm nach vorne beordert gewesen war. -

»O. k.!«, entsprach er knapp seiner Anweisung. Der Mann ging langsam in ´s Cockpit und ließ sich den Kopfhörer für die Funkleitung von dem Piloten zureichen. Behutsam setzte er ihn sich auf. Er zog sich das am Hörer befindliche Sprechmikrophon vor den Mund:

»Eine Landeerlaubnis wird erteilt.«, hatte er eben vernommen und Carlos davon mitgeteilt. -

»... in einer separaten Zone, wo sonst die Maschine der Präsidenten parkt.«, ergänzte er die Mitteilung an den Komandanden.

»Das ist ja wunderbar!«, bestätigte Carlos. -

»Es ehrt uns und wir fühlen uns akzeptiert; teilen Sie es bitte mit.«

»Soeben höre ich, daß auch der Außenminister am Ort ist, um mit Ihnen über die Freilassung der Geiseln zu verhandeln.« Carlos überlegte es. -

»Wir lassen uns auf keine Verhandlungen ein. Und zu Freilassungen wird es nur dann kommen, wenn die Situation es erzwingt. Füllen den Tank nach und fliegen sofort weiter.«, antwortete er. Der Dolmetscher machte es den Algeriern über das Mikrophon gleich bekannt. Carlos ließ sich auf keinerlei weitere Unteredung ein, drehte sich kurz ab und gab den Weg in den Paßagierraum frei. Der Dolmetscher verstand seine Geste, legte den Kopfhörer ab und überreichte ihn dem Piloten. Er ging zurück in den Paßagierraum, wo ihn die Komplizen in Empfang nahmen und ihn an seinen Platz zurückführten. Khallid ging zu Carlos und fragte:

»... stimmt etwas nicht?« - Carlos sinnierte etwas schwermütig geworden:

»Wir wurden belogen. Von den Algeriern. - Die wollen mit uns verhandeln.« - Khallid schwenkte nachdenklich und dabei von einer Enttäuschung gezeichnet, seinen Kopf - erwog:

»Diese miesen Schweine!«, schimpfte er. -

»Sie hoffen auf ein Bündnis mit den Saudis.«, spekulierte Carlos.

»Aber ihr Versprechen lautete anders! Und darauf werden wir uns berufen.«, stammelte Khalid in anstrengenden Erwägungen vertieft. -

... während Nada sich von dem komatischen Angle abwandte, sich auf dem freien Nebensitz die MP vom Sitz nimmt, die sie sich forsch und im Marsch nach vorne befindlich, dabei in eine völlige Rage geraten, zu den beiden sich dort beratenden Männern hin, über die Schulter hing. - Carlos kam ihr in leichter Erregung entgegen, wies aber die Geiseln sehr lautstark an:

»... wir werden demnächst landen. Unser Zielflughafen ist Algier. Ziehen Sie die Rollos `runter und schieben Sie sie unter keinen Umständen wieder hoch!«, befahl er. - Die anderen Kämpfer untermauerten mit barschen Anordnungen den Befehl des Komandanden. Es wurde bald sehr dunkel im Innenraum der Maschine, als der Schakal bekannt gab:

»Wir legen einen kurzen Zwischenstopp ein. - Und niemand bewegt sich, es sei denn, wir befehlen es!« - Die Maschine setzte im eleganten Senkflug allmählich zur Landung auf der Piste des Flughafens inmitten der arabischen Wüste an. Kaum hatte die Crew nach der Landung am Heck der Maschine die Treppe ausgefahren, als Carlos bewaffnet ihre Stufen hinab eilte und die gerade unten hinzu gefahrene Delegation um den Algerischen Innenminister Abdellazit Bduteflika herum, die soeben ihr Fahrzeug verlassen hatte, drohend anwies, daß sich niemand nähern soll; schon verschwand der Komandand wieder die Treppe hinaufeilend im Bauch der gecaperten Maschine. Er holte eine Geisel aus ihr heraus, die er bald danach, die Gangway hinab, zu ihrer Freilassung auf die Piste schickte. Der befreite Mann ging zu den beiden wartenden Offiziellen der Algerischen Regierung. Im Innenraum kommt es in dieser Zwischenzeit zu einer kurzen aber heftigen Auseinandersetzung zwischen einem der Kämpfer und Angles Flugbegleitung:

»Wir halten es für besser, er bleibt da.«, zürnte der Terrorist, der um Angles Wohl bedacht war, der sich allerdings den Einwandt der Begleitperson anhören mußte:

»Er schwebt in Lebensgefahr. Ich übernehme keine Verantwortung, wenn er nicht umgehend in ´s Krankenhaus gebracht wird.«, machte er den Terroristen lautstark auf das hierbei medizinisch zwingend Notwendige aufmerksam. - Nada verschloß die offene Flugzeugtür am Heck zur Gangway hin und ging zu der kleinen Gruppe um Angle.

Sie gaben der Notwendigkeit einer Überführung in ein Hospital nach und es benötigte keine lange Zeit, bis Krankenhaus-Sanitäter den Verwundeten auf einer Trage liegend aus der Maschine holten. Angle war nicht bei Bewußtsein. Der flugbegleitende Arzt setzte sich neben ihn, hing die Flasche der inzwischen angelegten Infusion an einen Haken an der Decke des Krankenwagens, während Carlos in Begleitung einer Geisel in die Maschine zurückkehrte. Er hatte Angles Abtransport bewacht. Er begab sich danach zur zweitvorderen Sitzbank an der Tür zum Cockpit, wo Khallid Yamani bewachte und er reichte vertrauenerweckend der Geisel die Flamme seines Feuerzeuges, an der sich Yamani jetzt sehr gerne eine Zigarette ansteckte. Die Maschine war innerhalb des Paßagierraumes nach wie vor abgedunkelt und es nahm inzwischen einen Anklang von Komplizenschaft im Verhältnis zwischen den Terroristen und ihrem Gefangenen Yamani. - Carlos ging weiter, ging zum Cockpit, schloß die Tür zum Piloten, steckte sich eine Zigarette an und begann, sich mit Khallid, der ihm gefolgt war, im Arbeitsraum des Flugingenieuers zu beratschlagen. -

»Wir sollen alle laufen lassen, verlangen sie.«, informierte er Khalid mit ruhiger Stimme. -

»Und sie halten Kontakt mit den Saudis.«, erklärte er seinem Mitkämpfer. -

»Wegen eines Lösegeldes für Yamani. - ´ne ziemliche Summe!«

»Ich glaube, es ist besser, ganz schnell von hier abzuhauen.«, riet ihm Khallid. -

»Am besten ist es, wir fliegen nach Tripolis!«, glaubte Khallid, daß dieses zwingend geboten sei, um ihre Mission zu erfüllen. -

»Aber wir müssen einige befreien. Und ich halte es für sinnvoll, die nicht-arabischen Geiseln ´rauszulassen«, wandte Carlos ein. -

»Wir müssen unsere Bereitschaft zeigen, nachzugeben ...«, sah er ein. - Khallid hörte ihm gut zu. -

»... sonst hören die auf, sich zu kümmern, versagen es, zu tanken und versuchen, uns zu überfallen.« - Khallid sah es ein:

»... aber was geschieht im Umgang mit den Libyern, wenn wir keine Geiseln zu ihrer Befreiung anzubieten haben?«, fragte er nach reiflicher Erwägung. -

»Ich denke, nichts wie weg hier! Und alles weitere wird sich ergeben.«, entschied Carlos kurzentschlossen.

»... es ist eine Falle.«, resümierte er. -

»Uns bleibt keine Wahl!« - Er ließ noch einmal die Treppe ausfahren. Auf der Piste an der Treppenanlage des Flugzeuges stellte er sich bei der untersten Stufe hinter das Geländer auf die Piste und beaufsichtigte mit durchgeladener MP den Ausstieg einer kleinen, freizulassenden Delegation der Geiseln, jene aus den Neutralen Ländern, die nacheinander der Maschine entstiegen. Vorne an Dr. Fernandez. -

»Carlos!«, sprach der ihn an. Er hatte sich ihm an dem gegenüberliegenden Geländer gegenübergestellt und er fragte ihn:

»Kriegen Sie das fertig? Uns wirklich umzubringen, meine ich.« - Carlos überlegte kurz:

»Bei Ihnen hätte ich wohl meine Bedenken gehabt.«, bezeugte er seinem Landsmann seine Freundschaft und Sympathien. - Fernandez verabschiedete sich mit knappem, militärischem Gruß, als er sich in der Gruppe der Freigelassenen auf das Flughafengebäude hinzubewegte. Etwas wehmütig schaute Carlos ihnen hinterher. Bald danach hob die Maschine mit den verbliebenen Geiseln an Bord von der Piste ab und erklomm allmählich den staubigen Himmel des algerischen Luftraumes.

»Oberst Gaddhafi erklärte uns für unerwünscht.«, teilte ihm soeben Khallid mit. Carlos hatte sich zu ihm beim Cockpit eingefunden, wo der Komplize gerade den Kopfhörer der Funksprechanlage um seinen Hals gelegte. -

»Wir kreisen jetzt seit mehr als einer Stunde über der Stadt.«, verwies der Pilot die beiden Terroristen auf die drohende Gefahr eines Absturzes. -

»Wir müssen also `runter. Dann machen Sie es denen aber leicht klar, daß denen mit einem Absturz über Tripolis nicht geholfen ist. Die haben keine andere Wahl.«, forderte er eindringlich. - Khallid nahm erneut den Sprechfunkverkehr auf:

»Damit Sie uns klar verstehen - Sie müssen uns die Landung erlauben bevor wir über der Stadt abstürzen. Und damit zerstören Sie das Leben der Geiseln. - Das dürfen Sie nicht riskieren. Und auch die zu erwartenden Kollateralschäden haben Sie auszuschließen!«, warnte er die Flugaufsicht im Tower. - Carlos zeigte sich überanstrengt. Er hielt sich einige Schritte entfernt von Khallid an einer Wand gelehnt auf, hatte sich ein kleines Röhrchen aus seiner Tasche gezogen und etwas Pulver geschnieft. - Kokain ist ein wirksames Aufputschmittel. - Schon bald danach landete die Maschine in Tripolis.

Gerade hatte sich Pollak seine Hände freigemacht, da stieß Carlos, durch Drogen zu neuem Tatendrang erwacht, die Tür zum Cockpit auf:

»Was treiben Sie da?«, stieß er den ersten Piloten und dabei jenem im Rücken stehend, an. -

»Es ist uns vom Tower verboten worden ...« - Carlos ließ den Piloten nicht ausreden. -

»... was soll der Quatsch?«, fragte er in Wut geraten. -

»Ich bin handlungsunfähig!«, antwortete Pollak verbissen. -

»... weil wir keine Erlaubnis ...« - Carlos überwältigte ihn, griff panisch zu den Instrumenten vor den Piloten und verlangte einen augenblicklichen Neustart. -

»Zu dieser Operation bedurfte es einer langwierigen Vorbereitung und ich persönlich habe alles erarbeitet.«, keifte er in Rage geraten ...

»... über Wochen und Monate hinweg ...!«, beteuerte er keifend den beiden Piloten.

»... und jetzt soll es an den Libyern scheitern? Das kann nicht sein!«, schrie er in den Innenraum des Cockpits. - Gedankenverloren starrte er in die Leere des libyschen Wüstenhimmels durch die Flugzeugscheibe hinaus. -

»Los jetzt! Tun Sie `was!«, verlangte er eindringlich von Pollak, den er nochmals rüttelte. - Er rief Khallid zu sich. Der erste Pilot rief über Funk den Tower an. Aber sie bekamen keine Starterlaubnis, bevor sie nicht mit Otto Pleinert verhandelt hatten. Es zwang sie zu einem unerwünscht längerem Aufenthalt, bis der österreichische Botschafter in Libyen mit einer Limousine zum Flughafen vorgefahren kam - jener stattliche Herr in diplomatischen Diensten, der sich zu den Männern im Tower begab, um von dort über Funk die Verhandlung zu führen. -

»Euer Exilenz! Entschuldigen Sie bitte. Aber der Minister hat es mir streng verboten, mit den Terroristen Kontakt aufzunehmen. In keiner Weise darf ich das unternehmen.«, empfing ihn der erste Offizier im Tower. - Pleinert zeigte Verständnis für das Verhalten der dortigen Crew und er nickte dem Offizier zustimmend zu.

»Es muß aber etwas geschehen.«, stellte er, in sachlicher Ruhe bewahrt, klar. Der erste Offizier ging an seinen Platz zurück, stellte sich an seinen Arbeitsstuhl und schaute durch die großen Glasfenster hinaus in die Weite des Flugplatzes. Dann sprach er:

»Wir haben die Landung nicht erlaubt. Und dennoch sind sie gelandet. So etwas nennt man Pech.« - Im Cockpit der Maschine redete Khallid, in heftige Rage geraten auf Pollak ein:

»Versuchen Sie `s noch `mal!«, befahl er. - Der erste Pilot folgte seinem Befehl. Dann warf er den Kopfhörer von sich:

»Es bringt nichts. Von denen kommt keine Reaktion.«, teilte er resignierend mit.

»Haben Sie denen klarzumachen versucht, daß wir die Geiseln töten, wenn die weiterhin nicht spuren?«, fragte Khallid Pollak in jähem Zorn.

»Aber ich teilte Ihnen mit, daß sie nicht reagieren!« - Beide Männer wußten im Moment nicht weiter. - Khallid mußte seine plötzlich aufgekommene Übelkeit bekämpfen und er verließ rasend das Cockpit. Er eilte in den Paßagierraum zurück und er erbrach sich plötzlich über einem freien Sitzplatz. Auch Nada begann, ihre Nerven zu verlieren. Sie wandte sich dem Wachtrupp ab, bei dem sie eben noch stand und eilte zu einer der hinteren Bänke im Heck der Maschine. Sie schluchzte und sie geriet in Rage, schlug heftig gegen die Rückenlehne des vor ihr befindlichen Sitzes und ließ ihrer Verzweiflung freien Lauf.

Im Tower telefonierte eben der erste Offizier. Siegreich warf er den Hörer in die Gabel des Gerätes. -

»Sie haben die Erlaubnis, zu komunizieren.«, teilte er dem hinter ihm weilenden Botschafter mit. -

»Aber von Libyscher Seite ist nichts zu erwarten. Wir werden nicht einmal mit denen reden. Wir halten die Leute für Kriminelle und wir lassen uns nicht verwickeln.«, sagte er zu Pleinert, der sich gleich den Kopfhörer für den Sprechfunkverkehr aufsetzte, den ihm der Offizier reichte und er begann mit dem Funkgespräch, wozu er sich auf einen freien Sitzplatz vor den Armaturen der Flugleitung gesetzt hatte. -

»Hier spricht der östereichische Botschafter. Ich bin von der Regierung beauftragt, Ihnen etwas mitzuteilen.« - Khallid führte im Cockpit das Funkgespräch mit ihm. Pollak und Carlos waren dicht bei ihm und warteten gespannt auf Khallids Mitteilung. -

»Wir sollen die Maschine zurückgeben. - Er sagt, sie stünde nur bis Algier zur Verfügung und so sei es uns versprochen.« - Carlos nahm es zur Kentnis, während Khallid angestrengt nachdachte. -

»Dann brauchen wir aber von den Libyern eine Ersatzmaschine und wir bestehen auf eine Maschine, die für Langstreckenflüge tauglich ist.« -

»Aber die Libyer werden sich darauf nicht einlassen wollen. Sie schließen jede Einmischung aus und sind nicht bereit, mit uns zu reden.«, sagte Khallid.

»Eher lassen die uns auf der Rollbahn stehen und bringen uns alle um. Ihre Bedingung ist, ihren Minister `rauszulassen und daß wir dann wieder verschwinden müssen.« - Carlos war ratlos. Hilflos fragte er:

»Wohin soll es gehen?« -

»Danach mußt Du die Libyer nicht fragen! Und daß wir alle hier denen scheißegal sind, darauf kannst Du Gift nehmen.«, resignierte Khallid, der, ärgerlich geworden, sich den Kopfhörer vom Halse riß und ihn auf die Konsole mit den Instrumenten schmiß. Beide Terroristen zogen sich in den Vorraum des Cockpits zurück, dessen Tür Khallid hinter sich zuwarf und wo sie sich weiterführend berieten:

»Ich glaubte Dir, als Du sagtest, die Libyer würden auf unserer Seite stehen.«, warf Carlos dem Genossen vor. -

»Dann hättest Du ihren Delegierten nicht erschießen dürfen. Und die Vertreter der Neutralen Staaten sind jetzt in Algier. Da ist niemand mehr, womit eine Verhandlung möglich ist. Dann bleibt uns keine andere Wahl. Dann müssen wir tanken. Wir müssen unbedingt tanken. Und danach nichts wie weg hier.«, klärte Khallid seinen Komandanden auf, der nach dieser Belehrung ziemlich aufgeschmißen in die Leere seines Ideenreichtums zurückblickte.

Es war über sie die Nacht hereingebrochen und vor ihnen blinkten die Instrumente in der Armatur des Cockpits, die optisch wie farblich beinahe übergangslos mit den entfernten Lichtern des Flughafengebäudes in der Finsternis der Nacht miteinander korrespondierten. Der Erste Kapitän hielt das Steuerrad in beiden Händen und machte sich für den Start der Maschine bereit. Khallid hatte sich mit seiner Vision ihrer Rettung durchgesetzt. Nervös lauschte Carlos dem schnellen Piepsen eines technischen Gerätes. Er stand dabei in der Tür zum Cockpit hinter den beiden startbereiten Piloten. - Pollak drehte sich resignierend zu ihm um:

»Und in Tunesien haben Sie auch nichts zu suchen. Dort werden Sie vor dem selben Dilemma stehen, wie hier.«, teilte er dem Komandanden mit. -

»Aber wir werden trotzdem kommen und dort zwischenlanden!«, befahl Carlos.

»Sie stellen das Landebahnfeuer aus. Wir können zurück nach Algier, aber nur dort finden Sie einen Ausstieg!« - Carlos hörte ihn an. Er war sichtlich erschöpft und für seine Gedankengänge benötigte er eine längere Zeit als sonst, in ausgeschlafenem Zustand. - Er verschwand aus dem Cockpit und ging den langen Gang zwischen den Sitzreihen entlang zu Khallid und Nada, die sich auf ihren Plätzen im Heck der Maschine niedergelassen hatten und den Stand der Dinge dort abwarteten. Carlos setzte sich zu ihnen und begann, seine Absichten zu erläutern:

»Wir machen kehrt. Wir müssen uns darauf einlassen. Wir gehen zurück nach Algier und warten dort erst einmal ab. Von hier

aus läßt sich nichts anderes entscheiden.«, sagte er den beiden. -
Auch dort herrschte finstere Nacht, als sie landeten.

Eine Delegation um den algerischen Außenminister Bduteflika
empfing Carlos, den man im Flughafengebäude in ein dort un-
tergebrachtes Diplomatenzimmer abgeführt hatte. Der Komandand der Entführer, gefolgt von wachhabenden Soldaten, die den
Terroristen mit vorgehaltener MP zur Verhandlung führten, war
wie verwandelt und er zeigte sich in erneuerter Frische, während
Bduteflika sich an einen separaten Platz neben seine Begleit-
personen abseitig plazierte und Carlos zu sich heran bat.
    »Es ist spät. Ich bitte um Ihre Entschuldigung, Sie um diese
Uhrzeit noch so herauszufordern.«, entschuldigte sich Carlos bei
ihm allen Ernstes. In der hinteren Ecke neben der Sitzgarnitur, in
der die außerdem anwesenden und bereits freigelassenen Geiseln,
die Vertreter der Neutralen Staaten, das Verhandlungsergebnis
abwarteten, ohne daß sie dabei Anstalten machten, sich in irgend
einer Weise einzumischen, war ein bewaffneter Wachmann
postiert, der allein für die momentane Sicherheit der anwesenden
Männer im Raum sorgte. Bduteflika sprach dann zu Carlos, nach
dem sie sich gesetzt hatten:
    »Sie hatten Schwierigkeiten in Libyen. Das ist nicht gut für Ihre
Absichten. Und Sie können so nicht fortfahren.« -
    »Es handelt sich um einen schweren Verrat, den Libyen viel-
leicht einmal bitter bereuen soll.«, antwortete Carlos.
    »Aber Ihre Interessen sind sicherlich auch die unserigen. Und in
der Befreiung der übrigen Geiseln ist diese Gemeinsamkeit
festzustellen.«, räumte Bduteflika ein. - Carlos zog sich eine Zigarre
aus einer mitgebrachten Schachtel heraus und er fragte
Bduteflika:
    »Darf ich Ihnen davon eine anbieten?« - Der Minister lehnte
dankend ab.
    »Zigarren aus der Privatreserve Fidel Castros.«, erklärte Carlos
ihm den bedauernswerten Fehler seines Verzichtes. Der Minister
runzelte seine Stirn. Carlos richtete sich in seinem Sessel gerade:
    »Wir beklagen außerdem Burn-Out-Syndrome bei unserem
Piloten.«, erklärte er Bduteflika. -
    »Und wir können mit dieser Maschine nicht mehr weiter. -
Meine Bedingung ist es, daß Sie uns eine Maschine zur Verfügung
stellen, die lange Strecken auch wirklich bewältigt.«, stellte er final
zur Auswahl. - Er steckte sich die Zigarre an, während ihm der
Minister antwortete:
    »Wir achten hauptsächlich auf die Delegierten aus Saudi-
Arabien und dem Iran. Wir befinden uns mit beiden Ländern in

einem Bündnis.«, sagte Bduteflika. -

»Dann sollten Sie deren Leben nicht weiterhin gefährden und deshalb lassen Sie sich besser auf meine Bedingungen ein!«, gab ihm Carlos zu bedenken auf. -

»... das wäre besser für uns alle.«, begründet er seine Auffassung. - Der Minister gab dem zu bedenken:

»... verlangen Sie zuviel von uns dann gefährden Sie nicht nur Ihr persönliches Wohl sondern auch das Ihrer Leute. - Sie werden es nicht überleben, wenn Yamani auch nur das geringste widerfährt. - Aber das brauche ich Ihnen bestimmt nicht zu erklären.«, stellte Bduteflika dem Komandanden in Aussicht.

»Der reale Reale Sozialismus hatte sich seinerzeit selbst so erkannt und erklärt, weil er einsehen mußte, daß seine ursprünglichen Ideen in der Gegenwart der Machtverhältnisse wie auch in den Verhältnissen der eingefleischten Traditionen aller Völker dieser Welt einen solch radikalen Wandel nicht verkraften kann. Deshalb machte man diese Abstriche. Auf Sie sind es die Saudis, die verdammt viel Macht ausüben. Und deshalb wird niemand das Risiko eingehen wollen, sich mit Ihnen zu verbünden. Und deshalb werden Sie nicht bis nach Bagdad kommen. Und womit könnten Sie die Tunesier umstimmen und auf Ihre Seite bringen, wenn diesem Land danach eine Ächtung aller Länder des Westens und des Orients droht? - Das gilt auch für Ihr Verhältnis zu Libyen. Dort sind Sie bereits verstoßen. - Ja? - Und was wollen Sie denen anbieten um sie umzustimmen? - Ich sehe da keine Aussicht! - Ich biete Ihnen keine Aussicht; ich biete Ihnen eine Alternative. Wenn Sie jetzt wandeln, dann können Sie ihren Sieg feiern. - Bereits gestern hatte ich Ihnen eine gewisse Summe an Geld genannt. Die Summe ließe sich in ihrer Höhe verdoppeln, weil die Saudis umzustimmen sind, sich beteiligen, wenn ich darauf hinwirke. - Können Sie auf soviel Geld verzichten? Kann Ihre Organisation auf soviel Geld verzichten?« - Carlos stockte. Er schluckte einigemale tief 'runter, bevor er zu antworteten begann:

»Und mit welchen Garantien können Sie aufwarten?«, fragte er dann.

»Sie erhalten das Wort des algerischen Staates!«, beteuerte der Minister. - Carlos geriet in Zweifel.

»Aber auf unserer Reise bis hier hin haben Sie Ihr Wort bereits vielfach gebrochen!«, antwortete er. Der Minister prustete daraufhin etwas. Er überlegte, wie er antworten sollte:

»Dann verlassen Sie sich doch besser auf das Wort der algerischen Staatsbank.«, sagte er kompromittierend. -

»Sie müssen nur zustimmen. Wir eröffnen für Ihre Organisation ein Konto, auf das das Geld für die Organisation zur Verfügung gestellt wird. Das alles ist in kürzester Zeit zu bewerkstelligen.

»Halten Sie unbedingt den Namen unserer Organisation geheim.«, lehnte Carlos zaudernd ab. Bduteflika hob jovial wie einlenkend seinen Arm und streckte Carlos seine geöffnete Hand entgegen:

»Oder wir überweisen es Ihnen persönlich und auf Ihren Namen!«, schlug er vor. - Carlos überlegte es sich. -

»Wie Sie sich anschließend mit Haddad einigen, ist Ihre Sache aber Sie werden übereinkommen. Wir kennen Vadi Haddad genau. Er liebt die Diskretion und er mag keine Publisity. Aber eine solche Summe wird ihm ganz sicher nicht unangenehm.« -

Er war zur Maschine zurückgekehrt und er klopfte gegen die Flugzeugtür im Heck, womit er um Einlaß bat. - Nada hörte sein Zeichen, begab sich dorthin und vergewisserte sich mit einem Blick durch den Spion in der Tür, bevor sie ihm öffnete. Stolzerhobenen Hauptes trat Carlos zu ihr hinein. Sofort bewaffnete er sich mit einem MG, das er sich um die Schulter hing und er begab sich festen Schrittes auf den Vormarsch zum Cockpit, wohin ihm Nada sehr impulsiv und mit über die Schulter gehangener Waffe folgte. - Carlos setzte sich auf den Nachbarsitz, zu Yamani. Er atmete erst einmal tief durch, bevor er zu reden begann:

»Die Zeit ist Reif für eine Entscheidung. Und diese Entscheidung fällt mir alleine sehr schwer. Aber ich bin ein Demokrat, was ich von Ihnen nicht glaube, daß Sie einer seien. Ich möchte Ihr Schicksal mit meinen Genossen besprechen. Wir werden gemeinsam ein Urteil über Sie finden. Ist es besiegelt, werden wir Sie darüber inkentnis setzen.« - Irgendwie hinterließ er in unterschwelliger Beabsichtigung einen Hoffnungsschimmer bei dem vom Tode bedrohten Mann. - Carlos erhob sich und stellte sich in die Tür zum Raum des Flugingenieures und er überlegte sich, wie er es beginnen solle:

»Es ist Zeit für Sie. Sie brauchen eine Pause!«, entließ er erst einmal die Piloten, die postwendend und ohne lange zu zögern von ihren Plätzen aufstanden. Sie zogen sich ihre Uniformjacken über. Carlos reichte Pollak versöhnlich die Hand. Dessen Stolz verbat es ihm, dieser Geste nachzukommen. Komentarlos ging er an dem Schakal vorbei und ließ ihn allein mit seinen Komplizen bei ihren Geiseln zurück. Auch der Copilot ging an ihm reaktionslos vorbei und über die Treppe hinaus auf das Rollfeld hinab. Carlos überlegte nicht sehr lange. Bald ging er zurück zu Khallid und er teilte ihm mit:

»Eine Maschine war verlangt. Aber sie spielen nicht mit.« - Auch Nada hörte ihm aufmerksam zu. -

»Welche Argumente tragen Sie vor. Gibt es Vorschläge?«, fragte Khallid den Komandanden.

»Entweder wir geben Ihrem Angebot nach oder sie stürmen die Maschine. Es ist ihnen bitterernst damit.« -

»Yamani und Amouzegar sterben dann auch. Niemand von den Leuten an Bord wird es dann überleben können, denn ich sprenge sofort!«, resümierte Khallid etwas schwermütig in seinen Sinnen geworden.

»Das Angebot wurde von algerischer Seite aus verdoppelt. Sie bringen die Saudis mit in ´s Spiel.«, stellte Carlos ihm hoffnungserweckend inaussicht. - Khallid spieh beinahe vor ihm aus.

»Sie versprechen zwanzig Millionen Dollar im Falle der Freilassung aller Gefangener.«. - Nada brauste nur auf, als sie das vernahm:

»Das ist ein Affront! - Revolutionäre kämpfen nicht für Geld; sie kämpfen und sterben für die Revolution!«, schrie sie, in Empörung geraten, Carlos an, noch bevor sie über das Angebot weitergehend nachdenken wollte. -

»Aber die Revolution stirbt mit uns.«, versetzte er Nada, die impulsiv reagierte:

»... keine Kopfgeldjägerin, die ich werde! Immerhin habe ich zwei Menschen auf dem Gewissen. Dafür verlange ich kein Geld!«, schrie sie aus. -

»Gehst Du nicht zu weit? - Willst Du ein Blutbad geschehen lassen?«, schrie Carlos sie an.

»Besser so!«, schrie Nada zurück. Sie hatten sich heftig zu streiten begonnen. -

»Du verlangst ein Scheitern der Aktion!«, erklärte ihr Carlos, wobei er sie abermals laut anschrie. -

»Dann scheitern wir, wie auch die Revolution!«, machte er lautstark klar. - Nada schlug voller Empörung mit ihrer Faust gegen die Verschlußklappe einer der Gepäckablagen:

»... Schande über uns, wenn wir jetzt nicht sterben wollen!«, schrie sie den Komandanden an. - Khallid hatte sich den Disput nachdenklich mit angesehen. Er stand energisch von seinem Platz auf und stellte sich Carlos gegenüber:

»Für das Gelingen dieser Aktion habe ich geschworen, ihr auch wirklich zum Erfolg zu verhelfen. Dafür leistete ich meinen Eid!«, stellte er energisch klar. -

»Das Für und Wider habe ich längst erwogen.«, beschimpfte Carlos seine Mitstreiter und er suchte nach Oberwasser in der anarchistischen Truppe, deren Prinzip es ist, lediglich keine Macht niemanden zu gestatten. - Khallid hatte nur resignativ abgewunken.

»Was wollt ihr mehr. Das Geld ist für uns und mit uns siegt die Revolution. Die Algerier gewähren uns politisches Asyl und eine Villa in den Bergen. Und in zwei Wochen sind wir wieder an der Front.« - machte Carlos mit einem lautstarken Temperamentsausbruch den Genossen es klar. -

»Es ist Feigheit, die Dich dazu verleitet!«, schrie ihn Khallid empört an. -

»Nein, es ist Klugheit! - Und überhaupt, wie kannst Du es wagen, so mit mir zu reden? Geplant und zur Durchführung angeleitet habe ich diese Aktion. Alles was geschah, befand sich hauptsächlich in meiner Verantwortung. Ihr beide, Du und Nada, seid von mir nur dazu Hinzubefohlene. Und ich bin ein Soldat; ich strebe nicht zum Martyrium!« - Nada begann, ihn mit trommelnden Fausthieben auf seiner Brust zu traktieren:

»... Verräter haben immer eine paßende Ausrede parat, wenn sie sich verantworten sollen! Und Du übst nur Verrat«, schrie sie ihn an. - Carlos ergriff die hysterische Tyrannin und warf sie von sich, auf eine der Sitzbänke hin. Er stellte sich aufgebaut vor sie hin und er wies sie mit hervorgehaltenem Zeigefinger zurecht. - Nada schlug ihm die Hand weg. -

»Unser Ziel heißt Bagdad.«, erklärte ihm Khallid. Er eilte an Carlos vorbei und den Gang im Flugzeug hinunter. -

»Mach´ doch die Augen auf! - Wir haben keine Chancen, nach Bagdad zu kommen.«, schimpfte ihm Carlos hinterher.

»Ich habe meine Entscheidung gefällt. Und die ist entgültig.«, setzte er sich über die Meinungen seiner Genossen hinweg. Er hatte sich inzwischen über alle Maßen verausgabt.

»Heute Mittag ist es soweit. Dann werden Sie freigelassen.«, teilte er bald Yamani mit. Er hatte sich dazu zu ihm an dessen Platz begeben und er erklärte es ihm mit einem Ausdruck gönnerhafter Großherzigkeit in seiner knappen Mitteilung. - Yamani zeigte sich erleichtert über diese Nachricht, der er kaum zu glauben schien. Er fragte etwas in Zweifel geraten:

»Und warum nicht sofort? - Wir haben alle mehr davon, wenn wir die Angelegenheit so schnell wie möglich beendigen.«, wandte er ein.

»Machen Sie sich um uns keine Sorgen.« -

»Wir werden den Fluggastraum verdunkeln. - Dann können Sie gut schlafen. - Sie sind nicht mehr bedroht«, beruhigte der Komandand seine Geisel. - Nada machte ihm die Furie. Sie kam auf ihn zugerannt und sie beschimpfte ihn heftig:

»Fuck you, Carlos! - Fuck you!« - Empört ging sie wieder zurück an ihren Platz in der Ecke vor dem Ausgang im Heck der Maschine.

Von draußen her erklang der Ruf des Muezzin, der zum Gebet aufforderte, und er drang bis in die Maschine hinein, wovon Yamani langsam erwachte. Er blickte kritisch um sich - zog das Rollo vor dem Fenster an seiner Seite hoch. Ein Paßagier, der hinter ihm saß, tippte ihm sachte auf die Schulter und wies ihn gestisch an, sitzen zu bleiben. Jener erhob sich, blickte in der Maschine umher und stellte allmählich fest, daß sich keine Terroristen mehr an Bord befanden. - So nach und nach realisierten die im Flugzeug verbliebenen Geiseln den Moment ihrer Befreiung, der sich damit angekündigt hatte. -

Nacheinander folgten sie beim Rufen des Muezzin ihrem Herdentrieb und sie verließen vorsichtig wie leise die entführte Maschine, in der die vordere Tür geöffnet war und eine Treppe, auf die Piste hinab ausgefahren, ihnen den ungehinderten Zutritt in ihre erkaufte Freiheit gewährte. Sie konnten ihr Glück nicht fassen und sie entkamen, in Stille schweigend, einer für den anderen, einem Martyrium.

Im Konferenzsaal des algerischen Flughafens wurde soeben Abdellazit Bduteflika, der Carlos sein entgültiges Angebot unterbreitet hatte, zu den dort untergebrachten, eben befreiten Geiseln geführt. Handreichend schritt er nach kurzer Suche mit seinen aufmerksamen Blicken rasch zu Yamani, den er an dem Tisch sitzen sah, an dem er selbst noch wenige Stunden zuvor mit Carlos verhandelt hatte. Yamani, den er offenherzig begrüßte:

»... ich finde einen großen Grund zur Freude, weil Sie mir lebend gegenüberstehen. Ich begrüße Sie in Dankbarkeit!«

»Ich bin der Algerischen Regierung zu Dank verpflichtet und ich weiß, was Sie für mich getan haben.«, scherzte jener Mann, der nur knapp seiner Ermordung entkam. -

»Danke! - Ich freue mich auf jeden Fall darüber, daß ich Sie noch lebend herauskriegen konnte. Darüber machte ich mir meine Kopfschmerzen.« - Die Männer, die bei ihm standen, lachten hoch erfreut über seinen kurzen Komentar auf.

Khallid glaubte an die Zusage eines politischen Asyls, das auch für ihn gelte und er hielt die Aktion für beendet. Mutig wie wahnsinnig kam er allein in den Konferenzsaal zu den dort versammelten Personen hinzu, wobei ihm in diesem Moment jedweder terroristische Schutz versagt geblieben war. Abdellazit Bduteflika begrüßte ihn nur scheinbar freundlich und wie einem gelittenen Überläufer prinzipiell wohlgesonnen:

»Ach, Khallid! Trinken Sie einen Schluck!«, lud Bduteflika ihn ein und er hielt ihm dazu verlockend ein Glas Orangensaft zum

Trunk entgegen, als in jenem Augenblick vertraulichen und dabei sehr hastigen Entgegenkommens Khallids, zwei zivile Sicherheitsbeamte zugriffen, Khallid zu Boden stürzten, ihm bei auf dem Rücken gelegten Armen Handschellen anlegten und ihn postwendend resolut wie barsch auf dem Boden entlang und zur Tür hinausschleiften. Sie hatten einen Verräter in der Arabischen Sache sofort verhaftet.

Die anderen Terroristen durften sich auf die Zusage Algeriens verlassen. Sie genossen einen algerischen Polizeischutz, der sie in einem Korso durch die Straßen von Algier hofierte. Ihrer Sache sicher gewesen und darüber gewiß, daß dieser Ausflug von Kameras der Weltpresse wie der Sicherheitsorgane ebenso verfolgt war, erhoben sie ihre, bei zu einem V für Victory gespreizten Fingern, ihre rechte Hand und sie hielten sie der Weltöffentlichkeit siegreich so vor. Carlos genoß so seinen Ruhm. Niemand stellte ihn in der Presse und in dieser Sache in seiner Person schon gar nicht namentlich vor.

Warum?

Er hatte seine Mühe, den klobigen Schlüssel in das Türschloß zu stecken, weil ihm das Hoflicht, das Lisa vorhin angestellt hatte, jetzt im Rücken stand. Sie hatte ihre Dritten bereits aus dem Munde genommen, wartete mit nackten Beinen auf der obersten Stufe der niedrigen Treppenanlage vor der offenen Hintertür ihres Hauses und sie wartete in einem bunt gesteppten Nachtmantel, den sie sich schnell übergezogen hatte, als sie seine Ankunft bemerkte, darauf, daß er sein Fahrrad endlich in dem kleinen Schuppen abgestellt und die grün gestrichene Holztür wieder ordentlich abgeschlossen hatte. Etwas wankend schritt er zur Seite, orientierte sich im jetzt immerhin schwachen Einfall des Lichtes nach der Lage des Türschlosses und er hielt seinen Finger darauf, als er es verspürte, setzte den Schlüsselbart oben auf, so daß er ihn nur noch hineinzustecken brauche, wenn er den Finger wieder wegzöge. Soviel gestattete ihm sein Rausch an sinnesgerechter Peilung.

»... ich bin gleich so weit. Warten s`e!«, bat er sie um etwas Geduld mit ihm. Er mußte sich zusammenreißen, damit er nicht torkelt, als er zu ihr ging und er fragte auf seinem Wege etwas säuselnd:

»... schon zu Bett?«

»Noch nicht lange. Ich war noch wach.«, antwortete sie.

»Prüfung bestanden?«, fragte sie. Dieter bejahte es in Gelassenheit nur mit einem knappen Nicken.

»Ich wußte es bereits. Fieze hatte es mitgeteilt. Der ist schon zu Hause. Sein Vater hatte ihn zum Abendbrot abgeholt. Wir hatten noch etwas zusammen gegessen. Ich soll auch schön grüßen.«, nahm sie ihn in Empfang. Es war bereits halb elf Uhr am späten Abend.

Dieter hatte es nicht anders erwartet, denn Fiezes Unmut darüber, so lange warten gemußt zu haben, bis alles vorbei sei, war auch ihm nicht unbemerkt geblieben und Fiezes Heimweh ging auch ihm seit langem auf die Nerven.

»Ich trinke noch ein Bier.«, sagte er zu Lisa, die ihm in´s Haus vorweggegangen war und ihn zur Berichterstattung in die wohnliche Küche an den Küchentisch einlud. Er blieb noch kurz auf der Treppe vor der Haustür stehen:

»... erst `mal verschnaufen.«, pustete er und er erholte sich kurz von der Strapaze seiner beschwerlichen Radtour. Die Luft hier roch etwas bitter, von dem Wallnußbaum auf dem kleinen, mit Rasen begrünten Hof vor dem Hauseingang aber sie war sehr sauerstoffreich und das tat ihm wohl. Einen Augenblick nur, dann ging er hinein, setzte sich zu ihr an den Küchentisch. Es war dann für ihn wie eine Art Mutterersatz, den sie ihm spendete, als sie ihm zuhörte, seine Eindrücke und Erlebnisse vom Tage erfragte, wobei sie ihm tröstend beipflichtete, wenn er ihr das ihn Enttäuschende kundtat, mit ihm lachte und fröhlich zustimmte, wenn er etwas für bemerkenswert komisch fand: die Lederhose des Innungsmeisters zum Beispiel. Seine Zufriedenheit war an jenem Abend in vergleichbarer Weise mit jener der terroristischen Altersgenossen in Algerien genossen. Wobei es dort Haddads Einspruch und gönnerhaftem Engagement zuzusprechen gewesen sein mochte, daß sie ihren Aufenthalt in den Bergen nicht nur bezahlt bekamen sondern er war ihnen, dort in Sicherheit verwahrt, in einer sie unterstützenden Weise so zugesprochen und schließlich gewährleistet, wobei ihnen keine Strafverfolgung angedroht gewesen war. Haddad bestellte schließlich auch Angle zu sich, als er aber hauptsächlich Carlos zu disziplinieren beabsichtigte. Aber tatsächlich führte er sie allesamt gemeinsam nur vor: -

»Na, wie sieht `s aus? Ist alles in Ordnung im Camp?«, fragte Carlos zunächst Angle, der sich gerade zu ihnen setzte. Carlos hatte in Haddads Büro bereits platzgenommen gehabt, hatte dort auf sie gewartet und auch Haddad hatte bereits in der Sitzreihe platzgenommen, als Angle ihnen fast lapidar antwortete:

»Im Camp? - ... alles in Ordnung ist? - Ich glaube ..., ja. - Alles in Ordnung, soweit.« - Angle hatte sich neben Brigitte und Boni gesetzt gehabt. Boni begrüßte ihn, lehnte sich deshalb zu ihm hinüber und klopfte ihm lohnend auf den Oberschenkel.

»Außer ... - Es ist nichts zu futtern da. Die Kämpfer kriegen scheinbar niemals Hunger. - ... aber - keine Ahnung - jedenfalls stößt es mir bitter auf, weil ich nichts zu essen bekomme. - Aber es ist in Ordnung, soweit. Wenn andere meinen, es müsse so reichen, dann reicht es eben. - Im Camp und bei den Leuten fühle ich mich aber wohl. Das willst Du ja von mir hören.« - Haddad mischte sich ein. Boni witterte es, worum es diesem Chef geht und er signalisierte Angle, er solle gut zuhören:

»Wir laden die Leute ein, um sie zu Kämpfern auszubilden. Wir veranstalten weder arabische Bauchtanzseminare noch lade ich mir gewisse Touristen zu einem Wochenende in einen Freizeitpark mit Vollpension ein um mich bei schmeichelhafter Tanzmusik mit denen zu amüsieren.«, wandte Haddad jetzt ein. Noch sprach er zu Angle in einem Anflug väterlicher Güte:

»Wenn sie damit nicht zufrieden sind, wenn es ihnen nicht ausreicht, dann sollten sie es mir sagen.«, sagte Haddad, jetzt aber in einem Angle ermahnenden Ton. Auch Brigitte, die zwischen Angle und Boni saß, sah zweifelnd zu Haddad.

»Die haben das totale Muffensausen davor, sich ausgerechnet bei Ihnen zu bescheren!«, antwortete Angle.

»Es muß aber sein, daß Soldaten Furcht zeigen, vor ihren Vorgesetzten!«, entgegnete Haddad Angle, der zweifelnd nachfragte:

»Muß ich das glauben? - Es tut mir leid, aber ich will es nicht wahrhaben!«, widersprach er Haddad. Angle wagte es, zu widersprechen, wobei er ruhig blieb und sehr selbstbestimmt bei der Wahl seiner Widerworte. - Boni mischte sich ein und er sagte zögerlich zu Angle:

»Angle! Nimm `s doch etwas leichter. Da gibt es keine Tragik festzustellen, bei den Kämpfern im Camp. Da läuft alles wie am Schnürchen und niemand ist dort, der euch überfällt.« - Angle ließ den Einwandt Bonis nicht gelten:

»Ach? - Das ist nicht wahr und das weißt Du sehr wohl«, entgegnete er ihm barsch.

»Du darfst dabei aber nicht übersehen, wer uns bezahlt.«, erinnerte Boni ihn. - Haddad genügte es. Er knöpfte sich jetzt Carlos vor, der in der Ecke einer Sitzbank an einem kleinen Teetisch den anderen aus einiger Entfernung aber allein gegenüber hockte:

»Ich dachte, daß wenigstens Du zuverlässig für uns kämpfst.«, verzweifelte Haddad über Carlos´ Auffassungen und diesbezüglich in der Hauptsache seinen Gehorsam betreffend. Der überlegte erst, bevor er antwortete, fühlte sich angemacht und irgendwie durchschaute er die Absichten des angriffslustigen Haddads.

»Wie können Sie daran zweifeln?«, fragte Carlos noch kleinmütig. -

»Hier noch einmal: Soldaten haben zu gehorchen und sie haben die Befehle auch auszuführen, die man ihnen erteilt! Dafür werden sie bereitgestellt und bezahlt, auch dafür, für die gemeinsame Sache ihr Leben einzusetzen und notfalls für die Sache zu sterben, immer dann, wenn der Kampf es verlangt! Und deshalb darf niemand glauben, daß Soldaten im niederen Rang irgend eine Zuständigkeit besäßen, in Stellvertretung und noch dazu ganz eigenmächtig in eine Verhandlung zu gehen, anstatt einfach nur zu kämpfen, wie es sich für ordentliche Soldaten gehört. Ein Handeln auf eigene Faust ist Soldaten absolut verboten. Dieses Prinzip gilt für alle Soldaten, überall auf dieser Welt. Schon seit jeher!«, hielt Haddad Carlos vor. - Der wehrte sich:

»Alles was ich veranlaßte, was ich also tat, tat ich für Sie und zum Wohle der PFLP.«, antwortete er. - Haddad empörte es:

»... um mein Wohl brauchst Du Dich nicht zu kümmern. Hauptsache, Du hörst besser hin!«, keifte er ihn an. Haddad geriet sehr leicht in Wut. - Carlos schluckte jetzt trocken.

»Sie haben mir doch gesagt, was Sie wissen und was Sie wollen.«, antwortete er dann.

»Aber Du glaubst doch wohl nicht im Ernst, ich würde Dich in ein tieferes Wissen über die Zusammenhänge meiner Arbeit und meiner Kontakte einweihen?«, wies Haddad ihn ab.

»Was glaubst Du eigentlich, wer Du bist? - Ich jedenfalls halte Dich für keinen Deut besser als irgend einen anderen der Kämpfer hier. Du bist im Vorfeld der Aktionen nur minimal informiert gewesen und Du bekommst grundsätzlich nicht viel zu wissen. Weil Du zu kämpfen und nicht zu grübeln hast. Du hast zu gehorchen und Befehle auszuführen!« - Noch blieb Carlos besonnen, ließ den keifenden Despoten zunächst fortfahren:

»Was glaubst Du von Dir?«, fragte Haddad ihn arrogant. -

»Ich bin ein Komandand und ich führe komplizierte, sehr anspruchsvolle militärische Aktionen im Rang eines Offizieres aus.«, wies Carlos ihn jetzt zurecht.

»Und entschieden hatte ich grundsätzlich nur aus dem Hintergrund meines Wissens heraus. Aufgrund meines Wissens und nicht aufgrund meines Eigenwillens, bei allem was ich für die Organisation tat; ich tat es für sie und nicht für mich!«, erklärte er.

»Du hast Dich bezahlen lassen, anstatt besser zu kämpfen. Du hast Dich ausgerechnet von den Saudis bestechen lassen, anstatt Deinen Auftrag ordentlich zu erfüllen - so etwas nenne ich Verrat!«, warf Haddad ihm vor.

»... und Verräter haben ihren Preis sehr teuer zu bezahlen!«, drohte Haddad. -

»Was wollen Sie von mir? - Wovon sprechen Sie?«, fragte Carlos erschrocken wie ungläubig.

»Du wirst es noch spüren. Du spürst es bereits jetzt, wenn ich Dir befehle, Aden bis auf weiteres nicht zu verlassen. Und dann warte es ab, hast Du gehört? Warte es ab, was wir mit Dir machen! Was ich mit Dir vorhabe!«

Sie genossen quasi ein politisches Asyl bei ihm. Boni und Brigitte hatten sich zu einem späteren Zeitpunkt noch einmal Carlos hinzugesellt, während Nada verschwunden blieb, wirklich verschwunden schien, scheinbar zur Rückkehr in ´s süd-jemitische

Camp aufgebrochen war, um sich nur tarnend und nur vorübergehend in die dort verweilenden Kampfgruppen einzureihen, damit sie wenigstens von den europäischen Sicherheitsbehörden unaufgreifbar blieb. Haddad hatte sie jetzt jedenfalls nicht zu dem Gespräch mit den anderen Leuten um den Komandanden Carlos herum und den Leuten aus den westdeutschen Revolutionären Zellen hinzubeordert. Angle hatte nicht die Kraft, sich weiterhin leistungsstark bei den Manövern mit einzubringen. Das war scheinbar auch Haddad aufgefallen und es war überhaupt der Initiative Carlos´ zu verdanken gewesen, der ihn nach seiner Behandlung in dem Krankenhaus in Algier, der dem eines Aufenthaltes in einem Lazarett gleichkam, zunächst zu sich in die Villa in den Bergen geholt hatte, wo sich der dem Tode nur knapp entronnene Kamerad, wie bei einer Kur, erholen und auskurieren sollte, bevor sie dann nach Aden zurückgekehrt waren.

»Ich gehöre in ´s Bett!«, war Dieter abrupt von seinem Platz aufgestanden. Lisa war ebenfalls müde genug und erhob sich von ihrem Stuhl. Sie schlief parterre, mußte in das kleine Zimmer, gleich neben ihrer guten Stube gelegen, also ebenfalls in seine Richtung gehen, auf der er zur Treppe gelangte, die ihn nach oben, in sein Gemach führte und Lisa verabschiedete sich für heute von ihm, indem sie sagte:

»Ich werde Sie morgen früh zur gewohnten Zeit wecken. Uns bleibt nicht viel Zeit zum schlafen. Es ist bald Mitternacht.« -

»Hoffentlich bin ich bis dahin wieder nüchtern.«, nuschelte er. Schweren Schrittes erklomm er Stufe für Stufe zu sich hinauf. Da war kein Liebeshunger mehr zu verspüren; den hatte er sich bis hier hin weggetrunken. Da war nur Schwindel, der ihn fast torkeln ließ, als er das Licht anknipste. Das Dunkel des Mobiliars, auch das seines Bettes, stimmte ihn traurig, denn auch das Bett hatte eine nußbaum-hölzerne Farbe, sehr ähnlich der des Tisches und den vier Stühlen d´rumherum, in der Mitte seines Domizils, in dem neben dem kleinen Schränkchen an der Querwand gegenüber seines Bettes zwei niedrige Sessel standen, von denen er den ersten, links vom Schrank plazierten, ansteuerte, erleichtert auf ihn niederplumpste, auf dem er sich erst einmal erholte bevor er seine Schuhe ausziehen wollte. Er folgte nur seinem Trieb, strebte danach, seine Kluft vom Tage gegen seinen Pyjama auszutauschen, um alsbald in den Federn zu verschwinden.

Es mochte einem Anflug von Masochismus zu verdanken gewesen sein, der ihn irgendwann dazu bewog, die kahle Wand an seinem Bett mit jenem Poster zu schmücken, welches er sich bei einer Gelegenheit auf einem Flohmarkt sehr günstig ergatterte, weil es sehr berühmt war und erweckend ausdrucksstark in seiner

Bildaussage: eine Abbildung eines jungen amerikanischen Soldaten in den Sekunden seines Todes während eines Kampfeinsatzes im freien Feld und in dem Moment, als ihn Geschosse tödlich trafen, was ihn niederriß, zu Boden warf, irgendwo in den Killing-Fields Vietnams. Dieses Bild gab Dieter zu denken auf, was auch an der Frage lag, die in dicken Lettern oberhalb des fallenden Soldaten geschrieben stand: Warum? - Jetzt konnte er die Frage nicht beantworten, die er für sich selbst längst geklärt hatte, worüber er bis jetzt schwieg und nur Ahnungen davon hegte. Statt dessen drehte er sich zum Schalter an der kleinen Nachttischlampe auf dem Nachtschrank neben seinem Bett und er stellte sie aus. Er war sich sicher darin; es ist die Frage nach dem Sinn und nicht die nach dem Grund. - Sein Schlaf, der ihn bald übermannte, war einer von jener Qualität, die ihn gesunden läßt. Es war kein Schlaf, der ihn lediglich bereitstellte. So wie damals Angle seinen Schlaf als einen zu seiner Bereitstellung erkennen mußte.

Der war zunächst zu Gesprächen mit Haddad nicht mehr hinbefohlen worden. Stattdessen knöpfte sich der alternde Mann an einem anderen Tag und ein weiteresmal Carlos vor. Haddad hatte von Carlos´ fragwürdigen Spielchen beim Umgang mit Sprengstoffen während der Manöver in den Bergen gehört. Es war ihm gemeldet worden, daß Carlos unberechenbar die Explosion von Sprengstoffladungen auslöste, die gerade erst von einem der Kämpfer unter seinem Komando im Manövergelände scharf gemacht waren und er gefährdete dessen Leben leichtfertig, rechtfertigte sich in seinem Verhalten, daß ein jeder wissen müsse, womit er sich einläßt, wenn er mit Sprengstoffen hantiert. Haddad ließ ihn bewachen, als er in jenem Gespräch Carlos weitere Vorhaltungen machte. - Auch im Beisammensein beider Terror-Pärchen - Boni und Brigitte, hauptsächlich aber Carlos mit Anselma - erkannte sich Angle jedenfalls kaum mehr als ein fünftes Rad am Wagen innerhalb dieser aufeinander eingeschworenen Kampfgruppe. Haddad hatte sie alle zusammen erst einmal entlassen.

Sie trafen sich dann gemeinsam in einer Adener Bar. Es war ein heller Sonnentag, der ihre Stimmung hob. Sie versammelten sich, um sich neu zu orientieren und Carlos hatte sie zu sich bestellt. Allerdings:

»Ich dachte, Nada wäre hier. Ich glaubte sie bei euch.«, wies er darauf hin, daß er sie scheinbar vermisse. - Boni erklärte ihm:

»Ich habe sie lange nicht gesehen. - Sie sagte aber einmal zu mir, sie wäre ihren Genossen von der Bewegung 2. Juni sehr viel nützlicher in Europa als dem Big Boss hier im Jemen.« - Es war dann Anselma, die sich gerade auf Carlos Schoß gesetzt hatte,

93

während Boni es sagte.

»Tja ...«, konstatierte Bonie.

»Sie ist mir nicht sehr wichtig.«, löste Carlos die Spannung, die aus seiner Frage hervortrat.

»Der Chef hatte uns zu sich beordert. Also, Brigitte und mich.«, fuhr Boni, das Thema wechselnd, zögerlich fort. -

»Welches Urteil hat er nun über mich gefällt?«, erkundigte sich Carlos.

»Bislang noch keines. Er kann und er will Dich aber nicht mehr gebrauchen.«, erklärte ihm Boni.

»Er plant ˋwas neues.«, mischte sich Brigitte ein.

»Angeblich will er die Pleite aus der letzten Aktion wieder gutmachen.« erklärte sie.

»Und dabei kann er mich nicht mehr gebrauchen?«, erfragte Carlos.

»Das hat niemand behauptet. Aber Du bist ihm zu berühmt geworden.«, erklärte Boni ihm. Carlos ging ein Licht auf:

»Du sagst es: er schmeißt mich ˋraus. Und ich verstehe seinen Grund.«, sagte er. -

»Hörˊ zu! Er probiert auch andere Leute aus, oder wie soll ich es auffassen ...?«

»... er braucht mehr als nur einen Komandanden.«, unterbrach eben Brigitte Boni.

»... ja, und dafür will er mich zu einem Test einsetzen. Anton kümmert sich dabei um die Logistik.«, erklärte Boni Carlos.

»Was heißen soll, daß ich längst aktiv bin. Und ich habe die Sicherheits-Checks verschiedener Fluglinien überprüft. Die El All läßt einem kaum noch Chancen offen. Deshalb fliegen wir mit der Air-France. Mit der kenne ich mich ganz gut aus und ich kenne ihre Schwächen. Es dauert nicht mehr lange und dann geht ˋs los.«, erklärte Brigitte ihnen. - Carlos hatte es sich angehört. Er dachte kurz darüber nach, drückte während dessen seine Zigarette in dem Aschenbecher - jenem auf dem kleinen Restaurant-Tisch zwischen ihnen - aus und er nahm Anselma mit sich, verschwand mit ihr rastlos nach draußen. Er hatte die Botschaft verstanden und sie beide verließen die zurückgebliebenen Drei um Brigitte herum vieleicht auch mit einem Gefühl der Erleichterung, hatten denen auf jedenfall diesen Auftrag gerne zur alleinigen Ausführung überlassen. Und sie hatten es nicht weit bis ans Meer und sie gaben sich Urlaubsstimmungen hin. Das Pärchen zog sich nicht einmal dazu aus, als sie ausgelassen und sich befreit fühlend, sich ein knappes, wildes Bad im lauen Wasser des Indischen Ozeans gönnten. Sie riefen Angle mit zu sich hinein, der ihnen gefolgt war und sie trollten sich ausgelassen in den seichten Wogen, spielten

Liebende im schwappenden Wellenschlag des zahmen Ozeanwassers. Angle blieb dabei allein, nutzte seine Zeit, schwieg für die Entwicklung eigener Gedanken und Ideen, heuchelte seinen Willen zum Zusammenhalt aber er drängte dabei, so gut es ihm möglich gewesen war, zumindest innerlich auf bessere Gelegenheiten, auf sie hinzu zu arbeiten wobei es ihm momentan noch an Ausreden fehlte, mit denen er die anderen hinhalten und ablenken konnte denn die Ausgelassenheit an ihrem Badeort verlangte nicht nach ihrer Vernichtung, weil sie nicht seine Gesundheit zu zerstören drohte.

Solcherlei Absichten hatte Dieter nicht zu erwägen. Seine Träume, die ihn im Schlaf dieser Nacht ereilen werden, sind dazu da, die von ihm erlebte Wirklichkeit schlafend zu verarbeiten. Bilder allein - und seien es lediglich jene, die dafür dagewesen sind, ihn zu entsetzen - konnten ihn traumatisieren. Es sind die damit vermittelten Botschaften, die ihn im hellwachen Zustand verschrecken und verängstigen und schließlich sind es doch seine Ängste, die ihn - völlig unberechenbar - Bilder von Erlebtem und Geschehenem auf`s Neue zu produzieren drohen, als sorgen sie für das spätere Déjà Vu aus seinen Träumen. Vieleicht nur unbewußt mochte er sich auch deshalb nach solch einem Tage, wie den heute hinter sich gebrachten, der von so entscheidenden Eindrücken begleitet war, sehr gerne betrunken zu Bett begeben haben, damit er besser schlafen konnte. Mit dem Versinken im Schlaf hatte er jede freie Gewalt über sich selbst verloren und die Frage nach dem Warum brauchte er, tief schlafend, nicht zu beantworten.

Vieleicht schürt sie die Ambivalenz seines Triebgeschehens, das auch im Schlaf nicht auszuschalten ist. Sollte er schnarchen, dann legte sich seine Zunge im erschlafften Zustand zurück in den Rachen und es behindert ihn beim Atmen, was zu einem Sauerstoffmangel führt, der seinen Körper in Bewegung hält und ihn schlimmstenfalls, kurz vor dem zu Ersticken drohen, grausam wecken wird, infolge seiner nur zu einem Teil vegetativ gesteuerten Motorik. Nur so schläft ein Mensch auf seine natürliche Art und Weise. Auf jeden Fall aber bliebe er nervös. Mediale Einwirkungen auf sein Bewußtsein, immer dann wenn ihn Plakate reizen, Radio- und Fernsehen ihn auf dem Laufenden halten oder wenn er sich mit einer Zeitung oder einem Beitrag in einer Illustrierten beschäftigt, wirken Bilder ganz willkürlich nicht nur auf seinen Geist sondern auch auf seinen Körper und somit auf seine Psyche, wobei er, wie wundersam, Lust verspürt, Freude wahrnimmt, mit der er verreist aber auch Angst bekommt, wodurch sein Bewußtsein die Eindrücke negiert, wodurch also das Ein und das Selbe plötzlich als etwas Negatives existiert, was er zuvor noch für positiv gehalten hatte. Was sollte er dann glauben; was für richtig und was für falsch halten - für Gut oder Böse? Diese geradezu naturgesetzliche Bedingung der menschlichen Wesenhaftigkeit ganz im Allgemeinen treibt auch in ihn einen Zwiespalt aber im Schlaf hört auch Dieter auf, bewußt zu zweifeln. Aber, auch der sterbende amerikanische Soldat bewies ihm selbst im Augenblick seines Todes noch Nerven. Es glich einem Luftsprung, als ihn der unbekannte Fotograf so bannte. Luftsprünge versteht Dieter ihrer Herkunft nach als einen spontanen Ausdruck aus der Gelassenheit des menschlichen Seelenzustandes heraus und hinein in einen Freudentaumel, aus spontaner Lust entfacht. Kaum, daß sich der Schlafende je vorzustellen vermochte, den Tod mit dieser Ausdruckskraft zu begrüßen. Der Tod wird jedem Menschen unerfahrbar bleiben, existiert nur aus apriorischer Erkentnis, wenn man ihn nicht mystisch sondern als einen Zustand des menschlichen Nicht-Vorhanden-Seins begreift, des Stillstandes in allem Lebendigen wegen. - Vieleicht schürt er dann eine eigenartige Neugierde und eine Lust auf sich, ihm wenigstens nachzuspüren, seinem Kitzel zu trotzen, seinem Verlangen zu folgen oder sogar, sich ihm ganz hinzugeben. Ist er so weit entfernt vom Schlaf, dem Dieter sich jetzt so sehnsüchtig hingegeben hatte? Er ist längst hinüber. Niemand ist bei ihm, lauscht seinem gleichmäßigen Atem. Sein Vertrauen darauf entstammt der Zuverlässigkeit in seiner Umgebung, in der ihm niemand mit dem Tode droht, so daß er ihn fürchten müsse. Er scheint ihm weit entlegen. Ein guter Schlaf verlangt ein Urvertrauen und es scheint vielen Menschen eines von Gottvertrauen zu sein, das ebenso in Dieter in einer Weise vorhanden ist, wodurch er nicht mehr betet; er fühlt sich sicher, diesen Schlaf von ganz allein zu überleben, glaubt also, es fest zu wissen, daß er diesem Schlaf entkommen will.

Träume sind auch Schäume. Carlos jedenfalls war hellwach, als er Haddad in einem Gespräch ein weiteresmal unter vier Augen gegenübersaß, soweit Gespräche unter vier Augen mit dem jemenitischen Despoten jemals möglich gewesen sind, denn in Aden und dort im Nahbereich des Terror-Camps ließ er sich stets von einer bewaffneten Leibgarde beschützen, von jungen Männern also, die in ihrem Typ dem des Carlos´ entsprachen, die zwar uniformiert gekleidet waren, dieses aber nicht preußisch militärisch und somit von einer strengen Kleiderordnung bestimmt sondern sie trugen jeans-ähnliche Hosen als Kampfhosen, Militärhemden, die durchaus aus amerikanischen Beständen herstammen durften, worin sie nicht auffielen, weshalb sie unauffällig in der Stadt quartieren konnten, ohne daß sie sich merklich von

Zivilisten unterschieden, weil ihre Kluft auch bei den anderen, jungen Leuten längst zum Standard ihrer Altagsgarderobe geworden war, worin sie sich chique fanden und sich in ihrem Geschmack kaum unterschieden. - Haddads Ängste vor seinen Kämpfern waren also bestimmt nicht unberechtigt, denn auch bei jenem Gespräch waren die Aufpaßer schwer bewaffnet. Carlos bewies ihm inzwischen eine außergewöhnliche Gefährlichkeit; er war nicht nur kampfbereit sondern auch unerwartet erfolgreich dabei gewesen und inzwischen ein vielfacher Mörder - ein wirklicher Schakal, ein Killer der Geheimdienste geworden:

»Es ist dann aus und vorbei! Ich habe Dir meinen Standpunkt erklärt und Du weißt warum ich Dich in Zukunft nicht mehr halte.«, unterbreitete Haddad dem jungen, so verwegen aussehenden Mann, der sich ihm betont selbstbewußt gegenübergesetz hatte aber Carlos war noch nicht zur Aufgabe bereit gewesen.

»Ich will es nicht glauben, daß Sie auf meine Kompetenz verzichten können. Sie wissen genau, daß Wien optimal verlief. Ein optimaler Verlauf einer derartigen Kampfaktion, bei der es zu keinem Blutbad kam, wobei der Feind aber große Zugeständnisse machte und schließlich für die Organisation sehr viel Geld zur Verfügung gestellt hat, damit das Leben namhafter Politiker verschont bleibt, kommt doch auf das selbe heraus. - Was bezweckten Sie eigentlich? - Wirklich nur eine Machtdemonstration? - Das nehme ich Ihnen nicht ab!«, versuchte er, Haddad umzustimmen. -

»Du hast versagt! Du hast alles vermasselt!«, beschimpfte ihn Haddad und er beharrte auf seinen Beschluß, der besiegelt schien. Carlos glaubte zwar nicht an einen Mißerfolg bei der Aktion in Wien aber jetzt verlor er keine weiterführenden Worte mehr darüber. Wie wichtig Haddad die Geldsumme gewesen war, die er dabei `rausgeholt hatte, für Haddad `rausgeholt hatte, wußte er selbst einzuschätzen. Er zweifelte nicht, war kaum verblüfft über die Ähnlichkeit im Aussehen, in dessen diplomatisch geschnittenen Gesichtszügen, die ihn an das Aussehen des algerischen Außenministers außerdem erinnerten und er schloß es außerdem nicht aus, daß es sich um ein und die selbe Person handeln könnte, die erst vor einigen Wochen in Algier und dort dann unter falscher Identität, wie jetzt hier in Aden mit ihm verhandelte. Dann wäre es ein Spiel mit sich selbst, das der angebliche Haddad betrieb, wer immer er auch war, wer immer ihn verkörperte, wem auch immer Carlos jetzt tatsächlich gegenübersaß. Es geht auf Kosten ihres gegenseitigen Vertrauens und im Umfeld der Geheimdienste ist das Führen doppelter Identitäten eine ganz normale Angelegenheit, die man inkauf nehmen muß, wenn man sich in geheimdienstlichen Tätigkeiten verstrickt, wie Carlos es von sich selber weiß. Jetzt war er also nur ein Schakal; er war tatsächlich ein Killer der Geheimdienste geworden, etwas, daß seinen Traum von einer Selbstverwirklichung als erfolgreicher Revolutionär zerstört hatte, weil er sich selbst einer Unschuld beraubt sah. Er wollte es nicht wahrhaben, daß es so mit ihm geschehen mußte. - Aber Haddad setzte nach:

»Du bist Dir der historischen Tragweite Deines Handelns nicht bewußt!«, sagte er. In seiner Anklage lag aber auch ein Ton des Lobes, wie Carlos es herausgehört haben wollte, eine Melodie des Ansporns und es gab ihm unterschwellig neuen Mut, nicht aufzugeben, also weiterzumachen, weil Haddad es eigentlich von ihm sogar verlange, der offenbar um Partnerschaften buhlte aber nicht um eine Erweiterung seiner eigenen Verantwortungen. -

»Also, der Schaden, den Du der PFLP zugefügt hast, der ist Dir hiermit offiziell erklärt. Deshalb werden wir uns von einander trennen. Ich jedenfalls bin zukünftig zu keinerlei Zusammenarbeit im Namen der PFLP mit Dir bereit. Außerdem kennt Dich inzwischen jeder, so daß es sehr schwer sein wird, daß Du weitere Aufträge erfolgreich für uns durchsetzen kannst. Du mußt untertauchen!«, gab Haddad ihm auf. - Carlos hatte es einzusehen. Es war alles vorbei. Längst hatte er Pläne überdacht, wie er in solch einem Fall, so wie er jetzt eingetreten war, reagieren muß. Es gab jetzt kein Zurück mehr für ihn und vorerst blieb ihm nur ein Untertauchen übrig, ein Verschwinden in einem Land außerhalb Deutschlands. Aber hatte er auf der Suche danach eine eigene Wahl? -

»Wohin wirst Du gehen? - Was willst Du machen?«, fragte Haddad ihn, nachdem sie sich von ihren Plätzen begeben hatten, sich feindlich aber im Moment augenscheinlich arglos gegenüberstanden. Carlos schwieg. Er wußte es im Moment noch nicht. Dann sagte er:

»Dann arbeite ich auf eigene Faust und in einer eigenen Organisation, die ich dazu gründen werde.« -

»Das machst Du aber besser nicht im arabischen Raum. Geh´ zurück in Dein Land. Ich glaube kaum, daß Du Dich in der arabischen Welt durchsetzen kannst.«, empfahl ihm Haddad zum Abschied, schließlich in beiderseitigem Einvernehmen.

Dieters Träume waren in jener Nacht von solcherlei Gesprächen unbelastet geblieben. Er hatte sich erst kürzlich mit Rolli besprochen, den er zufällig in der Stadt getroffen hatte, der ihm in einem knappen Gespräch mitteilte, daß er jetzt in Hamburg lebe und dort eine weiterführende Schule besuche und gegenwärtig nur auf Besuch in der Provinz weile:

»... und als nämlich Lenin sein Parteisystem zu Beginn des Jahrhunderts entwickelte, tarnte er es mit Hilfe des Etiketts des demokratischen Zentralismus. Die von ihm vorgeschlagene Parteiverfassung wurde von vielen seiner Genossen verworfen. Es war Rosa Luxemburg, die es schrieb, ich glaube so um 1900 herum, die jedenfalls einen Komentar dazu abgab, der sich gegen den von Lenin entworfenen unbarmherzigen Zentralismus, gegen die blinde Unterordnung aller Parteiorganisationen mit ihrer Tätigkeit bis in ´s kleinste Detail unter eine Zentralgewalt, die allein für alle denkt, schafft und entscheidet, kritisch ausgesprochen hatte. - Ich stieß erst kürzlich in einer Lektüre auf diesen Text. Es gab mir zu denken auf.«, sagte Rolli. - Dieter war neugierig geworden, wollte wissen, was dessen Parteiengagement überhaupt so mache, ob es gediehe, sich mit dem Schulunterricht vereinbaren ließe. Sie saßen darum bald in einer Kneipe beisammen und Rolli erklärte ihm, daß er seit langem nicht mehr dagewesen sei, daß ihn parteipolitischer Aktionismus gegenwärtig nicht interessiere und außerdem hätte er mit den Leninisten nichts am Hut.

»... und tatsächlich liefert nichts eine noch junge Arbeiterbewegung den Herrschaftsgelüsten der Akademiker so leicht und so sicher aus wie die Einzwängung der Bewegung in den Panzer eines bureaukratischen Zentralismus, der die kämpfende Arbeiterschaft zum gefügigen Werkzeug eines Komitees herabwürdigt.«[13], setzte Rolli noch einmal nach.

»Mein Gott, das sagst gerade Du mir, der Du versuchst, Dich selbst zu akademisieren. Ich weiß nicht, wie Du diese Widersprüche aushältst, die Dir außerdem vom westdeutschen Gesellschaftssystem aufgezwungen sind. Die Wirtschaft des Westens blüht nicht nur, sie wird auch von der überwiegenden Zahl der Menschen aus der Bevölkerung so getragen und sie ist von ihnen so gewollt. Das gilt aber auch für das politische System, in dem das Mehrparteiensystem nicht nur erlaubt, sondern gesetzlich vorgeschrieben ist. Ich fühle mich damit wohl. Aber man kann etwas machen. Und die Grünen kommen und sie kommen aus der außerparlamentarischen Opposition. Ich selber war niemals ein Revolutionär. Ich will aber die Veränderung und ich stelle mich selbst entschieden gegen die Prospirationen der Atomgesellschaft. Aber diese Problematik läßt sich bestimmt nicht klassenkämpferisch bewältigen.«, hielt Dieter ihm entgegen. Rolli vertrug nur schlecht Kritik, brauste normaler Weise leicht auf, wie Dieter es auch tat, wenn sie ihre Diskussionen allzu dogmatisch führten

13   vgl.: Paloczi-Horvath, Kapitel Fünf, Punkt 2, Seite 62.

und dabei in ihren jeweiligen Auffassungen zu radikal ausein-anderdrifteten aber sie einigten sich an jenem späten Nachmittag ihres letztmaligen Zusammentreffens auf eine nicht hysterisch ausgetragene Diskussion, innerhalb der Rolli dann etwas zerknirschte, kundtat ...

»... ja gut. - Ich war maoistisch. Aber gegenwärtig halte ich die Alternativen auch für realistischer, für durchaus interessanter. Die egoistische Dogmatik der Asiaten paßt allemal nicht nach Deutschland. Aber ihre Ideen sind gut und sie werden auch von den Alternativen zu einem Teil getragen. Es geht uns um eine Herstellung der Autarkie in den Lebensverhältnissen aller Menschen und es gibt mir die Hoffnung, daß mit einer alternativen Lebensführung das Diktat der Industrien von den armen Menschen in dieser Gesellschaft gebrochen werden kann, denn fehlt erst die Abhängigkeit von den industriellen Produktionen, dann ist der Mangel an Geld nicht mehr der Grund, unter Armut und Hunger zu leiden, wenn der Mensch sich die Angebote auf den Märkten nicht leisten kann, weil sie einfach viel zu teuer sind. In einem autarken Leben kann der in der Gesellschaft integrierte Mensch sich selber helfen, auch indem er Hilfe durch die Gesellschaft erfährt. - In China zeigte diese maoistische Idee längst Erfolg und sie hat sich durchgesetzt. Zugegeben, ein sowjetischer sozialistischer Demokratismus widerspricht in keiner Weise einer Einmann-Herrschaft und Diktatur. Dem Willen der Klasse verleibt zuweilen ein Diktator Nachdruck, der allein manchmal mehr vollbringt und dringender gebraucht wird.«,[14] glaubte Rolli aller-dings auch, Dieter in dieser Form vermitteln zu müssen.

»... in etwa wie bei Hitler. Und Stalin war kein Deut besser als der deutsche Diktator. Und die Folgen waren verheerend. Nicht mit mir, solch einen komunistischen Scheiß! Ich bin sicher, daß die gesamte westdeutsche Linke kein Interesse an den Vorgaben aus stalinistischer Prägung hat. Deshalb weicht sie ja auch aus. Du gibst ja zu, mehr den Maoisten anzuhängen. Die sind mir übrigens auch symphatischer. Es liegt aber vieleicht auch daran, weil man von den Chinesen nicht so viel weiß, weil nichts durchdringt. Sie wirken dann viel exotischer und machen einen neugierig darauf. - Aber Vietnam ist vorbei. Es tut mir leid, aber die Zersplitterung der komunistischen Bewegung in West-Deutschland sorgt für den

---

14   vgl. Paloczi-Horvat, Kapitel 3 - Die verratene Revolution, Punkt 2, S. 62 (hier in Anlehnung an einen Text Rosa Luxemburgs, verfaßt in einem Komentar gegen den von Lenin entworfenen »unbarmherzigen Zentralismus¬« (R. Luxemburg, Die russische Revolution, hrsg. v. Ossip K. Flechtheim (Franfurt 1963, S. 28. Der Aufsatz »Organisationsfragen der russischen Sozialdemokratie« erschien zuerst 1904 in der Iskra und in Die Neue Zeit, 22. Jahrgan, Bd. II (Stuttgart 1904))))

Zerfall und die ursprüngliche politische Utopie der Marxisten ist politisch in West-Deutschland verkommen und sie hat überhaupt nur noch in der Ökologie und dort nur philosophisch eine Berechtigung behalten. - Ich bin eigentlich ganz froh darüber, denn mit dem DDR-Terrorismus lasse ich mich auf keinen Fall ein, wie Du es auch verweigerst, Dich damit zu befassen. - Ich glaube, viel zu vielen Leuten geht es dabei einfach nicht gut. Manche werden ermordet. Sehr viele erleiden aus politischen Gründen überharte Strafen, sitzen sehr lange im Gefängnis oder verrecken darin, wenn sie nicht erschossen werden. Der Menschenhandel mit Ausreisewilligen ist nicht zu dulden und seinethalben sitzen die Leute d ´rin.«, antwortete Dieter. Und das weißt auch Du ganz genau! - Sie hatten danach aufgehört, jemals wieder miteinander zu reden und sie erkannten sich nicht wieder.

All jene Diskussionen waren von einer Angst geprägt, die von der Todesangst herrührte, die totalitäre Unrechtssysteme schüren, weil sie mit der Todesstrafe drohen, die dann jemandem blüht, wenn er politisch nicht linientreu ist und wenn auch das Instrument der Todesstrafe aus der bundes-deutschen Rechtssprechung entfallen war, so hatte ihre Existenz in früherer Zeit eine Nachwirkung, die das Denken und dem daraus folgenden Verhalten eines Menschen stark beeinflußte. Angle jedenfalls, der ebenfalls Deutscher war, der über die Revolutionären Zellen in Frankfurt und dort durch Boni auf Carlos gestoßen war, wollte und sollte auch deshalb vorerst nicht nach West-Deutschland zurückkehren, weil er dort polizeilich gesucht wurde und es sprach sich das Gerücht herum, gegenüber Terroristen aus diesen Kreisen würde nach wie vor eine Vernichtungsjustiz über sie herrschen, durch die sie zwar nicht zum Tode verurteilt werden können, weil die Todesstrafe abgeschafft ist, die aber im Zuge einer Lynchjustiz in den Zuchthäusern nach wie vor Anwendung fände. Schließlich waren viele von ihnen bereits ums Leben gekommen und so mancher von ihnen sei von Polizisten getötet worden. Er war dann beauftragt, im westfranzösischen Grenzgebiet zu Deutschland ein Bauernhaus zu beziehen, das über getarnte Wege in den Besitz der PFLP gelangt wäre und wo er vorerst untertauchen müsse, bis für ihn eine weitere Verwendung gefunden sei. Er hatte sich bereits seit einiger Zeit dort eingerichtet, war inzwischen von seiner Verwundung genesen und er machte gerade Holz, das ihm in dem bewaldeten Gebiet, in dem er sich versteckt hielt, in Mengen zur Verfügung stand, für den Ofen im Wohnzimmer des rustikalen Gebäudes, als von oben her, von dem kleinen asphaltierten Weg, der dort an dem bescheidenen, in einer sehr hügelligen Landschaft der Vogesen gelegenen

Anwesen vorbeiführt und an dessen Rand Johannes Weinrich den Wagen, einen großformatigen Volvo, mit dem Boni sonst immer unterwegs gewesen war, jenem Fahrzeug von einer schwedischen Firma, die auch die DDR mit entsprechenden und dort sogar mit Staatskarossen belieferte, entstieg und Weinrich, der sich freute, Angle am Fuße des kleinen Hanges zu entdecken, zu dem er gleich herunter geholpert kam, hatte ihn zu beauftragen. Boni und Brigitte hatten ihren Auftrag nicht überlebt, so hieß es jedenfalls und so war es in den Medien auch mitgeteilt und Johannes war in der Hierarchie der Gruppe um Carlos aufge-stiegen. Beide trafen sich erst kürzlich in einer Bar irgendwo in Paris und besprachen die Lage nach den jüngsten Ereignissen und Weinrich mußte paßen, mußte Carlos erklären, daß nach Wien und Entebbe, dem Ziel des Überfalles von Boni und Brigitte, das gesamte Netzwerk zusammengebrochen sei, weshalb Carlos Weinrich damit beschäft-igte, ein neues Netzwerk aufzubauen und er solle sich zuerst mit Angle vereinbaren, den Carlos unbedingt in sein Team mit ein-gebunden wissen wollte, keines Falles aber Nada, mit der er nicht mehr zusammen arbeiten werde. -

»High! - Wer hat Dich hergefahren?«, fragte Angle, der ihm nun sehr mißtrauisch gegenüberstand. Er kannte Weinrich nur kaum, vieleicht sogar gar nicht.

»Angle! - Keine Panik! Ich komme ohne Begleitung. Ich fuhr also allein hier hin.«, begrüßte Weinrich ihn. Er versuchte ihn zu beruhigen. -

»Keine Panik? - Ich erkenne keine Gründe, jetzt irgendwie cool zu bleiben.«, erklärte Angle. - Aber sie reichten sich die Hände.

»Wem ist mein Aufenthalt hier bekannt? Wissen es viele, daß ich jetzt hier bin?«, fragte Angle mißtrauisch.

»Na ja - ... niemand, außer Deinen Freunden.«, antwortete Weinrich. Sie setzten sich draußen auf eine Bank, kamen näher in ´s Gespräch und Angle suchte offenbar nur nach einem Ausweg:

»Haddad hat Carlos `rausgeschmissen. Dem großen Carlos ... - ... lieferte er einfach einen Rausschmiß!«, sagte er dann. - Aber Weinrich widersprach:

»Nein, der ist nicht `rausgeflogen. Das ist etwas anderes. Aber sie haben sich getrennt. Im Irak kam es zu einem Machtwechsel und das weißt Du. Der Irak unterstützt uns jetzt.«, sagte Weinrich.

»Das tat er ja wohl auch schon vorher. Aber mir ist es egal, wo das Geld herkommt denn ich bin nicht bereit, mich solchen Schurken-Staaten auszuliefern. - Was besagt, daß ich nicht für Hussein oder wie der im Momentchen heißt, arbeiten werde. Und ich arbeite auch nicht mehr für Haddad.«

»Die Unterstützung der PFLP hast Du aber gerne mitgenommen. - Hast Du das vergessen? Sie hat immer große Geldsummen überwiesen. Das Geld kommt in Zukunft vom Irak.«, betonte Weinrich und hielt ihm diese Aussicht entgegen. - Angle bat ihn in ´s Haus.

»Ich befinde mich nicht im Krieg. Meine Revolution ist ein Kampf gegen die Versklavung des Menschen. Dafür bin ich kampfbereit. Aber wenn ich für Haddad in ´s Feld zog, kämpfte ich nicht gegen die Sklaverei, sondern für sie. Hast Du gehört? Ich lasse mich zukünftig von diesen Leuten nicht mehr ausnutzen!« - Angle wartete dann nicht lange damit, ging zu dem Kleiderschrank im Gang zwischen dem Wohnzimmer und dem Hauseingang, holte ein Päckchen aus ihm hervor, das er längst versandtfertig hatte, adressiert hatte und das in die DDR geschickt werden sollte, aus ihm heraus und er drückte es Weinrich in die Hand:

»... ich glaube, so erspare ich mir den Gang zur Post. Ich wollte sie schon zurückschicken. Und das eine müßt ihr von mir wissen: für Haddad opfere ich mich nicht mehr auf! Und ich bin kein Söldner der PFLP! - Und nun paß auf! Du gibst vor, Du wärest mein Freund. Aber ich weiß es genau! Ich weiß, daß wenn Haddad es Dir befiehlt, dann würdest Du mich selbst, dann würdest Du mich höchstpersönlich erschießen! Ein schöner Freund, den ich hier habe. Auch deswegen ist es mit mir aus. Als ich eingestiegen bin, habe ich geglaubt, daß es Zweck hat, einen bewaffneten Kampf gegen den Imperialismus zu führen. Einen Kampf gegen die Sklaverei, der Arbeiter und Bauern ausgesetzt sind. Aber hierbei sehe ich mich einfach nur als Söldner mißbraucht. Und den Antisemitismus, den ihr betreibt, den macht schön alleine mit euch aus. Ich weiß von dem Plan, zwei Führer einer jüdischen Gemeinde zu erschießen. - Boni, nicht!? - Der hat in Entebbe jüdische Fluggäste von den anderen getrennt. Wie in Auschwitz auf der Rampe. Und das mache ich nicht mit; das habe ich Carlos aber auch schon längst gesagt. - Daß ich ein Feind des Zionismus´ bin, das habe ich euch bewiesen. Aber den Antisemitismus, und wie er unter den Faschisten in unglaublicher Weise entzügelte, den betreibt ihr dann bitte alleine weiter. - So, und nun `raus mit Dir!« - Weinrich hatte solch eine Entschiedenheit des Genossen nicht erwartet denn er hielt sie für nicht erlaubt. Er blieb aber folgsam, ließ sich von Angle sogar aus dem Haus und den Hang hinauf zum Auto führen. Er sagte noch:

»Aber Du weißt zu viel. Und wenn die Bullen Dich erwischen, dann fangen die an, Dich zu foltern, setzen Dich unter Drogen, bis Du das Quatschen anfängst. - Das macht Dein Leben nicht ungefährlicher. - Wenn Haddad Dich deshalb nicht erschießen läßt!« - Gleich nach der Abfahrt des Fahrzeuges holte Angle seine

Habseligkeiten aus dem Haus und er verschwand von dort. -

»Haddad ist mir egal! - Merkt euch das! Dann soll er mich eben erschießen lassen, wenn es mein Schicksal ist. Dann werde ich mich dem fügen. Ich jedenfalls verschwinde von hier!« ...

»... und zwar so, daß ich spurlos aus eurem Einflußbereich verschwinde.«, gab er Weinrich mit auf dessen Weg.

Er schlief durch. Nichts konnte ihn erwecken und niemand hatte seinen Schlaf gestört. Wenn er innerhalb politischer Debatten im privaten Kreise überhaupt jemanden Aufmerksamkeit schenkte, dann galt sie seinem Vater. Karl hatte ihn von jeher aufgeklärt und durch ihn lernte er die Dinge der Welt zu verstehen. Auch seinen Lehrern schenkte er Vertrauen, wenn sie es verdienten, ebenso Boomgart. Dann hörte er ihnen gerne zu, wenn er ihnen vertraute. Das galt aber nicht für jene Lehrer, die autoritär und intolerant gewesen sind, die andere Meinungen nicht duldeten und auch nicht für solche, die eine politische Auseinandersetzung im Unterricht grundsätzlich verboten hatten. Karl offenbarte ihm sein Wissen aus einer väterlichen Verantwortung heraus und Dieter vertraute darauf, daß sein Vater ihm nichts Böses wollte. Und zumeist waren es Fernsehbeiträge, an denen sie sich anhingen, woran sie ihre Diskussionen entfesselten. Und Karl argumentierte aus einer Kriegserfahrung heraus, die ihn zwang, Dieter zu desillusionieren ...

»... den roten Terror hatte bereits Lenin losgetreten. `18 ging das bereits los. Anfänglich ging der auf die Klassenfeinde los und als von denen keine mehr übrig waren, hielt er sich an die Kleinbauern und auch an Arbeiter, die an ihrer Treue zum Zaren festhielten. Nicht jeder Arbeiter war auch ein Komunist. Die es nicht waren, waren Feinde der Revolution und gegen die ging Lenin mit eiserner Faust vor. Auch die deutschen Terroristen, die hier und da ihre Bomben legen oder Flugzeuge entführen, sind eigentlich Terroristen aus der leninistischen und später der stalinistischen Terrorschmiede, die nur für eine Machtübernahme sorgen sollen und die bekommen ihre Instruktionen von drüben. In Karlsruhe war es beinahe schon soweit. Da hatte ein komunistischer Rechtsanwalt alle Hebel in Gang gesetzt, daß es nur noch eines Mordes bedurfte, ferner erpresserischer Einflußnahmen über verräterische Politiker im Ministeramt eines Landes und ein revolutionärer Jurist wäre mir nichts Dir nichts unter Annahme einer falschen Identität zum Generalbundesanwalt nachgerückt. Unter Synonym, genau so wie Lenin es trieb. Der hätte alle mörderischen Verbrecher aus der linken Szene, die bereits im Zuchthaus einsaßen, freigesprochen, indem er Verfahrenseinstellungen erwirkt hätte. So einfach geht es dann. Und haben die erst einmal ein wichtiges Amt inne, lassen sie sofort nachrücken und in Windeseile ist ihnen ein ganzer Umsturz gelungen. Fern jeder freien Wahl. Nur das meinte in diesen Kreisen der Marsch durch die Institutionen - glaube es mir, mein lieber Junge! - Da hat wohl nicht viel gefehlt und wenn es da nicht amtstreue Staatsdiener aus dem Polizeiaperat gegeben hätte, die die Situation rasch durchschauten und schnell für notwendig gewordene Verhaftungen sorgten ...« -

»... mir tun die Gefangenen nur leid, soviel weißt Du von mir.«, äußerte Dieter sein Mitgefühl und er unterbrach Karl. Der konterte und er versuchte ihn sofort einzuschüchtern, immer dann, wenn er an Dieter auch nur andeutungsweise eine Sympathie für Komunisten bei seinem Sohn feststellte:

»Mitleid ist mit denen ja wohl fehl am Platze. Du bist doch wohl wirklich nicht klar bei Verstand, wenn Du deren Absichten nicht durchschaust. Wenn Du Dich von denen auf ihre Seite bringen läßt!«

»Mir geht es nicht um Gesinnung. Mir geht es um einen modernen Strafvollzug! Einem, in dem Folter und Mord als Werkzeug der Geständniserpressung und Disziplinierung von Gefangenen ausgeschlossen sind.« - Er wehrte sich dagegen, also gegen Rückfälle in eine Nazijustiz, die weiterführend und in einer Weise der unbotmäßigen, behördlichen Willkür auch ihn bedrohen könnte. Seine Liebe gilt dem Menschenrecht und nicht einem Kampf für den Komunismus, so wie es den meisten, die er kennt, darum geht, faschistoide Tendenzen in einer Gesellschaft zu bekämpfen und nicht die ganze Gesellschaft, die darin lebt. Dafür sollte die Linke kämpfen. Liebe ist die hohe Macht, die zur Sanftmut und zur Mildtätigkeit führt; daran glaubt er. Mit ihr wird das Empfinden zart. Sensibilität führt zur hohen Differenzierungsfähigkeit und diese Fähigkeit führt zu einer höheren Genauigkeit auch bei der Betrachtungsweise der Dinge und der Verhältnisse in der Welt, wie vieleicht auch in der Rechtsprechung, die mitunter nicht viel vom Prinzip der Gnade vor dem Recht zu halten scheint. - Seine Träume sind jetzt verflogen. In wenigen Stunden begrüßt ihn ein neuer Arbeitstag, den er dann halbwegs ausgeschlafen beginnen soll. Er darf gespannt sein, wie es sein wird, als ausgelernter Gärtner eine neue Phase in seinem beruflichen Leben zu beginnen, wobei es Routinen sein werden, die er sich inzwischen angeeignet hatte, die seinen Arbeitsalltag in Zukunft bestimmen werden. Der Berufsstand verlangt ihm Liebe zu ihm ab. Eine Liebe, die er zu geben vermag, die ihn aushalten läßt, weil sie verschont und lohnt. Eine Liebe, die ihn Wurzeln schlagen läßt. Er durfte sich fragen, was aus Angle geworden ist, was aus Khallid? Berufslose Abiturienten aber warum oder waren sie es nie? - Warum hatte Angle sich überhaupt auf solcherlei Abenteuer eingelassen? Verlangten es seine Ideale? Dieter hatte versucht, Angles Motive zu ergründen aber er kam dabei zu keinem schlüssigen Ergebnis. Er erkannte Angle aber unter äußerem Zwang handelnd und mit der Todesstrafe drohte ihm Haddad und durch ihn ein Teil seiner mordbereiten Leute. Für solche Leute würde Dieter nicht kämpfen wollen; das beteuerte er auch Karl gegenüber und außerdem untersteht er in Deutschland der Allgemeinen Wehrpflicht. Dessen sei er sich durchaus bewußt. Er käme nicht darauf, lieber für den Irak zu kämpfen und deshalb in Deutschland zu desertieren. Für kein Geld der Welt ließe er sich darauf ein, wollte Karl von ihm gehört haben. Der gab sich zumindest damit zufrieden, daß Dieter keine Bereitschaft zeigte, sich dem blindwütigen menschlichen Haß voll und ganz hinzugeben, bis er ihn, den Hass der Welt, ausschließlich liebt. Wahrscheinlich war Angle nur durch dumme Zufälle in dieses Dilemma hinein geschliddert und erkannte sich sehr rasch als erpressbar gewordener Handlanger einer politischen Sekte. Aber warum ...

Von dem darauf warten müssen

Kein Donner, kein Knall, es genügte ein Anklopfen - kein zarghaftes sondern ein deutliches:

»Herr Schlechter?«, rief sie so, als würde sie ihn fragen. - Seit beinahe zwei Jahren hörte er ihr Rufen immer zur selben Morgenstunde und immer so:

»... es ist 06.00 Uhr, Sie müssen hoch!« - Langsam war er zu sich gekommen und er verspürte einen unbarmherzigen Schmerz in seinem Kopf, den er nicht aushalten wollte, der ihn entäuscht hatte aber er bekam Ideen, wie er ihn wieder los würde, befände er sich erst an der frischen Luft. Schließlich war der Schmerz ihm nicht neu und er wußte, woher er kam. - Er grummelte:

»... ich komme! - ... ja, ich bin schon hoch!«, rief er, allmählich, zu sich kommend und er begann sich, das letzte Dämmern überwunden, langsam hellwach geworden, allmählich, sich schleppend aus dem Bett zu begeben, in ´s Badezimmer hinein und von dort an den Frühstückstisch hinunter, wenn er sich erst einmal frisch gemacht hat. - Besagtem Bild an der Wand blieb dabei der Rücken zugewandt; es blieb jetzt unbemerkt aber es zeigte Nachwirkung; aber es war nicht unbesprochen geblieben. Nur verlor man morgendlich und mit Lisa keine Worte darüber. Mit ihr sprach man nur über das Alltägliche und die Gespräche über Politik waren in ihrem Hause keine Alltäglichen gewesen sondern höchst seltene. Alltäglich war die Wortkargheit am Frühstückstisch, auf dem Arbeitsweg, denn dieses Ritual verhielt sich plump und furchtbar einfach, so daß allein deshalb dieser ewig vorherrschende Wunsch nach Verbesserung der Arbeitsverhältnisse überhaupt aufrecht erhalten werden konnte. Ihre Wortkargheit, ihre Sprachlosigkeit hatte also Methode und sie heißt dann: alles kotzt mich an! - Der Umstand, daß an diesem Morgen der Fußweg zum Betrieb angenehmer sei, weil das Arbeitsverhältnis nun auch ein anderes geworden ist und zudem eines, das bereits nach vier Wochen wieder endete, in einer Zeit, die also auch wirklich absehbar gewesen ist; dieser Umstand trat nicht ein, trat wohl auch nicht ein, weil Dieter es nicht zulassen wollte, daß er Freude verspürte, die man ihm anmerkt. In Bande mit den verbliebenen Kollegen - einer der Negerlein hier war ja schon nachhause hin abgehauen - hatte sich das Erfolgserlebnis sofort aufgelöst, denn sie gönnten ihm kein jubelndes Zurufen einer Gratulation, keinen lautstarken Beifall. Statt dessen:»Na Locke - Du geritztbackiges Ungestüm. Du gichtbrüchiges Unikum!. - High Land, Du geschlechtskranke Ratte. Hühnerficken ist nichts dagegen.« - Dann blieb er lieber verkniffen - fragte sich aber, wer so etwas kann? - Aufforderungen zum Tanz. Es wird jetzt wieder `reingehauen. Nur so wird man zum Affen. - Aber seine Nerven ersannen nicht diese Gedanken. Er entwickelte Fluchtgedanken, die ihn vertrieben hatten, jetzt um schnell das Werkzeug zu holen, es auf den Wagen zu packen und dann nichts wie weg hier, als wäre Boomgart kein Schwein, über das alle so redeten, als wäre er großkapitalistischer Menschenschänder: uns einfach so anzutreiben und zur Arbeit loszuschicken ... - aber er bezahlt ja schon mehr. - Es gehört sich nicht, denn schließlich hat man auch Bildung und ein jeder hier weiß, daß alle auf bessere Zeiten nicht nur hoffen sondern auch warten können müssen.

Helmut Schmitt war auch so hart geblieben. Aber um den zu bedenken, müßte man ausholen, und Aushole ist Raushole; Gorleben brennt überall. -

»Und denne von denen« noch voll eins in die Fresse kriejen!«, so redete man - es war verboten, sich in der Öffentlichkeit ohne einen Judenstern zu zeigen und schließlich wurde man gegen das Vergessen. - Der Judenstern bestand aus einem handtellergroßen, schwarz ausgezogenen Sechsstern aus gelbem Stoff mit der schwarzen Aufschrift - Jude -. Er ist sichtbar auf der linken Brustseite des Kleidungsstückes fest aufgenäht zu tragen![15] Aber er trug keinen ... - die Ausrottung der jüdisch-bolschewistischen Führungsschicht im Reich und der Juden in Osteuropa wird schließlich wie die Gewinnung von Lebensraum für die germanische Herrenrasse erklärtes Ziel des Krieges. (...) Und dann darauf warten müssen! - Der Entschluß hierzu fiel auf der sogenannten Wannsee-Konferenz über die Endlösung der europäischen Judenfrage im Januar 1942: Unter entsprechender Leitung sollen im Zuge der Endlösung die Juden in geeigneter Weise im Osten zum Arbeitseinsatz kommen. In großen Arbeitskolonnen, unter Trennung der Geschlechter, werden die arbeitsfähigen Juden straßenbauend in diese Gebiete geführt, wobei zweifellos ein Großteil durch natürliche Verminderung ausfallen wird. Der allfällig endlich verbleibende Restbestand wird, da es sich bei diesen zweifellos um den widerstandsfähigsten Teil handelt, entsprechend behandelt werden müssen, da dieser, eine natürliche Auslese darstellend, bei

---

15   sh. Fragen an die Deutsche Geschichte, S. 341

Freilassung als Keimzelle eines neuen jüdischen Aufbaues anzusprechen ist. Im Zuge der Praktischen Durchführung der Endlösung wird Europa von Westen nach Osten durchgekämmt. - Hallo Heinz! Dich haben die wohl übersehen, was Dieter nicht laut denken konnte, nicht glauben mochte, denn die Kollegen hier waren Unbetroffene und niemals als Juden verdächtigt. Er griff aus anderen Motiven zur Schaufel und er stand jetzt aufrecht mit ihr im Land. Boomgart hatte sich einen Auftrag ergattert, einen Karpfenteich anzulegen. Dieter hegte keinen Neid, keinen Teich zu besitzen, denn sogar Lisa besaß auf ihrem Grundstück einen solchen, der ihn insgesamt nur langweilte. Ihr Grundstück war mit 3000 Quadratmetern nicht gerade klein und sie baute schließlich auch umfassend Gemüse an; erst an das Gemüseland schloß sich das kleine Idyll mit den großen Bäumen darin an, das den Teich beherbergte und dort gab es auch einen kleinen, unbefestigten Weg, teils parallel verlaufend zu dem kleinen Bachlauf, der den Teich speiste. Es war geradezu zum Lustwandeln einladend, so schön war es dort dennoch so manchesmal. Das tat ihm nicht weh, das freute ihn, weil ihn die Schönheit der Natur, die Schönheit der Natürlichkeit erbaute, aber außerhalb eines Gartens bekommt Dieter die Natur für beinahe umsonst und bei Regen verweilte er nicht dort, wie er es hier mußte. Er stand bereits am Ufer, war bereit, zu schaufeln. Er blickte in die Landschaft, fühlte sich hier nicht besonders wohl, weil der Grund hier als Wiese genutzt war und die Umgebung war nur schwach bepflanzt, also kahl und sich in einer weitläufigen Feldmark verlaufend. -

»Es gehört begradigt. Wir werden das Ufer mit Rollrasen befestigen.«, erklärte ihm Boomgart vorhin, bevor er ihn losschickte. Wie er es anzustellen hätte, müßte er allmählich von selber wissen. Aber Boomgart trieb ihn nicht an, er hatte es nicht einmal gesagt, sondern das glaubte Dieter von sich, denn er war kein Lehrling mehr aber dieses hier ist Neuland und er weiß es wirklich noch nicht anzustellen. Da war kein Deut der Drohung und sie trafen einfach nur gelegentliche Verabredungen, damit er wenigstens erst einmal mithält und wirklich arbeitet, was er wollte, denn er wußte sich ab heute sehr gut bezahlt, was ihn tatsächlich zur Leistung verpflichtet hatte.

»Das ist o. k.«, glaubte Dieter, bevor er den ersten Stich mit der Schaufel in den matschigen Boden des rohplanierten Ufers stach.

»Da gibt es nichts zu deuteln.« - Er beginnt den Arbeitstag mit Schwung, zeigte Lust an dieser Arbeit, weil er sie besaß und er hoffte, sich einstimmen zu können, in eine neue Welt der Gärtner, die seinem Traum davon entspricht. Irgendwie spürte er, daß der Druck, der ihn bisher belastete, ein anderer geworden war und er fühlte sich irgendwie entlassen. Es interessierte ihn der Boden, der sehr matschig ist, auf dem er sehr leicht wegrutscht. Er sieht sich um, sucht nach den anderen Kollegen und sieht sie jeden für sich arbeiten. Gerade jetzt vermißt er das Kollektiv, zumindest einen zweiten Mann bei sich, der ihm beim Schieben der Karre hilft, wenn er sie gleich gefüllt haben und sehr mühsam zum ausgefransten Ufer schieben wird, sie dort auskippen wird, damit er es gleich planieren kann. Er würde gerne einen von ihnen herbeirufen, so wie er selber immer wieder von ihnen herbeigerufen gewesen war aber er traute es sich nicht mehr, weil Boomgart von ihm viel mehr verlangen kann.

»... Boomgart, Du bringst mich um!«, hätte seine Erkentnis gewesen sein können.

»Die dumme Sau macht jetzt Urlaub in den Kneipen und ich soll es glauben, daß es reiche, daß er für mich die Arbeit ˋranschafft.« - So manchem rutschte es derart heraus, aus den Gewohnheiten seiner Rethorik im Klassenkampf. Schon das ist der Jargon, der ihm geläufig werden sollte, der zu hören gewesen war, der Gedanken schürte, die ihrem kollektiven Hass entsprach. Aber die fielen durch:

»Deutsche wehrt Euch! - Kauft nicht bei Juden!«. Es mag unangemessen sein, diese Gedanken jetzt zu erwägen aber plötzlich ergreifen sie einen. Diese Arbeit scheint vergleichbar geworden und wie fühlt man sich eigentlich dabei? Dennoch war der Traum des Gärtners ein anderer, als der des Völkermordes, der jener Ausrotter von Massen und Rassen, die ihr Arbeitsfeld mit der massenhaften Auffüllung von Soldatengräbern und somit die Kriegsgräberpflege mit einem weiteren Arbeitsfeld der Berufsgärtner bereicherten - es auf ihre bestialische Weise vieleicht nur ungewollt zu kommerzialisieren wußten:

»Arbeit macht frei!«, aber wovon und wie war das gemeint? -

»... und dann darauf warten müssen. - Geiz!«

»Proklamation: ... an das deutsche Volk! - Die Regierung der Novemberverbrecher in Berlin ist heute für abgesetzt erklärt worden. Eine provisorische deutsche National-Regierung ist gebildet worden. Diese besteht aus General Ludendorff, Adolf Hitler, General von Lossow, Oberst von Geisser.«[16] -

»Und dann das darauf gewartet gemußt haben.«

»Gebt Hitler die Macht - Deutschland erwacht.« - Die Mehrheit der Naziwählerschaft hoffte aber hauptsächlich auf Ludendorf.

»... und dann darauf warten müssen.«

Schicksalsentscheidungen in der Geschichte der Welt. Parolen

---

16   ebd., S. 317, VI/215 Hitler-Putsch, 9. November 1923 (Abb. aus einer Plakatwand)

zeigten ihre Wirkung und plötzlich heißt man Parolen-Jockel. Aber irgendwie sollen sie es noch. Irgendwie soll noch in diesem Glauben geglaubt werden. Aber es war dann auch damals so ganz ähnlich: mit dem Tode Hindenburgs war die innenpolitische Machtkonzentration abgeschlossen. Hitler wurde Führer der Staatspartei, Chef der Regierung und Staatsoberhaupt. Als Führer des Deutschen Reiches und Volkes läßt er Beamte und Soldaten auf seine Person vereidigen. Und die NS-Regierung nahm den Brand des Reichstagsgebäudes am 27. Februar 1933 als eine weitere Maßnahme zum Anlaß, den Grundrechtskatalog der Weimarer Verfassung am darauffolgenden Tag mit Hilfe einer Notverordnung »Zum Schutz von Volk und Staat« durch den Reichspräsidenten außer Kraft setzen zu lassen. Damit begann die Verfolgung und Verhaftung der politischen Gegner, vor allem aus dem Lager der Linken.[17] - Es war geschafft; Angst davor ist die Hinterlassenschaft der Mörder. - Parallelen zum Deutschen Herbst wurden ihm nicht klarer, weil nichts darüber in der Zeitung stand und schon insofern fehlte ihnen allen hier ein Bewußtsein dafür, ein Anhaltspunkt; schließlich wehrte sich hier die Linke und sie begriff sich schon immer als ein Opfer der Faschisten.

Sie kam gerade von Elfriede wieder, der Nachbarin von nebenan, klärte dort einiges, auch ob Eckhard, Elfriedes Gatte, noch dazu käme, in ihrem Gemüse gegen das Ungeziefer zu spritzen und hauptsächlich erbat sie sich ein Paket Mehl aus dem Vorrat der Krögers, welches Lisa leider ausgegangen war und wegen dem sie Elfriede eigentlich aufsuchte, denn sie wollte sich den weiten Weg in ´s Dorf bis zum Kaufmannsladen hin ersparen; sie war im Begriff, für den Empfang am Wochenende, zu dem sie die Eltern der Absolventen eingeladen hatte, einen Apfelstrudel zu backen, den sie hinzustellen wolle und sie sagte noch zu Elfriede, als sie zu Gehen im Begriff war:
»... Gebt ihm doch einfach nicht so viel. Der kam schon wieder stock besoffen nachhause und hatte sich reichlich bekotzt.« - eine Tatsache die sie sehr traurig machte, weil sie Dieter so einschätzte, daß er selber gar nicht so viel trinken wollte, wie er es in den vergangenen Wochen und auch bei Elfriedes Sohn aber mußte, weil sie sich zum Abschiednehmen noch einmal trafen. Dieter zog seine Lehren daraus. Außerdem hatte er beschlossen, dem süffigen Wohlgeschmack von Apfelkorn, dem Modeschnapps dieser Saison, zukünftig nicht mehr nachzugeben, aber Lisas Nachbarn waren ebensolche bideren Mitmenschen, wie seine ordentliche Vermieterin es eine gewesen ist, denen er kein Zutrauen schenkte,

17 ebd. S. 320

ihn aus politischen Gründen fertigzumachen, ihn abzufüllen, um ihn zu unterwerfen, wie es damals bei Land der Fall gewesen war, als der dort auf ihn wartende Neo-Nazi ihm recht boshaft eingeschenkt hatte.

Sie waren dabei, die großzügige Umgebung der Reithalle in Boltersen zu pflastern und es schmerzte ihn sein Kreuz, während er die Knie seiner aufgerauten Blue-Jeans, in der er wöchentlich arbeitete, beim S-F-Pflaster-Verlegen kaputtscheuerte und er kämpfte in vorderster Reihe, legte Stein für Stein von den Haufen, die Felix ihm herankarrte und in verteilten Abständen präzise aneinander gekippt hatte, zu denen Dieter sich heranarbeitete, wobei es nicht viel zu denken gab, sorgfältig und in gerader Linie an einer Schnur entlang und in fünf Reihen voreinander zu verlegen, wobei es auf Schnelligkeit ankam, denn es drohte ihnen die Verlegemaschine, a priori und dieses ganz generell, aufgrund des größeren Leistungsvermögens einer Maschine den Schneid abzukaufen und es bedeutet ihnen hier, daß sie ihnen das Handwerk zu legen vermag - ausgerechnet. Er erfüllte nicht nur Boomgarts Traum, dem von einem besseren Leben, wenn man sich selbst nicht mehr buckeln muß, wovon man dem Bauherren hier nicht einmal unterstellen konnte, er würde sich diesen Traum hier verlegen lassen, wenn der drinnen, in der von Neonröhren lichtdurchtränkten Halle schon `mal auf softer Sägespäne einige Reithindernisse aufgestellt hatte, worüber er gerade einem sehr mächtigen Trakener ein Sprungtraining abverlangte, einem stattlichen Hengst, der tagtäglich seine Bewegungsarbeit verlangte, damit er nicht einrostete. Es war ein Bäckermeister, der durch harte Arbeit seinen Traum so verwirklicht hatte, als ihm diese Anlage endlich bis zur abschließenden Vollendung gewachsen war. Es war erreicht aber sein Traum hieß nicht »Arbeiten«, um glücklich zu werden sondern sein Traum hieß »Glück« durch das Erreichte und a priori schuf er sich selbst sein eigenes, kleines Reich, dem Dieter jetzt die letzten Puzzelteile auf seinem Weg dorthin zu schließen hatte. Aber wo bleibt er selbst dabei? Ist es Nies? Niesnutz oder Niesbrauch, aber nein, das ist es nicht, denn Arbeit ist kein Fron aber es ist für ihn und seinem Selbstverständnis nach geleistete Arbeit, die ihm zu genüge bezahlt werden muß; so stellt er seine Bedingungen. Es gab ihm keinen Anlaß zum Klassenkampf, wenn er sich nach einer ganzen Weile des Voranschreitens auf der vor ihm liegenden, planen Sandfläche, die erst fest gestampft war, bevor sie mit einer Allulatte ganz eben und glatt gezogen wurde, so daß es darauf glänzte - fortgeschritten war, wobei er sich von dem langen Rutschen mit seinen noch jungen

Knien ganz steif gearbeitet hatte, sich deshalb manchmal aufrichtete, beide Hände in den Rücken stemmte, das Kreuz wieder geradebog, gleich ein paar Schritte tat, nach Felix schaute, der bei dem losen, großen Haufen mit den frisch dorthin gekippten Verbundsteinen unter den Eichen, gleich hinter der zur Auffahrt zur Reitanlage quer verlaufenden kleinen Dorfstraße, in seinem Arbeitstempo inzwischen langsamer geworden war aber immer noch mit fixen Händen energisch genug bei der Sache blieb, eine weitere Karre mit den fabrikneuen Pfalstersteinen zu füllen, währenddessen Dieter dann zum vorderen Rand der inzwischen verlegten Pflasterfläche blickte um zu überprüfen, auf welchen der dort in ihrer Anzahl geschrumpften Steinhaufen er nachgefüllt bekommen muß. Und so blieb er in Bewegung, verrichtete er seine Arbeit fließend. Er blickte auf die vieleicht sieben Meter breite Fläche, die bereits gelegt und er wähnte sich auf einem fertig verlegten Pflaster stehend, das ungefähr bereits zu einem Drittel in seiner Länge hinauf zum Feldrand am Ende der Halle fertiggestellt war. Dann ruhte er einen Augenblick, sah Felix beinahe mitleidig dabei zu, wie der ihm die gefüllte, zentnerschwere Karre entgegenschob und er sagte gütlich:

»... am besten ist es, Du verteilst die auf die ersten beiden Haufen am rechten Rand. Aber warte erst und hilf mir. Wir müssen die Fluchtschnur umspannen!«

»... die Fluchtschnur? - ... umspannen?«, fragte Felix lustlos. Er hatte erleichtert die Karre auf das Pflaster gestellt, sah Dieter an, fuchtelte etwas mit seinen Armen, als wisse er nicht, womit er beginnen solle und Dieter verwies ihn an den linken Rand mit einer Felix dort hinziehenden Kopfbewegung. Er selbst schritt nach rechts, ergriff den runden Erdnagel, an dem die Schnur geknotet war, und zog ihn langsam und unter Anstrengungen aus dem harten Boden, in den er ihn vorhin hineingeschlagen hatte, was Felix ihm auf der anderen Seite gleichtat, schweigend und ganz automatisch die Stange aus dem Boden zog und damit ungefähr fünfzig Zentimeter weiter vorne über dem Planum anhielt und nun einen Blickkontakt zu Dieter suchte, mit dem er sich gleich verständigen mußte. Der hatte seinen Erdnagel bereits eingemessen und ihn fest in den Boden getrieben - fünfzig Zentimeter weiter nach vorne. Er legte dann seinen Zollstock in etwa der Mitte des Pflasters an, nahm Maß und er rief zu Felix:

»... zieh´ die Schnur etwas strammer an. - Ja, so ist gut. - Und jetzt nimmst Du sie noch etwa fünf Zentimeter zurück, aber vorsichtig! - ... noch ein, ein kleines Stück ... ja, genug! - Schlag den Nagel `rein!«

Niemand von ihnen fühlte sich in seiner Zeit bestohlen. Karl und Irmgard fuhren erst kurz vor drei Uhr am letzten Nachmittag des Monats Juli bei Lisa vor, während Fietze mit seinen Eltern bereits auf sie gewartet hatte und auch Dieter wartete mit ihnen in einem der Gartenstühle auf der neuen Terrasse an der Hinterseite des Hauses, nur leicht im Abseits der schützenden Krone des Walnussbaumes und im Windschutz des Mauerwerks der langezogenen Stallung, die immerhin bis zum Gemüsegarten reichte, also etwa fünfzehn Meter lang gewesen sein mochte, von wo sich an der Gartengrenze entlang dem Wohnhaus ein Schuppen quer gegenüberstellte, was den Hof sehr robust einfriedete und sie jetzt außerdem vor Winden schützte, die hier allerdings von Osten oder von Süden her kommen mußten, um an den Mauern der besagten Gebäude zu brechen. Es war Fiezes Abschiedsgeschenk gewesen, wobei Lisa sehr gerne seine erworbenen Fähigkeiten ausnutzte und sie bat ihn, unter Angebot eines kleinen Honorars selbstverständlich, die Terrasse zu bauen, auf der sie jetzt ihre Zusammenkunft begehen, noch ehe er für immer verschwände. Die erst im diesjährigen Frühjahr fertig geworden war, weil er ihr diesen Gefallen nicht ausschlagen mochte. Die Heinrichs warteten bereits seit einer halben Stunde auf sie. Es war Lisas Wunsch, zum Abschied noch einmal alle bei sich zu haben, bevor der Aufenthalt ihrer Untermieter entgültig zu Ende war und sie zeigte sich hocherfreut über das kleine Präsent, eine Hadanger-Tischdecke, die Irmgard im vergangenen Winter während eines Volkshochschulkurses stickte und die sie ihr jetzt sehr herzlich und mit besten Wünschen überreichte:

»... ich verzichte auf Blumen und hoffe doch sehr, Sie werden sich auch hierüber freuen!«, schmunzelte Karl indessen, der sich seinerseits freute, die untersetzte, noch nicht sehr gealterte Frau von vierundfünfzig Jahren endlich einmal wieder zu Gesicht bekommen zu haben, mit der er im Verlauf ihres Kontaktes nur einigemale am Telefon zu sprechen kam und überhaupt sahen sie sich nur wenig, über die er von Dieter aber schon sehr oft berichten hörte und er überreichte, ganz sonor aber strahlend, Dieters Hauswirtin eine Flasche Wein, die er gar nicht erst anspruchsvoll in aufwendiges Geschenkpapier einwickeln ließ, er ihr salopp und dabei aufmunternd zum baldigen Öffnen entgegenreichte, weshalb sie so herzlich aber zustimmend zu kichern begann, sich gleich freudig umdrehte und zur weißen, noch offenstehenden Gartentür ging, lustig dabei beschäftigt, die beiden Ankömmlinge durch sie auf den schattigen Hofplatz hereinzubitten, damit die sich gleich zu den anderen hinzugesellen konnten.

»... die anderen sind schon da? «, erfragte Irmgard dabei. Dieter versetzte es in der Rangfolge Lisas´ Gäste wieder nach unten, und angesichts der Anwesenheit beider Elternpaare hielt er sich innerlich verschlossen, zwang sich, schon allein durch eine ihm gebotene Rücksichtnahme auf das Alter jener Respektpersonen in eine steife, wortkarge Koketterie, die ihm manchmal ein von Verlegenheit untermaltes Lächeln abverlangte, ganz abgesehen davon, daß es ihm selbst sehr viel lieber gewesen war, keinen Streit und schon gar keinen väterlichen Tadel hervor zu beschwören und schon deshalb erhob sich der junge Mann sehr höflich, als sich die Elternpaare aneinander begrüßten. Fietzes Anstand verlangte selbiges; der stand aber bereits mit einer geöffneten Flasche Bier beim längst glimmenden Gartengrill, auf dem manche Bratwürstchen und auch einige deftig gewürzte Steacks appetitlich duftend vor sich hin brutzelten, die er, zur Aromaverstärkung ab und zu mit etwas Bier überschüttete. Auch er schritt zu ihnen heran, begrüßte Karl und Irmgard freundlich und bescheiden bei einem netten Diener. Karl konnte es nicht unterlassen, mußte dabei seinen Sohn erst einmal reizen, aber er provozierte ihn sehr wohlwollend und dabei - wahrscheinlich erinnerte er sich seiner eigenen Jugend - in sich hinein lachend:

» ... dann hast Du ja wohl Deine Revoluzerjahre wohlbehalten überstanden?« - Aber was davon übrig geblieben war, waren seine davon immerhin noch halblang getragenen Haare, die gegenwärtig in einem lockeren Fassonschnitt in ihrer Länge noch etwas über den Kragen hinweg reichten und mit einem schimmernden Glanz in einer feineren Matte die Ohren bis zu ihrer Mitte hin überdeckten, woran Karl keinen ernstgemeinten Anstoß mehr genommen hatte; die Hauptsache war es ihm gewesen, daß sie gepflegt waren und die Jugend von Heute trüge sie eben so, hatte ihm Irmgard beigebracht.

»Am 01. September bist Du zur Bundeswehr einberufen. Sie verlangen Dich in einer Panzerdivision in Stade. Der Brief trudelte erst Mittwoch bei uns ein; Mama war so frei und hatte ihn geöffnet.«, offenbarte er erst, nach dem sie sich gesammelt und nach einer Zeit gemeinsamen Plausches so ganz allmählich zu essen begonnen hatten. Nicht daß Dieter darüber in einer Weise erschrak, daß ihm davon ein Biß im Halse stecken geblieben wäre:

»Ich glaubte, meine Verweigerung hätte eine aufschiebende Wirkung erreicht.«, antwortete er Karl dennoch sehr skeptisch aber er blieb gelassen.

»Hat sie wohl auch. - Ich nehme an, Du wirst bereits in Kürze vom Kreiswehrersatzamt zur Verhandlung vorgeladen. Du mußt dem Einberufungsbescheid fristgerecht widersprechen, solltest Du triftige Gründe für ein Fernbleiben von diesem Stellungsbefehl vorbringen können. Ich hoffe, Du weißt, was das bedeutet.« - Sie alle hielten sich bedeckt, aßen in aller Seelenruhe ihr Gegrilltes, während Vater und Sohn sich austauschten und Fieze saß sogar grüblerisch an seinem Teller anbei, ob dieser Nachricht.

»Fieze hat damit noch etwas Zeit.«, brach Frau Heinrich die Stille unter ihnen, die sie alle bis eben noch beherrschte und sie sah behütend zu ihrem Sohn, überlegte kurz und Fiezes Vater gab hinzu:

»... der ist auch noch nicht so alt.«, griente er zu Irmgard und Karl hinüber.

»... wenn er denn überhaupt hin muß, denn wir halten ihn in unserem Betrieb für unabkömmlich.«, erklärte Frau Heinrich nun etwas lautstärker, beteuernd und hinweisgebend auf einen weiteren Vorbehalt bei Erwägungen von ihnen anzunehmender Möglichkeiten hinsichtlich dieser Problematik. - Dieter aber tat ihr leid. Es mag auch an seinem verwegenen Erscheinungsbild gelegen haben, an einer ihr vieleicht etwas zu pomadigen Reifung des jungen Mannes in ihrem Kreise jetzt und dieses an der Seite ihr viel zu alter Eltern, an der Aussichtslosigkeit im Berufsleben solch eines Menschen, so wie sie es einschätzte, weil nach ihrer Auffassung Inteligenzlern in diesem Beruf keine Perspektiven offen stünden, so wie Dieter sie sich selbst einmal ausgemalt hatte, darauf hinhoffte und sie erkannte ihn als sehr gefährdet in dieser turbulenten Zeit des Nachgeschehens des Deutschen Herbstes und sie bemerkte sehr besserwisserisch und ihn warnend:

»Strafgefangene erhalten keine ordentliche, sehr wirksame medizinische Behandlung im Falle der Bedürftigkeit - also wenn die einmal krank werden ... - Kein Arzt ist bereit, die ordentlich zu behandeln.«, wußte Frau Heinrich außerdem. - Aber welchen Sinn gab diese Bemerkung ihm jetzt? Dieters Furcht vor der Macht der Älteren hielt ihn davon ab, sich aggressiv gegen eine offensichtliche Befürwortung einer Verweigerung ärztlicher Pflichterfüllungen zur Hilfeleistung Bedürftiger aufzulehnen und er sagte erst einmal gar nichts, überlegte, ob es nicht besser sei, so zu tun, als hätte er das eben gesagt bekommene überhört. Sein Gewissen rührte sich kräftig und er erinnerte sich jetzt ganz unwillkürlich des Todes eines Anarchisten, der im Verlauf eines Hungerstreikes im Gefängnis verstorben sein soll, was öffentlich von den Sympathisanten in den Medien so aufgeklärt worden war, daß nämlich mutwillig der Zeitpunkt einer gerichtlich angeordneten Zwangsernährung vom damit beauftragten medizinischen Personal so gelegt war, nämlich in die Abendstunden, daß der Organismus, nach einer längeren Hungerperiode allemal, das Nahrungsangebot biologisch aber nicht mehr richtig verdauen konnte, weil nächtlich verabreichte Speisungen nicht mehr vom Körper verwertet würden, was also den Stoffwechsel weitestgehend lahmlege, was Dieter nicht nur für ein Gerücht gehalten hatte, sondern für die Fortsetzung eines Kleinkrieges zwischen staatlichen Institutionen und Angehörigen aus dem Sympathisantenumfeld. Es verlangte aber sein Gewissen, daß im Falle einer Notlage alles getan werden muß, damit ein Betroffener gerettet wird. Der Komentar der Frau Heinrich kam ihm von zu weit rechts her und er beschloß, sich ihr zu widersetzen:

»Es ist dann Unterlassene Hilfeleistung, will ich glauben. Der so handelnde Arzt macht sich meiner Meinung nach strafbar!«

»Sogar auf gar keinen Fall tut er das!«, konterte sie.

»Und selbst wenn eine Schuld feststellbar wird, also die Schuld eines Arztes, ist es in den wenigsten Fällen möglich, juristisch dagegen vorzugehen. Der Laie oder der Untergebene zieht dabei immer den Kürzeren.« - Dieter wollte es nicht wahrhaben und innerlich empörte er sich, empfand er einen Schmerz der Hilflosigkeit. So auch eine Furcht, die vor dem Vorurteil, a priori, und insofern eine konkrete Angst vor der Verhandlung um seine Anerkennung als Kriegsdienstverweigerer, bei der ihm eine Anerkennung seiner Gewissensgründe versagt werden kann, weil er sie nicht ausreichend ernsthaft und glaubwürdig vorgetragen hätte. Schon allein dieser Möglichkeit wegen spürt er dann eine Wut des Ausgeliefertseins in sich. Wenn man ihm vorhielte, daß sein Lebenslauf nicht astrein sei, denn schließlich schmiß man ihn von der Schule? Und in der Art, wie er sich gab, war er ohnehin dem politischen, linken Milieu zuordnungsfähig, weil das Vorurteil in der Gesellschaft das Diktat führt, daß heute doch alle von den jungen Leuten links seien. Aber mit dem Argument »Lieber rot als tot!«, fallen die Verweigerer durch, obwohl er es für dumm hält, lieber tot als ein Komunist zu sein. Aber sie werden von diesem Vorurteil, es sei der hauptsächliche Grund für ihre Verweigerung, sie seien also in erster Linie feige Drückeberger, geradezu verfolgt und nicht selten in den Verhandlungen deshalb fertiggemacht. Daß er sich `rumtriebe, wie es dem Lebenslauf zu entnehmen sei, den er seiner schriftlichen Begründung beifügte, hauptsächlich aber der inhaltlichen Aussagen in der Begründung wegen, die man ihm böswillig auslegen könnte, auch wenn man es nicht darf. - »... würden Sie nicht doch einen Vergewaltiger umbringen, wenn Sie zufällig darauf zukommen und Sie tragen eine Waffe bei sich, während er Ihre Tochter vergewaltigt?« - Seine schriftliche Begründung enthielt einige politische Argumente, die ihm wegen des verfassungsrechtlichen Zuspruchs auf freie Meinungsäußerung nicht nachteilig ausgelegt werden dürfen aber Meinung ist nicht

Gewissen und das Gewissen sei zu überprüfen und nicht sein politischer Standort. Sein Gewissen würde allemal ein schlechtes, müsse er einen Menschen töten und niemals kam er in der Zeit seit seiner Strafmündigkeit darauf, sich bei der Lösung von Konflikten gewalttätig durchzusetzen, denn das war ihm von früher Jugend an auch von seinen Eltern verboten gewesen und er entwickelte im Vorfeld seiner Gedanken auch keine Ideen, wie er es seinem Körper zumuten mag, es überhaupt kann, sich soweit zu konditionieren, daß er Lust dabei bekäme, sich kindisch auf dem Boden zu wälzen, auf ihm bäuchlings voran zu robben, dabei eine MP nach vorne zu strecken und mit ihr blindwütig auf jedes Ziel zu ballern, das sich ihm in den Weg stellt. Dieses alles aus dem fragwürdigen Grund, ein wenig Land zu gewinnen, das ihm gar nicht zusteht, es zu besitzen? Aber dieses sei von ihm nicht mehr verlangt; er gehöre auf eine Fahne eingeschworen und man benötigte ihn nur im Verteidigungsfall aber wer ist dann der Feind? Wirklich niemals der Mensch? - Es ist auf der Terrasse zwischen ihnen und während des Verzehrs des wohlschmeckenden, ge-grillten Fleisches sehr viel kühler geworden und Dieter meinte verstanden zu haben, daß der mutwillige Angriff der Frau Heinrich sie alle auf eine größere Distanz zueinander gebracht hatte. Ihm wurde darüber unwohl. Irmgard tauschte sich hauptsächlich mit der Gastgeberin aus, erkundete nur das Ein´ und das Andere. Sie ließen Dieter zurück, als sie nach ungefähr zwei Stunden ihre kleine Gartenparty dann beendeten, worauf hauptsächlich Karl hinwirkte, der sich in diesem Kreise bald nicht sehr wohl fühlte, der aber mit ausreichendem Takt der Dinge harrte, bis er unter Anführung gesundheitlicher Einschränkungen zum Aufbruch drängte. Sie ließen Dieter für eine Woche zurück bei Lisa; so lange müsse er noch darauf warten.

Unter Vermummtem

Eine Parabel

Wenn wir zum Band geh`n
  Und dort recht stramm steh` n
  Dann wird es Dich anzieh´ n
  Ganz in den Bann zieh´ n

  Dann wirst Du es anschiel´ n
  Paket an den Rand zieh´ n
  Dann sollst Du sie pressen
  Pakete zum Fressen

  Vor dir ein Muster
  Dahin, da muß er!
  Der Riegel mit Lade
  Schoko-Marme-Schade

  Denn es heißt jetzt, verpack ihn
  Den Lebemann-, Lebewohl-, Lebetagsinn!
  Dort wirst du das Pack seh´ n
  Wie sie am Rad dreh´ n
  Schnelle entlang geh´ n
  Im Laufe des Taktsinn
  Des Bandes Verpacksinn
  Meter für Meter herabnehm´ n
  Vom Bande das Eis
  Einfach abnehm´ n

  HASS kommt von HASTEN
  HASTEN von den LASTEN
  Die FLOSSEN voller QUASTEN
  RASTEN wird ENTLASSEN

Wohl oder übel
  Zum Freunde den Düvel
  Soll ich hier schaffen
  Welch ein Gekrachen
  Will mich kaputt machen!

120

Der Anfang vom Ende

In dem großen Umkleideraum zwischen den grauen Stahlschränken machten sie ihre erste Begegnung. Sie waren vermummt, in dunkelblauer Isolationskleidung und auf ihren Häuptern trugen sie gleichartige Mützen, die wie Helme bis auf ihre gesteppten Schultern ragten und über dem Kinn abschlossen, wenn man sie zugeknotet hat; darunter verbargen sie ihre gleichgültigen, regungslosen Gesichter. Von berufswegen und in dieser Fabrik die zweite Garnitur, unterschieden sie sich so von den anderen. Sie waren geschoren, im Gegensatz zu ihm. Der erschien im modischen Chique, hatte sein Haar teuer geschnitten, salopp und stufig; die Ohren waren von seinem duftig shampoonierten und seidig glänzendem, locker geföhntem Haar knapp bedeckt und überragten den Kragen sehr deutlich. Seinen diamant-besetzten Ohrring trug er hierbei nicht. Sie kamen ihm ganz nahe! Er hatte mühe, sich einen festen Spind zu ergattern. Die meisten waren belegt, von den ständigen Mitarbeitern. Nach dem dritten Einsatztag hatte er sogar ein Schloß davor; er hielt den Schrank für den seinigen.

»Guten Tag!«, wünschte er ihnen aufgeschlossen, durchaus neugierig. Er wollte sie einschätzen. Es hatte den Anschein, als wollten sie etwas von ihm. Sie erwiderten seinen Gruß belanglos, nichtachtend, ihre Augen stöberten in seinem Schrank, hatte er den Eindruck gewonnen. Als kleben sie aneinander, der eine etwas größer im Wuchs, aber keinen metersiebenzig und sein Gesicht war von einem gepflegten, sonderbareren Spitzbart bedeckt; der andere war noch kleiner, noch wortkarger, scheinbar dem größeren ganz ergeben aber rasiert.

»The Voice« hatte er in ihrem Büro besucht - vorgestern. Er wollte wissen, wie es um ihn stünde. Sie war zufrieden – augenscheinlich. Sie hatte ihm auch etwas überwiesen. Neunhundert! Dieter rechnete in Piepen und dachte: »Reicht nicht, reicht niemals!« Mamas Schenkelhals war dazwischengekommen, deshalb lag sie über drei Wochen im Krankenhaus und macht jetzt die Reha. Das hält ihn zu Hause. Er ist froh, nur geringfügig beschäftigt zu sein, einerseits. Aber das Geld reicht ihm nicht, andererseits.

»Ich muß `ran ...«, dachte Dieter, ...

121

»...ich will es ihr sagen.« Die Abmachung zwischen ihnen war von Anfang an getroffen - laut Vertrag. Nach vier Wochen Einarbeitung, die Herstellung der gewöhnlichen Arbeitszeit. Er fragte sie, ob alles läuft, wie verabredet. Sie sagte:

»Ja!«

Selbstbewußt, langjährig berufserfahren, schritt er die Stufen der kleinen Rampe, gleich hinter der Stahltür zur Werkhalle hinab; seine rechte Hand führte er leger über den Handlauf der metallenen Treppenanlage und der Abstieg auf der Treppe beschleunigte seinen Gang abermals, als gebe er ihm jenen Tritt in den Hintern, von dem man glaubt, die Arbeiter würden den benötigen, wenn sie hier arbeiten sollen. Die Lichtschächte in der Decke sorgen nur mäßig für Helligkeit in der Halle; es geht nicht ohne Neon hier, ob tagsüber oder nachts. Es empfängt ihn eine stechende, ergraute, von einem dauernden Gerassel der Förderbänder lärmende Atmosphäre. Er findet es gräßlich, hier. Links befindet sich eine Kältehalle; die fällt durch dicke Isolationsmatten auf, die man ringsum an ihren Außenwände angebracht hatte - die brechen auch den Schall in der riesigen Verpackungshalle, die es beherbergt. Rechts läuft ein Förderband, das kommt von oben, aus einem Loch unter der Decke und es vergabelt sich bald in die Kältekammer und verläuft an anderer Stelle steil herabfallend hinunter in die Halle, die er jetzt hinaufgeht. Weiter oben ist das Pavillon. Verglast steht es dort in der sehr großen Halle. Es ist sehr durchsichtig und dient den Leuten scheinbar zum Aufenthalt in den Pausen. Diese Halle ist separat, ist anders, als die anderen, schlägt nieder, mangels Licht. Hier wird man hart, glaubte Dieter und er grüßte sie nur knapp:

»Tach!« -

»Tagchen!« - Ihrem Akzent nach schnatterten die lautesten von ihnen berlinerisch, vieleicht brandenburgisch, im Höchstfall sächsisch-anhalthienisch, keinesfalls Mecklenburger Platt. Er nahm Platz und sie musterten sich, zum Schichtwechsel acht Männer, von denen die Hälfte im Gehen begriffen waren. Fast alle geschoren, in dicke Isokleidung eingehüllt und ihre Mützen hatten sie während der Pause neben den offenen Brotdosen und Thermoskannen oder in die Spinde, die gab es hier, gelegt. Er ist ihnen scheinbar egal; er muß fragen, was er hier erledigen soll. Das wußte niemand. Niemand hatte ihm etwas zu sagen. Dann hieß es, er solle man `rüber gehen, zum Band. Dort sei schon jemand, der warte auf seine Ablösung:

»Pallettieren! Geh´ `mal hin!« -

»Das haben wir alles schon `mal miterlebt!«, sagte der abgekämpft, als ihn der Leiharbeiter zur Ablösung aufforderte.

Sportlich, motiviert, zur Großtat bereit. Es war morgens um sechs Uhr und der Kollege, ebenfalls von der Firma, hatte die Nacht hinter sich gebracht.

Im Supermarkt waren sie schnell zwischen den Regalen gegangen und suchten nach Seife, die Mama dringend benötigte. Vor der Fleischtheke dauerte es länger. Dieter bekam Appetit; es lief ihm das Wasser im Munde zusammen, beim Anblick der Auslage mit gemischtem Aufschnitt, Leberwürsten, grobe oder feine, manche besonders gewürzt, Blutwürste, im Ganzen oder in Scheiben, die sauber und nebeneinander, mitunter auch übereinander geschichtet, verlockend dalagen. Rauchschinken, der im Ganzen an den Fleischhaken vor der weißen, gekachelten Wand hing. Gulasch, Bratwürstchen in Sorten, Schnitzel, Schweinebauch und Rindermett, marinierte Koteletts und vorgewürztes Grillfleisch - es sollte an nichts mangeln. Die Fleischverkäuferin benötigt Zeit, bei der Arbeit, wenn sie, man darf sagen, hingebungsvoll den nächsten Kunden freundlich bedient.

»Ein viertel Pfund Zwiebelfleisch!« Dann nimmt sie bereitgehaltenes Papier von der Ablage vor sich, greift zu der Fleischgabel in der Schüssel und trägt einige Scheiben auf das Papier. Geht damit zur Waage, die ist geeicht, auf das Gramm genau, elektronisch gemessen. Dieter hatte seine Hände auf den Griff des Einkaufwagens gestützt. Corina stand dicht neben ihm, fast schmiegte sie sich, als die Verkäuferin die ältere Dame vor ihnen mit heller Stimme fragte, ob es denn etwas mehr sein dürfe.

»Davon nicht, aber geben Sie mir bitte noch ein viertel Pfund Thüringer Mett!«, gab sie entschlossen zur Antwort. Dann nimmt sie behende das Zwiebelfleisch von der Waage und läuft flugs die Fleischtheke entlang zu dem Gehackten und füllt auf, wiegt es ebenfalls. Vorher muß sie die Postennummer des Artikels von dem Zettel ablesen, der an der Querwand angeheftet ist. Die merkt sie sich und tippt sie in die Waage ein. Es piepst bei jedem Anschlag auf die Tastatur, die sensorisch reagiert, hochsensibel die Befehle empfängt. Das ist neu und es soll die Buchführung erleichtern. Dieter schaute Corinna an und fragte:

»Zweihundfünfzig Gramm gemischten Aufschnitt?« Corinna nickte.

»Und vier von den marinierten Hähnchenkeulen!«, als sie an der Reihe waren. Über die Lautsprecheranlage des Kaufhauses rieselte zu anderer Zeit leise Musik. Jetzt hatte man Nachrichten angestellt; das wurde den beiden gar nicht bewußt. Sie hatten es eilig.

»In Südfrankreich ist es zu Flächenbränden gekommen.«, sagte der Juniorchef vorne an der Kasse zu der Kassiererin. Dieter und Corinna standen gerade dabei. Der Junior wirkte sehr aufgeregt, wandte sich ab und ging zu dem Poststand, der sich gleich vorne am Eingang des Ladens befindet; dort stand jemand, der wollte einen Brief aufgeben.

»... und in Amerika ist ein Flugzeug in ein Hochhaus geflogen!« Das machte sie hellhörig. Corinna war schon vorgegangen und packte die Sachen in den Korb, die von der Kassiererin gerade gescant und durchgeschoben wurden. Dieter zog sein Portemonai aus der Hosentasche und bezahlte.

»Steppenbrände gehen ja noch!«, sagte er zur Kassiererin, ...

»... die kann man löschen. Außerdem düngen sie. Aber ein Flugzeugabsturz in ein Hochhaus? Das ist Horror!« - Er ging vor und rief zum Junior:

»Weiß man schon, wie viele Tote?« -

»Nein. Es gingen fünfzigtausend Menschen dort zur Arbeit. Aber zur Tageszeit waren wohl längst nicht alle da, hat es geheißen.« Corinna drängte Dieter:

»Komm´, wir müssen los!«

»Corinna, und sei bitte so gut, und wasche mir meine Schmutzwäsche. Ich habe sie in einem Plastikbeutel in meinen Schrank gestellt.« - Corinna ist jetzt nebenan, im Badezimmer und ordnet die Waschutensilien Irmgards auf der Ablage aus weißem Porzellan vor dem großen Spiegel über den beiden Waschbecken.

»Zahnpaste hast Du ja genug. Ich habe Dir hier ein neues Stück Seife hingelegt und die gebrauchten Handtücher nehme ich mit nachhause und spüle sie durch.«, ruft sie zu Irmgard in das Krankenzimmer. Sie nimmt die Weintrauben aus dem Beutel, den sie eben in das Waschbecken gelegt hatte und spült sie mit dem kräftigen Strahl ab, der aus dem Wasserhahn sprüht.

»Irmgard, wie viele Socken soll ich Dir beim nächsten Besuch mitbringen; hast Du an drei Paaren genug?« - Irmgard sitzt auf dem Rand ihres Bettes und zieht ihre wollene Strickjacke aus, die sie neben sich auf den Bettbezug legt, mit langsamer Bewegung ordnend. Mit ihren Fingern pult sie an einem der Knöpfe, der nur noch an einem langen Faden hängt und sich von der Knopfleiste zu lösen droht.

»Du, den mußt Du mir unbedingt wieder annähen, sonst geht er mir verloren. - Drei Paar Socken werden wohl reichen.«, antwortet sie. Corinna hatte eben die Badezimmertür geschlossen und drückte auf den Kippschalter an der Wand neben der Tür das Licht aus. Sie begab sich zu dem Tisch, der gegenüber des Krankenbettes steht und stellt die saftigen Weintrauben, die feucht glänzen, auf einen großen Eßteller, den sie zuvor bereitgestellt hat: »Etwas zum Naschen; ich habe sie frisch aus dem Laden geholt. - Zeig´ `mal her!« - Sie hat sich umgedreht und die Jacke an sich genommen und nach fachmännischer Prüfung kurzentschlossen den Knopf von ihr abgerissen.

»Ich lege ihn vorübergehend in Deinen Nachtschrank, damit er nicht verlorengeht. Ich bringe eine Nähnadel mit und nähe ihn wieder an, wenn wir das nächstemal kommen. Soll ich die Jacke über den Stuhl hängen?« -

»Ja, ich bitte darum und sei so lieb und helfe mir, meine Schuhe auszuziehen. Ihr wollt ja doch gleich wieder los und ich möchte mich hinlegen und mich ausruhen. - Wo ist denn Dieter?«

Vor dem Raumteiler auf dem Gang der Geriatrie in der siebenten Etage der Klinik war er gebannt stehen geblieben und hatte seinen Blick von dem Panoramafenster des nach vorne hin offenen Aufenthaltsraumes, hinaus über die knorrigen Eichen hinweg, von denen in dieser Höhe nur die Wipfel zu sehen sind und die unten, vor dem modernen Gebäude, die helle Fassade der Klinik umsäumen, den weitläufigen Kurpark, der sich, noch jung und deshalb mit besonderer, grüner Frische dem Klinikgelände anschließt und vor dem kleinstädtischen Kurort endet, welcher sich in eine Mulde der insgesamt hügeligen Landschaft eingebettet hat, die in ihrer gesamten Erscheinung nicht nur bewaldet ist, sondern sich mit großen Feldern abwechselt, die wie lakige Tücher kreuz und quer daliegen, von denen das Korn zu dieser Jahreszeit längst geerntet ist, die der Bauer längst geschält und geeggt hat, wo lediglich Kartoffeln und Zuckerrüben sowie etwas Mais den Boden beschatten und ihre Früchte noch reifen - auf das Bild des Fernsehgerätes gelenkt, der auf dem Wandregal oben in der Ecke neben besagtem Fenster angestellt war. Der strahlendblaue Himmel in der Süße des frühen Septembernachmittages scheint sich von hier bis nach Manhattan fortzusetzen. Dort gleißen in der Skyline der City die Hochhäuser, die wie überdimensionierte Zigarrenschachteln in ihrer Mehrzahl, außerdem benachbarte gigantische Zinnen, spitz zum Himmel zusammenlaufend und mit grüner Kupferpatina überzogen, versetzt in Höhe und Lage zwischen den Giganten mit ihrer Schnittigkeit strahlen; stählern in unbestechlichem, silbrigen Weiß. Aus einem der höchsten Türme steigt schwarz-blauer Qualm auf, der sich vom Luftdruck gebeugt wie ein quellendes Band rußig über die Stadt gelegt hat. -

»Also doch!« - In Dieter schien sich eine Erwartung bestätigt zu haben, als hole ihn die Zukunft ein. Nicht, daß er an so etwas gedacht hätte, jetzt, in diesem Augenblick, wohl aber an eine Ungeheuerlichkeit, die er konkret nicht benennen konnte, die er auch nicht herbeiwünschte, von der er aber meinte, daß sie unabwendbar sei, die sich anbahnte, wenn es so weitergegangen wäre. Er wagte den Weg zur Polizei, um eine Anzeige zu erstatten, die sich nicht gegen eine Person schlechthin, sondern gegen das Verbrechen als solches wandte; im Zustand vorübergehender Verwirrung und mit einer ungeheuren Wut in sich, war er dort. Er ist sich sicher:

»Fanatiker! Fanatische Moslems, die da durchdrehen!« Der ältere Herr neben ihm, der dem Ereignis ebenfalls beiwohnt, der in grau-blauer Trainingshose und hellem Oberhemd gekleidet dasteht, in schäbigen Turnschuhen, deren Klettverschluß er nur unordentlich verschlossen hat; von schwerer Krankheit gezeichnet, von der er sich aber langsam zu erholen scheint, meint es mit heiserer, zerbrechlicher Stimme so auffassen zu dürfen:

»Das weiß man noch nicht! Das will man noch nicht behaupten!«

Im Schatten der Geheimdienste verschwimmen Spuren einer Tat von dem Gesehenen zu einem Apriorie aus Geschehenem, welches sich aus der Tat ergibt, die jetzt zwangsläufig von den damit Konfrontierten zu deuten ist. Schließlich suchen sie alle nach einer Schuld, die aus einem Schrecken hervorgeht und erst nach dem Apriorie aus menschlicher Angst erchoren suchen Menschen zwangsläufig nach einem Schuldigen aus einer sofortigen Feststellung des zunächst Ungenauen und dem sich daraus herzuleitenden, kategorischen Imperativ aus spontaner Erkentnisse, wobei die wichtigste nach Maßgabe der praktischen, menschlichen Vernunft davon jetzt nur lauten durfte:

»es muß gehandelt werden!«, aber wie, denn es scheint nur Irrsinn? - Dieter meint es jetzt ganz genau zu wissen und er überlegt sprachlos seine ersten Gedanken, die sich zu mancherlei Verdächtigungen empören. - Der Mord an Saddad gelang am 06.10.1981. - Aber das Tatgeschehen verwies damals auf keinerlei Spuren, die auf eine Teilnahme des Carlos´ oder sogar seiner Anführung des Attentats erlaubten. Dennoch gleicht das gegenwärtig Geschehene in seiner Machart eben diesem Typos politischen Terrors, der damals von palästinensischen Terror-Gruppen ausging, wie es heißt, der längst grenzübergreifend seine Ausbreitung gefunden hat, was dazu führte, daß nicht mehr das politische sondern das religiöse Motiv im Fordergrund stünde, weshalb solche Anschläge durchgeführt werden. Dem Schakal fehlte offenbar die technische Möglichkeit, seine Rekruten in der Weise auszurüsten, unter der Saddad schließlich während einer Militärparade in einem Stadion und dort auf einer Tribüne sitzend den

Aufmarsch seiner schlagkräftigen Militärfahrzeuge abnehmend, überraschend angegriffen wurde und wobei aus dem Konvoi sich plötzlich Soldaten in ihren offenen Wagen erhoben, die erbarmungslos unter schlagkräftiger Bewaffnung in die gesamte, auf der Tribüne sitzenden Menschenmenge schossen, wobei der ägyptische Staatspräsident tödlich getroffen wurde. Auch dieses Spektakel verkam zu einem medialen Life-Erlebnis im deutschen Fernsehen, was auch Dieter nur einen weiteren Magenkrampf beigebracht haben konnte, es mit ansehen gemußt zu haben. Jetzt ist es eine unheimliche Stille, die seine Seele quält, die sein Nachdenken darüber verhetzt, die ihn beinahe zu einer Salzsäule erstarren läßt. - Aber Carlos traf im März des Jahres 1979 bei Lydia in derer, von ihr längst bezogenen Villa in Budapest ein, die ihr scheinbar von der Stasi vermittelt wurde und Carlos befand sich in Johannes´ Begleitung, freute sich herzlich über das Wiedersehen mit der Frau, die er längst für seine Ehefrau hielt; die er auf seine Weise liebte, wie sonst keine. - Sie umarmten sich zur Begrüßung, verschwanden bald allein in Magdas Dunkelkammer, in der noch einige Fotopapiere `rumlagen, die sie für ihre Arbeiten benötigte und Carlos ließ sich vom Rotlicht des Dunkelraumes ihres Labors, von dem schwefeligen Duft in dem separaten Raum außerdem anzünden, bedrängte sie sofort und verrichte alsbald seine sexuelle Notdurft an ihr. Lydia gewährte ihm, nahm ihn dabei in ihren Besitz und sie besprachen sich weiterführend erst anschließend, oben in der noch unmöblierten guten Stube des protzigen Wohnhauses, welches in seiner Bauweise aus der Zeit des Jugendstils herstammte. Und sie verabredeten Besuche bei anderen Genossen, mit denen sie sich bald trafen und ihren ersten, gemeinsamen Auftritt zu solcherlei Anlässen gaben sie bei einer noblen Gartenparty in einer Villa am Budapester Stadtrand, zu der ein ungarischer Bonze eingeladen hatte, wo Carlos außerdem in Verabredung mit Ali zusammentraf. Und Carlos nutzte die Gelegenheit, bewog Ali zu einem kurzen Gespräch in der parkähnlichen Außenanlage dieser Villa ihres Verweils und Carlos hörte Ali an:

»Du wirst in Paris gebraucht. Du mußt für uns unbedingt etwas erledigen. Es geht uns um All Jundi, dem dissertierten Halunken. Er verrät uns an den Irak. Und er läßt sich das bezahlen. Und seinen Unterhalt für den Aufenthalt in Frankreich läßt er sich auch vom Irak bezahlen.« -

»Ich habe anderes vor. Aber woher weißt Du das? - Wie lange weißt Du es schon?«, erfragte Carlos.

»Eigentlich erst seit gestern. Wir wissen es also erst seit kurzem.«, gab Ali an.

»Du mußt Dich mit den Syrern selber in Verbindung setzen und sie zuvor darüber informieren. So handelst Du nicht auf eigene Faust und machst Dich nicht verdächtig. Deshalb bitte sie zuvor um Gestattung Deines Unterfangens.« - Carlos überlegte es sich, lehnte es dann aber ab:

»Ich hatte denen keinen Gefallen getan, mit meinen Forderungen. Die können mich nicht ab und sind mir deshalb feindlich gesonnen.«, glaubte er. Schließlich hätte er seinen Eindruck über sein Verhältnis zu den Syrern in der Weise in einer Tageszeitung nachlesen können. Und er verwies:

»Es war auch nachzulesen, daß die Syrer einen Anschlag auf den französichen Botschafter in Auftrag gegeben haben. - Wird es nicht zuviel auf einmal?«, fragte er. - Sie saßen dann nahe des tanzenden Reigens zahlreicher Gäste, die in festlicher Kleidung und bei einem super-eleganten Ambiente ausgelassen zu den temperamentvollen Klängen einer folkloristischen Zigeunermusik tanzten, saßen illuster beisammen, plauderten weiterhin miteinander und es schien vertraulich verhandelt zu sein, als Johannes, der auch bei Ali und Carlos saß, fragte:

»Weshalb euer Unmut?« - Weinrich war besoffen, hielt sich deshalb nicht sehr gerade in seinem Gartenstuhl und er lallte es heiser. -

»... ist doch klar da! - Die wollen, daß die Franzosen aus dem Libanon verschwinden. Die rücken den Syrern viel zu nahe auf die Pelle. Außerdem hält Syrien zum Libanon.«, erklärte Carlos.

»Aber es wäre sehr unklug, den französischen Botschafter zu ermorden.«, gemahnte Weinrich. -

»Davon hast Du keine Ahnung. Was weißt Du über den französischen Botschafter?«, wies Carlos ihn zurecht.

Es ist ihr Ernst! Vor dem Stahlblechgerüst, das schäbig im Aussehen ist, eiskalt, ein dünner, rostiger Belag auf ihm, an manchen Stellen blank, das sind Spuren von den Paletten, die rabiat im Eifer der Schwerstarbeit dagegen geschmissen wurden, versperren seine Sicht, engen ein, begrenzen seinen Aktionsradius, der vom Band, rechts, dicht neben ihm bis zur vor ihm auf dem Boden liegenden Palette genügt. Drei Arbeitsplätze dieser Art hält man bereit; in seinem Rücken die stählerne Wand des ersten Packplatzes und es abgrenzend. Er war allein. Harmlos rollten ihm die Kartons zu. Burghardt arbeitete ihn ein. Der ist mit dem Gabelstapler unterwegs. Der wußte, was ihm erspart blieb, weil er über Jahre hindurch das zu leisten hatte, was neuerdings für ihn der Leiharbeiter zu erledigen hat. Das Packmuster ist auf einem Plan gezeichnet, der hängt an der Pinnwand hinter ihm an dem Blech des ersten Packplatzes; nach dem sollte er die Pakete stapeln. Die Stahlbleche stützen die Reihen auf der Palette nach hinten und rechts zur Seite. Die ersten zwei Stunden waren vergangen. Er schwitzt; vom Schweiß ist er klatschnaß geworden, sosehr hat er sich zu bewegen. Ohne Gnade, ohne Unterlaß. Nähme er nur ein Paket zur Zeit, würde er das Pensum nicht schaffen. Er ist gezwungen, drei Pakete auf einmal zu nehmen und sie gegeneinander zu pressen, schwungvoll hinüberzuhiefen, sie auf der Palette zu ordnen um dann die nächsten drei zu packen. Im immer gleichen Zeittakt. -

»Corinna wird jetzt losgefahren sein. Es genügt heute. Erst um halb neun.« Dieter nahm das Fahrrad. Eine halbe Stunde über den Deich strampeln, weite Strecken durch das schnöde Industriegebiet, bis er durch das offene Tor zur Auffahrt auf den Parkplatz des Werkes fährt und dann klamm und steif herabsteigt. Von Schicht zu Schicht, und das gilt es im Augenblick für die Dauer zu überlegen. In der Praxis sitzt sie fest im Sattel - schon seit Jahren.

»Montag hatte ich noch Hoffnungen. Er wollte mich wieder, der so aussieht wie Rudolf. Bereits Dienstag stand ich in einer neuen Kolonne und sah ihn von Fern in der Nachbarhalle bei ganz anderer Tätigkeit. Als hätte man ihn observiert, geradezu degradiert, was mich nicht verwundern würde, nach so einer Show, nach so einem Gebrülle. Es wurde mir klar, dieser Starrsinn in seinem Blick, dieser Punkt, als quellen sie über; es ist blankes Entsetzen, weiß Gott wovon. Ich habe ihm nichts getan. Er muß einen gewaltigen Zorn bekommen haben. Aber man spricht ja nicht miteinander. Keine Zeit. - Ausgeschlossen. - Verhängnis? Aber das blieb hier aus. Ich hatte nicht einmal Gelegenheit, zur Rüge Anlaß zu geben. Es geht hier nicht. Man steckt derart d´rin, ist derart vereinnahmt, als Teil des Getriebes, ist derart Eingebunden in den Ablauf, der bis zur Pinkelpause vom Vorarbeiter genehmigt gehört, so daß grobe Fehler nicht mehr möglich sind, es sei denn, man versagt total und geht sofort und dann auch für immer. Hat auch `was für sich. Die Intrige blieb bisher aus, möchte man meinen. Wie war das damals eigentlich mit der Kiste Bier am Kanal, wenn nicht intrigant? Das dauerte ein dreiviertel Jahr und dann hieß es: »´raus!« Rudolfs Bierkonsum hielt ich für normal und der vertrug es auch. Wir kamen in Laune, als der Chef abgedampft war und wir waren zufrieden mit unserer Leistung. Die Treppe war gesetzt, die eine Stufe hatten wir schnell ausgewechselt; es blieb dann nur noch die Umgebungsarbeit, die noch ein paar Tage lang dauerte. Und aus dieser Einschätzung heraus hatten wir an jenem Tage zwölfe gerade sein lassen. Normaler Weise hielt solch ein Kasten drei bis vier Tage. Es mag auch an dem herrlichen Wetter gelegen haben - später Sommer und nicht mehr ganz so heiß - der Himmel dabei strahlend und wir setzten uns auf den Deich, schauten den Schiffen zu, wie sie sich einschleusen ließen. Drüben an der Schleuse zeigten sich Leute von Schrader, die machten einen Pflegegang und die wurden neugierig. Gingen ´rüber zu ihnen, über die Brücke beim Schieberhaus und der Nachmittag war gelaufen. Rudolf wollte nicht mehr fahren - das realisierte er - und ich war ´rübergegangen zum Schleusenwärter und bat darum, telefonieren zu dürfen. Wir hatten leichte Schlagseite, gut. Papa holte uns ab, Mama bot Rudolf zum Abendbrot an und er schlief für eine Nacht auf Opas Kanapee. Die wenigen Tage waren dann lau und zwar verdient. Diese schweren Betonteile zu schleppen ist eine außergewöhnliche Anforderung; ein solches Teil wiegt knappe zwei Zentner. Die schleppt nicht jeder und bei Meybaum eigentlich nur Rudolf. Nur die Stärksten zog man zu solchen Lastarbeiten überhaupt heran und selbst die erledigten die Arbeit nur unter Schmerzen. Rudolf nahm es sich heraus - das Limit war gesetzt - und er hielt sich an den Zeitplan. Das war dem Chef wichtig. Bereits am ersten Tag auf dem Bauhof danach, war dieser alkoholbedingte Ausfall vergessen, nicht der Rede wert.«, wußte seine Seele aus Erinnerungen an damalige Zeiten, die man allgemein als hinzugewonnene Lebenserfahrung feststellt, in der Rage aus Überforderungen am Förderband des süßen Packeises jetzt aus seinem Bewußtsein zu tilgen.

Dieter wurde dann anders eingeteilt, war für den Bereich des Anlagenbaus für Privatiers zuständig. Selbständiges Arbeiten war von ihm gefordert; er galt schließlich als eingearbeitet und Meybaum hielt ihn für gut genug. In der Regel bekam er drei Leute mit - Hilfsarbeiter. Das entlastete ihn einerseits, warf ihm aber neue Probleme auf. Er mußte Menschen führen. Mit Corinna lenkte es sich ein - ernsthaft. Ihr Vater war verstorben, in jenem Frühjahr. Er erlag einem langjährigem Krebsleiden. Lungenkrebs war es gewesen, an dem er verhältnismäßig jung verstarb, mit sechsundfünfzig Jahren. Corinnas Mutter lebte in Scheidung, schon seit langem. Nicht, daß ihr der Tod ihres ersten Mannes gleichgültig gewesen wäre; sie fiel in Trauer. Sie hatte aber Kinder aus zweiter Ehe und hatte sich aus erster so stark gelöst, daß sie nicht einmal zur Trauerfeier erschien, mit Rücksicht auf ihren zweiten Gatten. Marlies, die ältere Schwester Corinnas war die- jenige, die ihrem Vater am nächsten stand und sich am stärksten um ihn gekümmert hatte. Sie lebte auch bei ihm, zusammen mit ihrem Mann, die das Haus des Herrn Appeldorn auch nach dessen Tod bewohnten und somit das Erbe übernahmen. Dieter hatte dieses Haus niemals betreten. In Hannover, in diesem kleinen

Zimmer, in dem Corinna hauste, wurde ihr klar, daß sie mit dem Tode ihres Vaters ihr Elternhaus verloren hatte. Alex und die Trennung von ihm lagen bereits zurück. Seit gut einem Jahr waren sie auseinander. Und die spontane Freude, die Corinna Dieter bezeugte, über ihr Zusammentreffen, entpuppte sich zu einem wahren Rettungsanker, den sie warf. Sicherlich litt sie nicht unter Einsamkeit. Iris war ja auch für sie da und Iris half ihr, wobei immer es ihr nötig und möglich erschien. Außerdem ihre Schwester und zu der stand sie gut. Die Ausbildung lief und die Berufsschule gab ihr ebenfalls einen festen Halt. Dennoch war die erste Nacht der beiden in Hannover nicht von jener Leichtfertigkeit getragen, mit der sie noch in Groß Mehringer Zeiten beieinander waren. Corinna lag in Tränen, einen Umstand, den Dieter nicht von ihr kannte, den er überhaupt noch niemals im Umgang mit einer Frau erlebt hatte und der ihn verunsicherte. Den nächsten Besuch in Groß Mehringen machten sie gemeinsam.

Karl stand in halbhohen, schwarzen Gummistiefeln in seinem Vorgarten; die standen immer ordentlich unten an der Wand in der Garage für die Garteneinsätze bereit und seine Hemdsärmel hatte er hochgekrempelt und die Hände umklammerten den Hackenstiel, auf dessen Spitze er sein Kinn etwas aufgestützt hatte, als Dieter die Jägerzauntür zwischen der in den letzten Jahren an stattlicher Höhe herangewachsenen Hainbuchenhecke vor ihrem Häuschen aufstieß und Corinna den Vortritt ließ, um seinen Vater zu begrüßen. -

»Seid ihr schon da? Ich habe euch später erwartet.« - Karl ging angestrengt und den Unterarm in´s Kreuz gestützt, ein paar Schritte zur Hecke und lehnte die Hacke an sie, rieb kurz seine Hände an den Hosenbeinen und ging dann auf Corinna zu, die ihm die Hand reichte.

»Hackst Du zwischen den Rhododendren, Papa? Dann paß´ dabei auf. Am besten ziehst Du in der Wurzelnähe, sonst gehen die ein.«, erklärte Dieter dabei. Er war in Besorgnis geraten. -

»Das weiß ich ja nun schon lange, nicht!«, trotzte Karl. - Er mußte zu seinem Sohn aufsehen, als sie sich händeschüttelnd begrüßten. -

»Ne, Ne, ich meine ja nur. Rhodos sind Flachwurzler. Nö, ist schon in Ordnung. Ist Mama im Haus?«, lenkte Dieter ein. -

»Die ist hinten im Garten; die wollte Bohnen pflücken.« -

»Jetzt noch? Ich dachte, die Saison sei längst vorbei.«, wunderte sich Dieter.

»Die haben wohl noch einmal nachgesetzt; jedenfalls lohnt es noch, meinte sie. Willst Du gleich nach ihr sehen?« - Dieter hatte bereits den Haustürschlüssel umgedreht und geöffnet und er bat

Corinna herein, die sehr wortkarg blieb, hineinschlüpfte, mit einer Umhängetasche aus Stroh mit verkreuzten Armen vor dem Bauch gehalten und sie stellte sich gleich vor die Garderobe und wartete von dort auf die Männer. Karl bat sie in die Stube. -

»Papa, ich bringe eben meine Tasche in mein Zimmer. Sag´ ´mal, hast Du ein Bier? Ich habe durst.«, fragte Dieter. -

»Im Kühlschrank - ich stelle Dir eines in die Durchreiche; ich trinke gerne eines mit.«, lud Karl ihn ein. Corinna war schon in die Stube durchgegangen und Karl rief aus der Küche zu ihr:

»Sie setzen sich am besten an den Eßtisch; wir kommen gleich dazu.« Dieter hörte man in seinem Zimmer aus dem offenen Fenster hinaus seiner Mutter lauthals einen Gruß zurufen, daß sie im Hause wären.

Irmgard erschien im wehenden Sommerkleid und trug eine erfreuliche Vitalität in ´s Haus, als sie zu ihren Männern in die Stube ging, und besonders Corinna freundlich in Empfang nahm. Sie war meistens von so einer erfrischenden Heiterkeit, wenn sie aus dem Garten kam. Der kleine, rote Plastikeimer, in dem sie vor Jahren einmal Schmierseife gekauft hatte und der ihr danach als Haushaltseimer nützt, war bis oben hin mit kräftigen, grünen Bohnen gefüllt, die sie Corinna hocherfreut vorhielt.

»Ich werde sie einfrieren. Es hat aber Zeit bis morgen. Ich decke euch zum Abendbrot auf. - Dieter, wie klappt es auf der Arbeit?«, fragte sie zum Empfang der Kinder. -

»Ja, Ja, es läuft alles ganz gut.«, wollte Dieter sie beruhigen. Er war sich sicher, mit seinem Erscheinen in Begleitung Corinnas bei seinen Eltern keinen Ärger provoziert zu haben. Er spürte also eine Akzeptanz ihrer Person und darüber war er froh. -

»Christiane heiratet im November! - Hat Papa es schon erzählt?«, fragte Irmgard dann fast beiläufig ihren Sohn. -

»Nein. Aber das war ja zu erwarten. Hat sie uns eingeladen?«, antwortete Dieter und es beließ ihn in Gelassenheit. - Irmgard war inzwischen in der Küche beschäftigt und Dieter war ihr nachgegangen und er öffnete den Küchenschrank, um Brotbretter und Bestecke aus ihm herauszunehmen.

»Das ist eigentlich selbstverständlich. Allerdings bleiben die beiden sehr bescheiden. Sie heiraten nur standesamtlich und sie verzichten auf eine größere Feier«, teilte ihm Irmgard dabei mit. -

»Zu teuer.«, vermutete Dieter -

»Ich glaube nicht einmal daß es der Grund ist. Außerdem wollte Papa einen Teil zuschustern. Nein, sie wollen nicht. Lieber nächsten Sommer in Urlaub und überhaupt: Christiane bittet Dich als Trauzeugen.«

»Wie geht denn das?«, fragte Dieter ganz überrascht. Corinna war den beiden, in ihrem Auftreten noch etwas schüchtern aber zum Entgegenkommen bereit, in die Küche nachgegangen und fragte, ob sie helfen könne. -

»Corinna, nehmen Sie doch bitte aus dem Kühlschrank Wurst, Käse und die Butter; Sie werden es finden. Ich glaube, im Kühlfach steht noch etwas Brause, wenn jemand mag.« - Irmgard schnitt dabei das Brot mit der elektrischen Brotmaschine, als sie Corinna unterwies während sich Karl in der Stube den Fernsehaperat angestellt hatte und auf die drei wartete.

»Corinna, kommen Sie mit zur Hochzeit meiner Tochter?«, fragte Irmgard gerade. -

»Das ist noch gar nicht absehbar.« - Dieter kam Corinna mit ihrer Antwort zuvor.

»...schon wieder Urlaub?« und er sah sie an. Corinna zeigte sich überrascht.

»... einen Tag? Ein Tag Urlaub müßte eigentlich im Rahmen des Möglichen sein. Anspruch habe ich noch. Zu familiären Anlässen generell. Ich werde es mir überlegen.«, sagte sie. -

»Komm´ mit!« - Dieter verschwand in dem Wohnzimmer und nahm das Geschirr aus der Durchreiche, das er zuvor dort hingestellt hatte.

Es sind keine Schritte, es sind Sprünge, die einem dieser Job abverlangt und ich hoffe, bereits morgen wieder in eine andere Schicht an anderer Stelle zu kommen, schwieg Dieter. - Burghard hantiert drüben an der vorderen Packstelle und ordnet die Europaletten, die dort übereinander gestapelt sind. -

»Zuerst habe ich Maurer gelernt, dann Maler, zum Schluß Sattler«

»Gleich drei Berufe? - Drüben?«, hakte Dieter nach.

»Daß es eigentlich einen Abstieg bedeuten würde, an diesem Ort, brauchte ich ihm nicht zu erzählen; das spüren wir beide?«, glaubt Dieter. -

»Wenn Du die Paletten nimmst ... - also paß´ `mal auf hier! - Wenn Du die Paletten nimmst, mußt Du sie vorsichtig ablegen und nicht werfen, sonst brechen die unten und ich kann sie nicht ordentlich mit dem Stapler aufnehmen. Und achte auf die richtige Packreihenfolge! Die ersten dreie quer vor die Stahlwand, mit leichten Abständen, zehn Zentimeter etwa. Und dann die nächsten dreie längs davor. Die mußt´e so anpaßen, daß sie ordentlich mit der vorderen Reihe abschließen!« - Das hat er nun schon zum zweitenmal erklärt.

»Für wie blöd hält der mich? - Oder ...? Es schmerzt kolossal in den Unterarmen, vor allem im linken aber ich muß es wegstecken.

In der Pause drüben im Pavillon sticht die zwischenmenschliche Kälte. Keine Chance, für niemanden, jemals warm zu werden. Also innerlich, rein menschlich. Und man weiß ja auch nicht? Vieleicht bin ich morgen schon wieder auf einer ganz anderen Baustelle, sogar an anderem Ort, anderer Fabrik.« - Und es wird ihm deutlich, wie gefährlich diese Kälte sein kein.

»Der Vermummte und sein Anhang - also ich weiß nicht. Irgendwie spielt der ein übles Spiel. Ich lenke es von mir ab, habe mich quasi immunisiert, nehme die Antipathie, die er mir zweifelsohne entgegenbringt, einfach nicht persönlich, nehme sie einfach nicht ernst. Zugegebenermaßen, so gut ich es kann. Ich halte mich bedeckt, keine Spur der Arroganz, zunächst nicht. Macht er so weiter, dann weiß ich nicht so ganz!«

Aus der Not eine Tugend

Dabei ließ sich die Zeit bei Meybaum so gelassen an, blickte er insgesamt auf diese kurze Episode seines beruflichen Arbeitslebens zurück. Besonders Corinna lebte an der Seite Dieters auf.

»Komm´, hör´ auf! - Also was war das damals?«, hatte sie ihn gefragt.

»Ich glaube, im Nachhinein habe ich meinen Mund in allem etwas zu weit aufgemacht, revoluzermäßig. Aber ich glaube, unsere Träume von damals sind ein Stück wahrer geworden. Du, wir leben heute zusammen. Klein aber fein. Und die Zeit mit Alexander? Ich möchte darüber gar nicht so viel Worte verlieren. Du warst doch auch nicht die ganze Zeit über allein.«

»Nicht der Rede wert, aber was mich auch gar nicht interessiert, ist dieser Schirling. Ich kenne den ja kaum. Ich glaube, ich habe ihn einmal gesehen. Und irgendwie habe ich gedacht, daß es Deine Sache ist. Na ja, nicht? Oder, ist da noch was?« -

»Du glaubst doch wohl nicht ...? - Und mit Dir hier ist es nur der Spaß nebenbei? - Du, ich bin keine Nutte, merke Dir das!« Ihre Empörung über Dieters Spekulation war echt und sie überzeugte ihn.

»Corinna, also ganz ohne? Aber wirklich nur Gelegenheiten.

Irgendwie war ich auch dermaßen in die Ausbildung eingebunden, so daß ich überhaupt kein Interesse zeigte, mich fest zu binden.« - »Was reden wir?«, fragte sie. - Ihr Leben miteinander war aus der Not heraus geboren. Auch aus der Wohnungsnot heraus und Dieter sprach allmählich von seiner Frau, wenn er Corinna erwähnte, etwa im Zusammensein mit Georg, wobei die Betonung nicht auf Ehe gelegen war, eher auf feste Freundin, mit der er ein Verhältnis pflege, das aber dem einer standesrechtlichen Ehe sehr ähnlich sei. Georg fand es stark denn dem stand ebenfalls der Sinn nicht nach einem Trauschein. Es war die Zeit des ausgelassenen Tanzes, und wenn es auch sehr schwer viel, sich nach den Mühen der harten Gärtnerarbeit an den Abenden des hereinbrechenden Herbstes von der Müdigkeit insoweit zu befreien, daß ein ausgiebiger Zug durch die Gemeinde möglich blieb, der insbesondere an Mitwoch Abenden regelmäßig in der Rotation stattgefunden hatte, einer ruhmreichen Underdog-Disco, gleich beim Anzeiger Hochhaus, dem Verlagsgebäude der größten hannöverschen Tageszeitung, `mal mit Corinna zusammen oder auch Dieter ganz allein, oder an den Wochenenden durch die Altstadt, manchmal auch in der List, man hatte seine Kneipen, so war es wirklich ausgeschlossen, daß die beiden bereit waren, den kleinbürgerlichen Trott, der ihnen in ihren Kollegenkreisen so zwingend vorgelebt wurde, für sich in ihrer gemeinsamen Lebensplanung anzunehmen. Sicher, der so oft übertriebene Alkoholmißbrauch der älteren Kollegen wurde von ihnen in der Hinsicht beargwöhnt, daß ausgerechnet langjährig abhängige Trinker sich über die jungen Leute stellten, die dem Schnaps einen gelegentlichen Joint vorzogen.

»Nach wie vor« , gestanden beide, Corinna wie auch Dieter im Freundeskreis ihres Vertrauens und sie wagten den Konsum von Haschisch und Marihuana sehr selten.

»Mein Chef ist sensibel und die Umgebung in der Praxis ist sehr weiß. Wenn der `was merkt, fliege ich `raus. Meine Absicht ist natürlich, mich in meinem Beruf zu behaupten. Ich setze doch deshalb nicht meine Existenz auf `s Spiel.«, stabilisierte Corinna ihren festen Halt und bewahrte sich mit dieser starken inneren Einstellung einen fatalen Absturz, den sie nicht verkraften zu können meint. - Worüber sie sich mit Dieter in restloser Übereinstimmung befand. -

»Darum geht es überhaupt nicht. Aber was machen denn die anderen?«, lenkte Dieter von diesem heiklen Thema ab. Sie kamen auch hinsichtlich dieser Thematik überein. Nichts desto Trotz war das Tabu gebrochen und der Alkohol spielte in seinem Arbeitsleben trotzdem eine nicht unbedeutende Rolle für sie alle. Was er nicht durchschaute, was wirklich nur in einem Gefühl dauernden Unwohlseins verharrte, war eine schleichende Vereinnahmung seiner Person im Millieu der Proletarier; dabei zunehmend seelisch abstumpfend, durch die Sitten und Gebräuche am gärtnerischen Arbeitsplatz. Die Entlassung besorgte ihm den Grund, aus dieser Gefahr zu fliehen wie auch zu lernen, nicht die Erkenntnis und der damit verbundene konsequente Schritt, sich aus eigenen Stücken davon zu befreien. So mußte er fühlen, was er nicht hören kann.

Nach gewisser Zeit hatten sie sich geeinigt. Das Frühjahr war nicht schlecht, nach dem relativ milden Winter, in dem Dieter bereits aus Arbeitsmangel entlassen wurde. Nur für zwei Monate wurde er in der darauffolgenden Saison von der Firma getragen und er war hauptsächlich für Pflanzarbeiten zum Einsatz gekommen. Gelegentlich ergossen sich schwere Maigewitter in der Stadt; überwiegend war dieser Monat sehr sonnig und warm und es zog sie hinaus, sooft die Zeit es ihnen ermöglichte. Dieter folgte dann einem Inserat in einer Fachzeitschrift, dessen Rufen ihn zu einem erneuten Vorstellungsgespräch lockte. -

»Du bist erst ein halbes Jahr hier und ich habe mich fest auf Dich verlassen. Es gibt auch in dieser Stadt andere Firmen, die Dich einstellen. Dann fährt man doch nicht zum Vorstellungsgespräch nach Oberbayern.« - Corinna war außer sich, weinte sogar und stellte Bedingungen, als er ihr seinen Entschluß bekannt gab. -

»Ich will zunächst den Laden sehen. - Corinna, wir wissen doch überhaupt nicht, was daraus wird. Außerdem wird es nichts zwischen uns ändern. Aber ich habe den Drang, mich in meiner beruflichen Erfahrung zu entwickeln. Hannover ist schon weiter weg von zuhause. Bayern ist den Landschaftern sehr empfohlen. Die haben ganz andere Möglichkeiten und die Erfahrung bildet mich maßgeblich weiter, wie es heißt, daß es bei einer beruflichen Wanderschaft grundsätzlich so der Fall sei. Frag´ `mal die anderen - die Besten von hier waren dort. - Du, das ist nicht für ewig ...«, pochte er.

Ganz schlank, ganz flink rannte er die letzten Meter den Bahnsteig hinunter und stürzte seine schwarze Sporttasche in die offenstehende Tür in einem der hinteren Waggons des Zuges. Er faßte den Griff neben dem Eingang und trat gleich auf die oberste Schwelle der ausgefahrenen Treppe, zog sich mit einem kräftigen Ruck in den Zug hinein, drehte sich dabei schnell, sah hinaus und schaute, ob ihm weitere Fahrgäste folgten. Es waren wohl einige, es waren gut und gern fünfzig Personen, die auf den Zug gewartet hatten, von denen man nicht annehmen wollte, daß sie alle in Reiseabsichten unterwegs waren; manch einer von ihnen wird auf

Anreisende gewartet haben, die er abholen wollte; die anderen hatten sich verteilt - ihm folgte niemand. -

»... und ruf´ an, wenn es geklappt hat!«, rief Mutter Irmgard ihm hinterher, als er vorhin salopp die Autotür zuwarf; sie hatte ihn zum Bahnhof gefahren. -

»... und grüße Corinna von mir, wenn Du sie siehst!«, rief sie noch fast vergebens. Aber Irmgard blieb optimistisch. Dieter hatte sich vor der Reise zum Vorstellungsgespräch noch schnell nach Groß Mehringen aufgemacht, und dieses hauptsächlich, um seine Bewerbungsunterlagen von dort zu holen. Er nahm den Zug nach Zagreb, in dem er jetzt steht, der ihn seinem entgültigen Reiseziel am nächsten bringt, bis nach München hin und morgen früh von dort aus weiter mit dem E-Zug bis nach Rosenheim, dann umsteigen in den Bus, hatte Frau Krautner ihm am Telefon gesagt. Die wenigen Schritte im Gang des Zuges nahm er hastig. Mit kalter Miene schaute er in die Abteile; die waren hier nur mäßig besetzt. Die ersten beiden aber waren für Nichtraucher reserviert. Erst das dritte Abteil war ein Raucherabteil - dessen Tür ruckte er auf, steckte er seinen Kopf durch den Spalt und begrüßte die junge Frau, die allein, in Fahrtrichtung auf der mittleren Bank sitzend, jetzt ganz erschrocken zu ihm aufsah. -

»Hallo! Ist hier noch frei?«, erkundigte er sich bei ihr. - Sie nickte; er schwang sich in das Abteil zu ihr hinein und warf seine Tasche in das Gepäcknetz. Darin könnte man zur Not pennen, hatte Corinna ihm gesagt; wie dieses, konnte er sich im Augenblick nicht vorstellen. Er hoffte, alleine zu sein, wenn er müde wird, um dann die Bänke gegeneinander ziehen zu können; das erschien ihm bequemer, wenn er schlafen wolle. Man wird sich notfalls einigen müssen, dachte er. -

»Wie weit fahren Sie denn?«, hatte er sie gefragt, als er es sich, mit dem Rücken zur Fahrtrichtung sitzend, am Fenster bequem gemacht hatte. -

»Bis Celle.« -

»Ach so, nein, ich muß weiter. Ich muß bis München.« - Mit ihr käme er nicht in ´s Gehege und er steckte sich bald eine Zigarette an, nachdem die Türen des Zuges automatisch zuschlugen, der grelle Pfiff des Schaffners das langsame Rollen des anfahrenden Zuges ingangsetzte. -

»Es wird schön. Ich bin sicher, diese Reise wird schön!«, dachte er bei sich. Sein Atem hatte sich beruhigt und er schaute aus dem Fenster in die Weite der Landschaft hinaus. Der Abend verabschiedete gülden einen guten Tag.

Zugegebener Maßen, Willis bläßlicher Schimmer in seinem runzeligen, wettergegerbten, oft unrasierten Gesicht - die Lippen leicht blau, wenn das auch nicht immer der Fall ist - was wohl auch auf sein gehobenes Alter zurückzuführen war, nämlich achtundfünfzig Jahre alt. -

»Wo mußt Du denn hin, zum Vorstellen?«, hatte er ihn im Vorbeigehen gefragt.

»Nach Bayern.« Dieter sagte es nebenher. Er wollte es ihm nicht näher beschreiben, er kannte den Ort selbst nicht, der war auf der Karte nur ganz klein eingezeichnet, der sagte hier im Norddeutschen niemanden etwas und es hielt ihn während der Fahrt in Spannung. -

»Dann sieh´ man zu, daß es klappt. Bayern ist schön. Als junger Mann war ich auch `ne ganze Weile da.« - Er freute sich mit ihm. Alle Kollegen freuten sich mit Dieter, daß sich für ihn eine neue berufliche Aussicht so schnell und unkompliziert eingestellt hatte. Sie hatten ihn nicht allein gelassen; sie alle halfen ihm irgendwie auf die Sprünge. Irgendwie fand er ihn nett, diesen Kerl. Trotzdem! Zu liegen, die Feuchtigkeit der wilden Gräser, die für eine unangenehme Kälte am ganzen Körper sorgte, die einen erklammen läßt, die nicht erfrischt, sondern ungesund verstockt, war allmählich durch den Stoff der Blue-Jeans gezogen; im Kopf quälte ein stechender Schmerz, neben Dieter eine angetrocknete Lache von Erbrochenem, langsam zu sich gekommen, erschrocken und gelähmt zugleich, vom schlechten Gewissen rasch emporgejagd, halbnüchtern die stramme Haltung suchend, dem Fiasko die Dramatik zu nehmen, den Blick über das Feld mit den kniehohen Fichten, zwischen denen er lag, die erst vor ein paar Jahren aufgeforstet waren, durch das wässerige Grau des trüben Tages einen ungläubigen Rundblick von der Siedlung, die nicht weit von hier ist, zum um einiges entlegenen Waldrand hin und dann, sich wankend umgedreht, hinüber zum Sportplatz, im Magen das Gefühl flauer Nüchternheit, die Gestalten der Kollegen im Dunst des Ackers suchend, nach Willis brauner Kordhose, seiner blauen Arbeitsjacke, die sich auf die Entfernung nur Matt in der tristen Umgebung absetzte, um ihm die Jungs herum, ähnlich eintönig gekleidet, inzwischen mit ihren Steinforken zugange, die Angst, die plötzlich in ihm aufgestiegen war, auch die Angst, sich ihnen zu nähern, das Mißtrauen, das schwerfällig mit jedem Schritt zunahm, mit dem er sich staksig auf sie zubewegt hatte, genau zu wissen, daß nun wirklich alles vorbei ist - es war gelaufen! - hinterläßt auf der Seele des derart Betrunkenen, des Strauchlers, er glaubte es so, einen Fleck für den Rest seines Lebens. Er hatte Herbi um die Ecke geschickt, kurz vor Frühstück; der sollte einen Zehnerpack holen, zu Fuß aus dem Dorf. Den bestellte Willi täglich. Die Alten, das galt auch für Rudolf, ebenso für Max, galten

138

schlechthin als trinkfest; das hatten die bei dem Alten schon so gelernt, wurde erzählt. Der Seniorchef, erst im letzten Sommer über achtzigjährig verstorben, war von jenem Schlage, der aus dem alten Kaiserreich herrührte. Ein großer Ästhet sei er gewesen, unbestritten ein Gründer, der die Firma aufgebaute, sie emporgebrachte, nach dem Kriege. Mit seinem Namen. Seine Anlagen trugen seinen Charakter; der war sehr nobel, auch seinen Leuten gegenüber. Die waren geblieben. Bis auf Max; den schickte im Sommer erst der neue Meister wieder nachhause. Ein Machtkampf zwischen Jung und Alt und der wurde von Max wohl nicht gewonnen; er hatte aber auch nicht viel zu verlieren, glaubte Willi.

»Ich mache mich selbständig, wenn das so weiter geht. Das habe ich nicht nötig!«, hatte Max den Chef beschimpft.

»...nach all den Jahren. Zwanzig Jahre bin ich in diesem Betrieb gewesen und jetzt kommt dieser Schnösel und macht mich kaputt. Nichts ist vorgefallen, in all den Jahren und jetzt kommt dieser Schnösel, den ich selber aufgebaut habe - schon als Lehrling habe ich den aufgebaut. Dann wirst Du Meister in diesem Betrieb und bist ein gemachter Mann, habe ich dem gesagt. Und jetzt kommt der und will hier alles anders machen. Ich soll nicht einmal mehr Auto fahren. Alles nur noch die Jungen und ich stehe mit der Schaufel daneben und habe nichts mehr zu melden. Und das lasse ich mir nicht bieten!«

»Also bitte ...«, der Meister bot Paroli; beim Chef, ...

»...dann geht der eben. Der tut uns nichts; der ist kein Konkurrent, der alte Baumschuler. Auf den kann ich getrost verzichten.«, verlangte er. - Eindrücke, die einen Menschen prägen; irgendwie beeindruckend, die Selbstsicherheit Max'. Die wünscht sich jeder, vor allem die jungen Gesellen wünschen sich solch ein Selbstbewußtsein, das an ihnen Tag für Tag unter Max' Fuchtel verloren zu gehen drohte. Sich beweisen, sich und den anderen, daß man genau so gut ist wie Max, manchmal bessere Ideen hat als Max, der uns allen plötzlich über ist, mit dem niemand mehr will, auch wenn er noch so viel Bier hinstellt. Oder gerade deswegen. Die Stelle war jedenfalls offen, als er gegangen wurde. Allerdings war ausreichend Nachwuchs im Betrieb beschäftigt. -

»Willi schmeichelte mir. Der war alter Hamburger und erst nach den Bomben hierher vertrieben und er sprach auch so, nahe d´ran am Hamburger Platt, trotz der Reinheit des Hochdeutschen im gewöhnlichen hannoverschen Sprachgebrauch. Etwas gedehnter in allem, wie ich es mag, wie Mama es auch so schön kann. In den Herbstmonaten zum Ende der Pflanzzeit war ich ihm erstmals mitgeschickt worden und das ging von Anfang an ganz gut. Bei

Willi arbeitete man anders als bei Rudolf. Willi war kleiner, ich will nicht sagen schwächer, man mag ihm keine Schwäche vorwerfen, nach all den Jahren. Vielleicht leichter in allem, der schon wegen seines Körpermaßes anders an die Sachen heranging, eher technisch, nicht kraftbetont, sondern behende.«, erzählte Dieter einmal Corinna am Essenstisch bei einer gemeinsamen Mahlzeit -

»Dich schmeißt er `raus und den Türken behält der hier!«, empörte sich Corinna.

»Willi konnte das nicht ab. Dem Zehnerpack, den Herbi `rangeschleppt hatte und der erst nach der Frühstückspause getrunken werden sollte, stellte Willi sogar eine Flasche Schnaps dazu.« - Er erklärte Corinna, daß es sich um Heidelbeerschnaps handelte und der hätte es grausam in sich.

»... total heimtückisch und schmeckt mir auch nicht. Es ist mir eine Lehre, niemals wieder solch einen Fusel mitzusaufen.«, versprach er ihr. - Die beiden Türken wollten ja nicht; die verweigern bereits das Bier, wegen ihrer Religion. Na bitte, jeden nach seine Fasson und wenn es denn selig macht. Hinterher war er auch schlauer. Aber ganz ohne? Nö, lieber `mal etwas riskieren. Außerdem war es nach dem Rausschmiß. Meybaum kündigte am Vormittag, gleich nach dem Frühstück; er hatte vorher auf die Entfernung, oben vor dem Fußballtor, mit Willi geredet. Im Vorbeigehen, er stolzierte `rüber zu den anderen; die waren unten vor dem anderen Tor zugange und harkten schon für die Einsaat, rief er es ihm lapidar zu:

»... noch zwei Wochen, dann ist Schluß hier!« - Es trifft einen, trotz aller Absprachen, trotzdem ich damit rechnen mußte. Der Platz war ab vom Schuß; es drohte kaum, von jemanden beobachtet zu werden. Na klar, es hatte sich angeboten. Herbi war auch ganz Feuer und Flamme, wenn es um `s Saufen geht.«

»Nö, das finde ich auch nicht gut!«, übte er sich in Solidarität. - Er prostete ihnen zu, bevor er zulangte. -

»...Dich schmeißt er `raus und die Türken behält der hier. Das darf doch wohl nicht war sein.«, stimmte er mit ein. Er nahm seine Pudelmütze vom Kopf und kratzte sich; ihm fiel weiter nichts ein. Er wirkte wie immer verlegen, wenn man mit ihm sprach und setzte deshalb noch einmal an. Herbi zog die Luft so komisch nach hinten gegen den Gaumen, wenn er lachte, so daß er beinahe grunzte. Klausi vertrug den Fusel auch nicht; der lag ja auch zwischen den Bäumen. Man hätte weinen sollen.

Die junge Frau hatte bereits den Zug verlassen und es stiegen zwei Männer hinzu. Der Beklemmung war am fortgeschrittenen Abend, inzwischen hatte der Zug das Land südlich Hannovers erreicht und begann, die norddeutsche Tiefebene hinter sich zu lassen, einem Abend mit klarem Wetter, dem jeder Makel fehlte, dem eine so merkwürdige Anspannung hinzugetreten war, eine Anspannung aus Angst vor dem Neuen, dem Ungewissen und Unbekannten, dem er auch jetzt die so beruhigende Wirkung des Hopfens im Bier entgegensetzen möchte. Dieter will dann doch nicht, nutzt statt dessen das Angebot aus der Minibar, die von einem jungen Mann, wahrscheinlich Italiener, wie Dieter es annahm, durch den Gang geschoben wurde und bestellte sich ein Kännchen Kaffee. Mutter Irmgard hatte ihrem Sohn Stullen mit auf die Reise geschickt, ...

»... das Geld dafür kannst Du Dir sparen!«, hatte sie ihm gesagt, aber Dieter mochte nicht ganz verzichten und gönnte sich den Kaffee, trotz des hohen Preises. Man hatte auch in Deutschland die Sommerzeit eingeführt und es überkam ihm, inzwischen zeigten sich die Sieben Berge, märchenhaft, ein Gefühl grenzenloser Freiheit, als hätte er die alten Verpflichtungen, die sein bisheriges Leben bestimmten, restlos hinter sich gelassen. -

»Nein! Jetzt kein Bier.«, dachte Dieter, ...

»... jetzt bloß kein Bier.« - Er fühlte sich verstoßen, von Meybaum. Er fühlte einen Verstoß, der ihn jedweder Verpflichtung gegenüber der Firma entband. Was blieb, war die Unsicherheit. -

»War es wirklich Arbeitsmangel, oder doch das Bier? Was alle anderen auch taten, was der alte Lehrherr aber so streng verboten hatte. Dennoch war es geschehen, und außerdem das einemal, als ich die Mittagspause verschlafen hatte. Völlig nüchtern, an jenem Tag, aber man weiß ja eben nie. Der Meister macht Kontrollen, wohlmöglich auch unbemerkt. Willi meinte nur:

»Da bist Du ja wieder!«, und er lachte.

»... Du paß auf, das kann jedem paßieren; das ist nicht weiter schlimm! In vierzehn Tagen bist Du doch verschwunden.«, machte er Dieter Mut. -

»Was bleibt, ist das Mißtrauen, auch Willi gegenüber. Stellt den Schnaps hin und macht einen besoffen, gibt einem voll den Rest. Oder war `s doch nur ein Unfall? Wahrscheinlich - in jedem Fall, die Schuld suche ich besser bei mir. Es war ja auch Ausdruck echter Dankbarkeit, die von beiden Seiten herrührte, aber hervorzuheben ist sicher das herzliche Beisammensein im Aufenthaltsraum, wo ich nach Feierabend zünftig meinen Ausstand gegeben hatte. Noch `nen Kasten, den hätte Boomgart sogar erlaubt, nach Feierabend, im Kreise der gesamten Belegschaft. Herr Meybaum plauderte aus seiner eigenen Erfahrung, als er junger Gärtner war und wanderte. Der hat mich losgeschickt! Der hat mich wirklich auf die Reise geschickt. Es wird Zeit, wird der gedacht haben, wenn der weiter will, der wird allmählich mitte

Zwanzig. Es kann sein, daß die aus Bayern bei ihm anrufen, nachfragen, ob es mit mir lief. Das Zeugnis hat Meybaum jedenfalls geschrieben und er stellte mir erfreulicher Weise ein gutes aus. Corinna? Ich liebe sie, daß weiß ich nun. Sie ist ja auch richtig aufgeblüht, seit der Zeit, die ich bei ihr wohne. Es wird nicht auseinandergehen. Wir werden uns an den Wochenenden sehen und ich bleibe auch nicht ewig. Höchstens ein Jahr, denke ich, wenn überhaupt. Mit dem Bund habe ich Klarheit – ausgemustert, na bitte, es ging doch und eigentlich klappt alles wie am Schnürchen. Untauglich aufgrund massiver Bandscheibenbeschwerden und die Knie sind auch nicht so. Hinterher vieleicht doch zur Meisterschule? Abwarten! Aber in Bayern erzählst Du es besser nicht so!«, erklärte ihm sein schlechtes Gewissen.

Die Nacht war inzwischen hereingebrochen und es war nur ein Typ mit ihm im Abteil, der in Göttingen zugestiegen war. Sie lagen auf gleicher Wellenlinie, wie Dieter es herausfand, bei den wenigen Worten, die sie miteinander wechselten. Es leuchteten nun die Leselampen über den Sitzen. Es war direkt gemütlich geworden, in ihrem gedämpften Lampenschein. Dieter hatte sich hingelegt, auf den zusammengezogenen Sitzen, die Knie eingeknickt, die Arme über den Bauch verschränkt, auf der Seite liegend, in seinem Parker eingehüllt, ohne Zudecke, war er bequem eingeschlafen, auf der Reise, zu einem neuen Arbeitsplatz, der sich angeboten hatte, unterwegs, fast wie ein Soldat.

»Du mußt die ersten drei quer, mit leichten Abständen, zehn Zentimeter etwa, bis an den Rand der Palette und dann die nächsten drei längs davor! Die müssen mit der vorderen Reihe ordentlich abschließen!« - Aber genau das hatte Dieter getan, die ganze Schicht über; mehr als zwanzig Paletten hatte er ordentlich gestapelt und transportfähig gemacht. Burghard wiederholte sich, war irgendwie unzufrieden mit Dieter. Obwohl er alle Paletten abtransportieren konnte, problemlos. Mit dem Stapler zur Wickelmaschine, die hat um die Kartons Zellophan gewickelt, des besseren Haltes wegen, beim Transport. Stabil und sauber. Darin war Burghard groß, wie alle anderen aus dem festen Arbeiterstamm. Die bedienten die Maschinen mit links, so waren sie den Umgang mit ihnen gewohnt. Und Burghard machte es deutlich, was Dieter hierbei ist. Er sagte es nicht, er zeigte es ihm einfach und verbat es ihm, den Stapler zu fahren, in dem er ihm die Lenkgabel aus der Hand gerissen hatte. Was Dieter sehr entäuschte. Er sollte es spüren, daß er keine Verträge hat, mit der Firma, daß er nur geliehen war, für einen kurzen Arbeitseinsatz. Nach dem müsse er verschwinden, aus Kostengründen. Nicht auszudenken, wenn es Burghard so erginge, oder dem Vermummten.

»Zuerst habe ich Maurer gelernt, dann Maler, zum Schluß Sattler.« - Dieter soll es scheinbar niemals vergessen. Dann beginnt Dieter zu verstehen, worum es ihnen geht. Ihnen zumindest gehen könnte. Noch will er hoffen und er macht sich neuen Mut. Zum Ende der Schicht, er wurde immer korrekt und pünktlich auf die Minute genau abgelöst, da ging nichts schief, ging er zum Vermummten hin; der saß im Pavillon und zog sich um. -

»Wat willste? - `ne Unterschrift willste?«, pöbelt er Dieter an. Sein Zögern hat Methode, als wolle er klar machen, daß Dieters Leistung nicht reiche, als müsse er sich noch mehr anstrengen, um zu genügen. Dieter wurde schroff, fuhr ihn an:

»Nun mach´ keine Faxen hier und setze Deinen Friedrich-Wilhelm auf das Papier, sonst werde ich nicht bezahlt. Wenn Du nicht willst, gehe ich zum Pförtner, der unterschreibt es mir auch!«, protestierte er.

Am nächsten Tag konnte Dieter ausschlafen; er war erst zur Nachtschicht bestellt, entgegen aller Absprachen. -

»Geht nicht!«, hatte »The Voice« zu ihm am Telefon gesagt.

»Die haben ausdrücklich Sie angefordert. Es ist ja auch nur die eine Nacht. Ausgerechnet die Nacht von Freitag auf Sonnabend.« -

»Ich kann so nicht arbeiten. Das macht mich kaputt!«, hatte Dieter ihr bereits beim Einstellungsgespräch gesagt, ...

»... ich brauche Kraft für die Pflege meiner Mutter; ich muß jeden Tag zu ihr in ´s Krankenhaus und ich erscheine dort am besten in den Abendstunden. Deshalb ist es wichtig, daß ich geregelte Arbeitszeiten habe, damit ich meine privaten Angelegenheiten planen kann.«, verlangte er längst von ihr und er fordert es nachhaltig. -

»Nützt nichts!«, hatte sie heute gemeint,

»...die vom Werk fordern ausdrücklich Sie.«, hatte sie sich wiederholt. Die Stunden sind derart zerstückelt, daß er nicht anders hinkommt, zum Mindesteinkommen. Also ging er. Corinna schwieg. Es machte Routine. Aber darum geht es eigentlich nicht. Aber worum geht es?

Karl hatte es nicht gewagt, sich für die lange Fahrt nach Essen und nach dort hin zur Hochzeit Christianes´ selbst an `s Steuer zu setzen. Er scheute die lange Strecke auf der Autobahn. Deshalb kam Dieter extra aus Bayern angereist. Er war von seinen Eltern bestellt und Frau Krautner konnte ihn im November entbehren, denn die Pflanzzeit war vorüber. Dieter hatte sich ein neues Auto gekauft; mit dem fuhr er zur Arbeit. Den Weg zur Hochzeit seiner Schwester wollte er seinem Fahrzeug so nicht zumuten und er war deshalb mit dem Zug, zu seinen Eltern hin, unterwegs. Es war außerdem mit Glatteis auf seiner Strecke zu rechnen und auch deshalb war es ihm so bequemer. Mit Karls Wagen ging es von Groß Mehringen los zu Christiane und Friedhelm. Corinna stieg in Hannover zu; die hatte sich von ihrem Chef - der war sehr lieb und zuvorkommend - an einer Raststätte an der Autobahn absetzen lassen, so hatte sie es mit Dieter fernmündlich vereinbart, von der aus sie zusteigen wolle. Sie setzte sich neben Irmgard auf den Rücksitz; Karl saß neben Dieter auf dem Beifahrersitz und Dieter sah zu, daß er vorankam während er das Fahrzeug steuerte. Dreieinhalb Stunden benötigen sie, die sie unterwegs sein würden und sie waren ganz früh aufgestanden, um rechtzeitig bei Christiane und Friedhelm einzutreffen, deren Termin zu um zehnuhrdreißig auf dem Standesamt festgelegt war. Christiane hatte sich in ein schlichtes Kostüm gekleidet, ganz ohne Schnörkel und Schleier und auch Friedhelm trug einen guten, dennoch alltäglichen Anzug, als sie ihren Eltern und ihrem Bruder nebst Freundin zur Begrüßung die Tür ihrer Dreieinhalbzimmerwohnung öffneten. Friedhelms Eltern waren schon dort und sie begaben sich alle zusammen zu einem Stelldichein in die Stube des Hochzeitpaares. Das Wohnzimmer hatte sich Christiane neu gekauft und es war ganz aus Fichte gearbeitet, entsprach somit schwedischen Moden, aber jenen von gehobenem Niveau. Sie hatten von Eichenholz und Plüsch Abstand genommen; die Helligkeit des Holzes, die ländlich verspielte Note ihres Mobiliars, die mit den Wuchtungen und Rundungen ihres Sofas an Bidermeier anlehnte, ließ von dem schweren Bauernbarock aufatmen, mit dem sich ihre Eltern umgaben und das Neue hatte Pep. - Im Trauzimmer des Standesamtes saß Dieter neben Anne-Dore, Friedhelms Schwester und Dieter sah sich mit Würde in eine Etikette gezwungen, die ihnen allesamt im alltäglichen Baustellenjargon abhanden zu kommen schien. Er freute sich offensichtlich darüber, zu dieser Zeremonie überhaupt geladen worden zu sein und es wurde ihm deutlich, wie sehr und wie innig Christianes Zuneigung und Liebe zu ihrem Bruder Bestand hatte, was sie weiterhin schmiedete, ihn als Zeugen des Bundes des Lebens, den seine Schwester schloß und sie als Braut eines Mannes, zu dem sie seit Jahren eine reife Beziehung pflegte, die bisweilen verflachte, die auch schon einmal vorüber gewesen war, während einer Krise, die aber spätestens nach dem Unfall ihres gemeinsamen Kindes als überstanden galt. Sie wollten miteinander sein; das war nun fest beschlossen und zwar bis an das Ende ihres Lebens - auch das hatte zudem steuerliche Gründe und berechtigte sie in ihren Pensionsansprüchen, was Dieter bezeugen sollte, was Dieter ohne Bedenken und Vorbehalt wirklich gerne tat. Während Mama, Papa, Corinna,

Herr und Frau Bergheim im Gang des Standesamtes auf bereitgestellten Stühlen platzgenommen hatten. Sie waren alle ganz aufgeregt, was sie nicht zeigen wollten, sie saßen ganz steif bei einander und Irmgard streifte ihrem Gatten schnell über die Schulter seines hellen Ausgehmantels, als vermutete sie dort Flusen, die dort nicht hingehörten, zumindest deutlich anzeigend, daß sie auch nach mehr als dreißig Ehejahren nicht bereit war, Karl Schlechter der Verwahrlosung preiszugeben. Die Eheleute Christiane und Friedhelm Bergheim baten im Speiserestaurant »Balkangrill« zu Tisch, was gleich um die Ecke beim Standesamt gelegen war, wo gepflegte, schwarzhaarige, außerdem großgewachsene, im Smoking bewirtende Kellner, Jugoslawen durch und durch in ihrem Stolz, die Hochzeitsgäste empfingen und in den separaten, rustikalen und im Ambiente in allem an die Kultur ihres Volkes anlehnenden Clubzimmers zum vorbestellten Hochzeitsschmaus gebeten hatten. Niemand entsetzte sich hierüber wirklich; Karl kam neben seiner Tochter zu sitzen, befand die Suppe, die es vorneweg gab, als etwas zu scharf geraten und er flüsterte seiner Tochter, seinen Kopf ihrem Ohr ganz zugeneigt:

»... bei Edda wäre das auch nicht viel anders geworden. Laß uns man ruhig ein bischen modern sein.« - Wenn auch im Unterton seiner Worte die Enttäuschung über die befremdende Andersartigkeit im Lebensstil seiner Tochter durchklang. Auf eine besondere Tischrede verzichtete er; sein Hochzeitsgeschenk inform eines geheimnisvollen Briefumschlages hatte er ihr bereits zu Hause zugesteckt. -

»War eure Anreise auch so anstrengend. Das ist ja furchtbar mit den Staus hier im Ruhrgebiet und dann hat es die ganze Fahrt über so schrecklich geregnet. Was bin ich froh, daß ich die Prozedur hinter mir habe. Nächstesmal werden wir uns anders einrichten.« -

»Ne, es ging eigentlich, wir waren aber auch schon über eine Stunde eher da als ihr. Vieleicht habe ich es nur anders empfunden. Ja, geregnet hat es. Aber, wozu gibt es denn Scheibenwischer?«, gab ihr August Bergheim, Friedhelms Vater, zur Antwort. Irmgard und Karl, die ihm und auch seiner Gattin Frieda am Tische gegenübersaßen, hatten erst beim Aperitiv miteinander Brüderschaft getrunken. Sie kannten sich nur sehr ungenügend und sahen sich bisher nur wenigemale zuvor.

In diesem intimen, engsten Familienkreis, aus dem die Drögemöllers schon auf Christianes Wunsch hin strikt ausgeschlossen blieben, in dem auch Friedhelm neben seinen Eltern nur seine Schwester nebst Gatten zugelassen hatte, diese schon deshalb, weil sogar in einer Zeit allgemeinen Wandels der Sitten und Gebräuche der Standesbeamte eine Trauung ohne Zeugen ausgeschlagen hätte. Man hatte sich nach dem Dinner noch vor dem Lokal aufgestellt, um ein Erinnerungsfoto zu schießen; diese Aufgabe übertrugen sie Friedhelms Schwager, denn den konnten sie in der Gruppe um die frischen Eheleute am ehesten entbehren. Dieter schoß danach auch eines, mit Christianes guter Sucherkamera, die Opa ihr anläßlich ihrer Konfirmation schenkte, vor sechszehn Jahren. Trotz allem Hang zum Modernen der ältesten Schlechter-Tochter hatte sie es schon immer verstanden, lohnendes zu pflegen und zu bewahren.

Sehr ähnliches in Beirut wobei es zu erwähnen ist, daß Filme und Fotos im Kreise Carlos´ nicht der Erinnerung wegen sonder als Beweismittel eingesetzt wurden. Erica war seit geraumer Zeit im Einsatz und sie verstand es, Angle in Deutschland aufzuspüren, mehr noch, ihn herumzubekommen, sich für einen nur unspektakulären Einsatz, wie sie es ihm in seinem Gasthof im Verlauf eines vertraulichen Gespräches vermittelte, noch einmal mit Carlos einzulassen.

»Im Libanon sagst Du?«, fragte er sie und er erklärte sich rasch damit einverstanden.

»Ich brauche das Geld dringend. Sonst hätte ich Dich längst ´rausgeschmissen.«, hielt er im Vorfeld ihrer Ahnbahnung dieses Geschäftes für eines im Bereich seiner Möglichkeiten liegendes warm. Er stand längst vor der Wahl, entweder aus Deutschland zu verschwinden oder sich ausgerechnet in diesem Land der Polizei zu stellen, denn auch die Steuer war hinter ihm her. So hoch hatte er sich inzwischen verschuldet, mit dem kleinen Gasthof im Schwarzwald, den er sich erst vor zwei Jahren gekauft hatte. Er beherbergte in einigen Zimmern Wanderer, die seine Station in der Saison anliefen und er benötigte außerdem Personal für die kleine Restauration, die er dafür betrieb. Er beschäftigte Siggi erst seit Beginn der Wintersaison, einen Koch, der mit den Revolutionären Zellen nichts zu tun hatte, den Angle außerdem aus gutem Grund hierüber ahnungslos beließ, zumal Angle seit geraumer Zeit Tausend gute Gründe hatte, über seine Vergangenheit zu schweigen, in der Hütte, die kaum Wanderer in der Winterzeit anlockte, lediglich auf das Tagesgeschäft mit einigen Skiwanderern spekulierte und Angle beschäftigte Siggi als Koch, der ihm mutwillig die Suppe für seine Geschäfte zu versalzen verstand, so wirkte die Eifersucht zwischen ihnen beiden. Dann kam ihm Erica gerade recht, die Angle als Kampfgefährtin in Aden kennenlernte, die sich gut verstanden, seit jeher.

»Der Rote Prinz ist d´ran. Ich weiß, wo er steckt. Aber es benötigt noch einiges an Vorbereitung. Du wirst für die Abwicklung des Anschlages gebraucht. Und Du verstehst Dich im Umgang mit Haftminen. Außerdem bringst Du genügend Erfahrung mit in die Gruppe hinein und in Wien hast Du die notwendige Nervenstärke hierzu bewiesen, so daß ich zuversichtlich bin, daß Du uns einen wertvollen Dienst leisten wirst. Also, die geschäftliche Seite hierbei wickelt Carlos mit uns ab und niemand anderer und Carlos sorgt schon dafür, daß er sein Geld auch tatsächlich bekommt. Die Sache läuft dann ähnlich, wie die in Karlsruhe. Wir bilden ein Filmteam für die Berichterstattung und hierbei über die Bürgerkriegssituation im Libanon. Damit fallen wir niemanden auf. Und der Film wird dann an den Mossad verkauft. Es wird von ihm für die Beweisführung gebraucht. Sonst zahlen die nie!«, erklärte sie ihm mit wenigen Worten.

Es sind Jahre, die bis hierher verstrichen sind, bis in die späten Abendstunden, unten in der Palettierung, wo er schon seit einigen Stunden seine Körperbewegungen auf die Anforderungen von wenigen, sich im zeitlichen Ablauf stets wiederholenden, grundlegenden Handlungen reduziert hat. Pakete zusammenpressen, mit ihnen einen schwungvollen Dreh in Richtung Palette vor ihm, sich bücken, Pakete abwerfen, einen Ausfallschritt, nach vorne gebeugt, Pakete ordnen. Er schwitzt, hat starke Schmerzen im Arm, von einem kräftigen Muskelkater der einfach nicht vergehen wollte, herrührend. Er darf sich freuen, wenn die Stapel höher werden, dann muß er sich nicht mehr bücken, dann darf er sich strecken. Erinnerungen quälen ihn bei dieser Arbeit nicht mehr. Der Körper ist aufgeputscht, ist in Höchstleistung und der Geliehene denkt nur an die Arbeit. Nur an die Arbeit.

Gastarbeiten

In ihrer Art und Weise wirkte sie eher schüchtern, hilflos in den Belangen des Garten- und Landschaftsbaus, die sie zu Leisten hatte, im Angebot des Gartenzentrums, das sie besaß und das sie leitete. Die Empfehlungen, die Dieter ihr mit seinen Zeugnissen vorzeigen konnte, schufen ein Vertrauensverhältnis, von dem man annehmen mochte, daß eine zukünftige Zusammenarbeit fruchten würde. Es handele sich um eine Meisterstelle, die sie zu besetzen hätte, für die sie aus Kostengründen lediglich einen fähigen Gesellen einstellen wolle, hatte sie bereits auf der Fahrt von der Bushaltestelle zum Büro gesagt. Den großen Sportwagen fuhr sie souverän und locker durch die hügelige Landschaft in der Nähe des Chiemsees, von der Dieter gehört hatte, sie sei zauberhaft und sie sei unmittelbar mit der mystischen Ästethik Ludwigs II in Verbindung zu bringen, der auf der Insel Herrenchiemsee ein Schloß von unbeschreiblicher Schönheit errichten ließ. Das Bewußtsein für die geschichtsträchtigen Schätze, die diese Gegend aufzuweisen hat, wird wohl vorhanden gewesen sein, bestimmte aber nicht vordergründig die Ausstrahlung der kleinen Person, neben ihm, die er im Aussehen auf Ende dreißig schätzte, die in ihrer Kleidung, sie trug moderne Jeanshosen, ihr lindgrüner Pullover war aus Kaschmirwolle, der harmonierte farblich mit ihrem kupferroten, locker dauergewellten, schulterlangen Haar, und um die Augenpartien herum spotteten Sommersprossen frech aus ihrem Gesicht und um den schlanken Hals prunkte ein üppiges, in warmen Brauntönen gehaltenes Seidentuch, welches mit großen, überragenden Blüten gemustert war, das sie mit einer silbernen Brosche zusammenhielt. Vielmehr war es das kühle Geschäftsbewußtsein einer Frau, die sich eher als Managerin verstehen mußte denn als eine Gärtnerin, die wohlmöglich im Dienste des königlichen Nachlasses wirkte, welches sie mit einer vornehmen Zurückhaltung bei der ersten Kontaktaufnahme zum Ausdruck gebracht hatte und das Dieter auf das notwendige Maß an Respekt vor ihr drängte, mit dem sie zukünftig den von ihr gewünschten Umgang pflegen möchte. Wobei der Profit ihrer Arbeit nicht unmittelbar sondern mittelbar im Personenkreis derjenigen Menschen zu finden wäre, die der Besonderheit dieses Landstrichs auch wegen der Schlösser, die es hier gab, hauptsächlich aber der landschaftlichen Attraktionen, nämlich dem großen See, der allerhand Freizeitmöglichkeiten zu bieten hat und den nahegelegenen Hochalpen, die zum Wandern und Skifahren einladen, sich hier angesiedelt haben. Neben den Alteingesessenen, den Bauern, den Arbeitern. Dieter mag diesen Frauentyp; ihr würde er zuvorkommen.

Jedoch war es für Frauen von jeher und allgemein gültig nicht einfach, in sogannte Männerdomänen einzudringen, sich in ihnen empor zu arbeiten oder in ihnen eine Führungsposition zu übernehmen. A priori erwächst mit solcherlei Unterfangen einem vorweggegangenen Freiheitsdrang, hinaus aus der männerbestimmten Unterdrückung der Frau, die sie hauptsächlich in einer Ehe so empfand und hinein, nicht in einen erkämpften Status ihrer Befreiung, sondern dem einer Ermächtigung und weiterführend dem der Erlangung einer wirklichen Herrschaft als ein erkämpftes Ziel innerhalb eines Macht- und nicht eines Befreiungskampfes. Brigitte konnte sich in diesem Sinne durchsetzen, verstand es, sich als Söldnerin in eine Komandoebene zu hiefen und sie hatte in der Vergangenheit so manche Aktion angeleitet wobei sie auf einer weltpolitischen Bühne mit hochkarätigen Politikern zu tun bekam, für die sie schließlich auch arbeitete. Erica kam nicht so weit. Man ließ sie nicht durch weil man sie für die praktische Durchführung bei den Aktionen benötigte. Brigitte setzte sie ein und sie sagte der jungen Frau an ihrer Seite und unter ihrem Komando stehend:

»... es herrscht hier der Krieg und der Krieg ist das Ziel! Er ist auch unser Ziel geworden. Und der Krieg rechtfertigt unsere Taten!«, erklärte sie Erica, die gleich nachdem sie die kleine Einsatztruppe in Deutschland zusammengestellt hatte, zu Brigitte in den Libanon zurückgekommen war. Brigitte hatte es sich nicht getraut, in ihrem Erscheinungsbild während der Tatausübung als Weib erkannt zu sein, das Männer dazu anführen kann. Und sie entschied sich deshalb für eine Kurzhaarperücke, die in ihrer Haarfarbe mit der ihrer eigenen und somit natürlichen Haare ganz und gar kontrastierte, die also von schwarzer Farbe war und nicht von einer blonden. Und sie hatte Erica zuvor beauftragt, sich in der Stadt umzuhören, damit sie herausfindet, an welchen Stellen sie die notwendigen Asservate, die ihnen jetzt noch fehlten, besorgen kann. Und Brigitte bestellte bei ihr hauptsächlich ein Arbeitshemd für Männer und eine leichte Arbeitshose, wie sie ebenfalls von Männern auf dem Bau zu tragen sind. Und sie benötige unbedingt ein Paar Gummistiefel, wovon ihr halbhohe Stiefel vollkommen genügen werden. -

»... außerdem mußt Du an die Magnete denken. Wenn keine mehr da sind, mußt Du welche kaufen. Du findest schon die richtigen.«, hatte Brigitte ihr mit auf den Weg gegeben.

Else war das ganze Gegenteil, eher derben Menschenschlages, aus dem fernen Ostpreußen hierher gelangt, als Flüchtling, zunächst in Altötting in einem Auffanglager, dort prompt an Typhus erkrankt, der Seuche, der sie nicht erlag, die sie überstanden hatte und nach der sie eine Existenz als Kleinbäuerin gründete. Sie bestritt ihren Lebenskampf nicht nur als Frau sondern auch als Mutter. Ihr allmählich großmütterliches Aussehen, ihr Gesicht war über die Jahre mit leichten Furchen versehen, von der harten Arbeit, wie sie sagte, von den Sorgen mit ihrem Mann, der schon vor langem verstorben sei und den vier Kindern, von denen eines in Amerika lebe, die anderen im Bayrischen zerstreut seien und nur ihr jüngstes, der Heinz, bei ihr im Hause lebe, stünde ihr altersbedingt zu. Else war neunundsechzig Jahre alt und trotzdem agil und voller Tatendrang.

»Es sind sehr einfache Verhältnisse, die Sie dort erwarten, aber die Unterkunft ist gepflegt und sie ist sehr preiswert.«, hatte Frau Erding, die Schwiegermutter Frau Krautners mit auf dem Weg zur Vorstellung und Übereinkunft bei den Verhandlungen seiner Wohn- und Mietbedingungen gegeben. Auch Frau Erding stand in Gummistiefeln und ländlicher Arbeitsmontur vor ihm im Büro, zog gerade ihr schlichtes Kopftuch von ihrem ergrauten Haar und bereitete sich auf den Feierabend vor.

Es ist nicht einfach, ...
»... in dieser kaputten Stadt alle Sachen beisammen zu halten. Aber die Perücke und die Magnete habe ich im Depot dabei. Insgesamt handelt es sich nur um einen kleinen Haufen an Utensilien. Die Männer kümmern sich an einem anderen Ort in der Stadt um die Präparation des Autos. Das hat Führer bereits besorgt und sie basteln schon längst daran herum.«, sagte Erica. Sie hatte Brigitte, die sich jetzt zu Anton umwandeln läßt, dazu auf einen Stuhl an einem freien Platz des Wohnzimmers hingesetzt und sie schnitt gerade die langen Strähnen ihres Haupthaares von ihrem Kopf. Anton hatte Erica inzwischen sehr stark in die Aktion eingebunden und er hatte ihr ein Komando über die ausführenden Männer überantwortet, mit denen sich Anton nicht mehr aus-tauschte, sondern er blieb im Hintergrund das Oberhaupt, das Haddad sehr ähnlich kam. Erica war es längst gelungen und dieses mit einem geschickten Einsatz ihrer Libido, ihr Opfer einzufangen, seinem begehrenden Herzen zu schmeicheln. Von diesem Opfer war es bekannt geworden, daß er ein Kasanova sei, der sehr viele Frauenherzen betöre, der sehr reich sei und dabei mit einem verschwenderischen Lebensstil den Agenten des Mossads sauer aufstieß denn die Israelis erkannten in ihm nicht allein den geldverschwenderischen Playboy sondern sie vermuteteten hinter seiner Fassade gönnerhafter Großmannsucht einen weiteren eis-kalt agierenden Killer, der im Zusammenspiel mit der Führungs-riege um Haddad sehr maßgeblich am Attentat in München beteiligt gewesen war. - Ebenso Casanova wechselte sehr häufig seinen Wohnsitz, damit sein betrügerischer Charakter in ihm fremden Regionen seinen Opfern nicht sofort auffiel. Ericas Beute hatte in Beirut keinen festen Wohnsitz bis sie sich absichtsvoll in einer Beiruter Nachtbar als Bauchtänzerin angagieren ließ und es gelang ihr bereits nach wenigen Abenden, den Stammgast jenes Etablisments zu bezirzen, ihn zu verführen und sie lud ihn bereits

150

während ihres Beisammenseins in einem Separé der Bar dazu ein, sie anschließend nachhause zu begleiten. Ali, so stellte er sich mit seinem Vornahmen bei ihr vor, nutzte diese Gelegenheit, ließ sich von dem verführerischen Engagement Ericas einfangen und er schlug aus gutem Grund ihr Angebot, er könne für eine längere Zeit ganz bei ihr wohnen, nicht aus.

Angstvoll? - Eher ängstlich hatte er den Fahrer unterwiesen, wie er die Ladung Muttererde auf dem Grundstück zu kippen hätte, als seine erste Handlung am ersten Arbeitstag. Friedel war ebenfalls über sechzig Jahre alt, bereits achtundsechzig, um genau zu sein, war er bereits gewesen und er hatte schon begonnen, den ersten Berg im Bereich der Terrasse vor dem schmucken Haus, einem Neubau, von denen es hier viel gegeben hat, zu verteilen. Er macht es gemächlich, ist ruhig bei der Sache aber ausdauernd. Dieter hatte dem Fahrer den Lieferschein unterschrieben, bevor er den Rechen aufnahm und sich zu dem Kollegen begab, um mitzu-arbeiten. Dieter arbeitete mit freiem Oberkörper; es war angenehm in der Temperatur denn es herrschte Fön. Einem klimatischen Umstand, von dem jeder Norddeutsche weiß, daß er gesund-heitliche Probleme schaffen könnte. Dieter fühlt sich, spürt seine Kraft und er stellte fest, daß er sich gut akklimatisieren würde. -
»Holzrechen hätte ich für diese Arbeit gar nicht genommen. Ich bin es mit Eisenharken gewohnt.«, erklärte er. - Friedel schüttelt sorgenvoll mit dem Kopf. -
»Nein, Nein.«, sagte er langsam, unterbrach seine Arbeit und stützte sich auf seiner Harke.
»... `st viel zu schwer.«, sagte er. Nachdem Dieter die ersten Quadratmeter geharkt hatte, in dem außerordentlich schweren, mergeligen Boden, beginnt er zu begreifen:
»Die Steine läßt Du in der Erde? Ich war es gründlicher gewohnt. Allerdings, zuhause bearbeiten wir auch überwiegend sandigen Boden und in dem zieht man sehr viel leichter durch.« - Friedel blieb beharrlich, ...
»... nein, es ist völlig genügend.«, sagte er dem jungen Mann an seiner Seite, dem er außerdem zu verstehen gibt, er wolle ihn wohl unterweisen, allerdings in dessen Führungsaufgabe, mit der er selbst sich nicht mehr belasten wolle. Zu anderer Zeit, an anderen Tagen mußte Dieter mit in die Baumschule, zum Roden oder zum Einschlagen der Verkaufsware. Der Baumschulmeister war nur noch ein halbes Jahr im Betrieb, arbeitete augenblicklich seine Kündigungsfrist ab. Auch er war ihr zu teuer geworden.
Der alte Chef hatte mit der Großbaustelle in der Stadt, eine Wohnanlage des sozialen Wohnungsbaus, die er, im übrigen

keineswegs als gelernter Gärtner, sondern als Schneider seines Zeichens und Standes, wohl etwas leichtsinnig angenommen hatte, Pech gehabt. Wenige Jahre vor seinem Tode; er litt an Zucker. Die Frauen und außerdem der junge Mann, den sie in der Herbstsaison extra für die Landschaftsabteilung einstellten, waren jetzt fix bei der Sache. Dieter zog mit ihnen, wollte zeigen, daß er sich qualifiziert einbringen möchte. Schon seit mehreren Jahren hätte die Chefin mit der Reparatur und Korrektur vor allem der großen Pflasterflächen vor der Mietskaserne zu tun gehabt. Hauptsächlich Dieters Vorgänger, der Meister, wie sie ihm erzählten, hätte die Fehler zu bereinigen gehabt, die beim Neubau gemacht wurden. Und das waren vielfache. Die Ausschreibung hätte wohl vorgeschrieben, daß für die Ausführung im Rahmen eines Resozialisierungsprogramms freigängige Häftlinge von der Firma beschäftigt werden mußten, die dann hauptsächlich mit Vorsatz nur unzulänglich ihre Pflicht vernachlässigten und absichtlich falsch gebaut hätten. Mit der Folge für die Firma, daß sie langwierig und kostspielig Regreß zu leisten hatte. Wie dem auch sei, auch Dieter hatte auf dieser Baustelle zu tun, wenn auch nicht mehr sehr viel zu reparieren gewesen war. Mit ihm fand diese Baustelle allmählich ihren Abschluß.

Erica hatte ihn während ihres Zusammenlebens dann voll und ganz in ihre Macht bekommen und sie delegierte ihn bei manchem. Und sie brauchte ihm nur den Standort des von Führer und Angle zuvor mit einer Autobombe präparierten Fahrzeuges zu erklären, wohin er sich ihrer dringlichen Bitte nach hin zu begeben hätte, um eine Fahrt zu einem Auftraggeber aufzunehmen, der sich gegenwärtig in der Stadt aufhielt, in der er Ali in einem auch ihm bekannten Straßenkaffee erwarte, was ihnen beiden etwas Geld einbrächte. - Jetzt war sie Anton und Erica hielt die Zügel nur bei der praktischen Ausführung des Anschlages, hierbei aber von Anbeginn an, fest in ihren Händen. Zu um 17:00 Uhr hatte sie Ali losgeschickt und bis dahin hatten sie immerhin noch drei Stunden Zeit. Führer stellt den Wagen erst eine halbe Stunde vor der mit Ali verabredeten Zeit in einer Parkreihe nahe Ericas´ Wohnung ab. Bis dahin werden sie mit allem fertig sein.

»Sei froh, daß Du nicht vor einem Spiegel sitzt, wie in jedem normalen Friseuresaloon. Du könntest die Nerven verlieren, wenn Du Dich mit einer Glatze siehst. Kaum, daß Du Dich damit wiedererkennst. Das geht ans Selbstwertgefühl.«, sagte sie dem werdenden Anton.

»Es ist ja für einen guten Zweck. Und wenn ich mich hernach selbst nicht wiedererkenne, dann werden es die Bullen auch nicht können. Dann hat sich ein Zweck erfüllt.«, spottete Brigitte.

»Die Perücke war bereits in Deutschland im Einsatz. Ich habe sie erst heute Morgen geschnitten und gefärbt. Sie wird Dir paßen. - Deine Haarsträhnen hier hebe ich mir auf. Ich werde sie eines Tages dazu benutzen, eine neue Perücke zu knüpfen. - Die Magnete sind stark genug. Auch sie waren schon gebraucht. Du mußt Dir drei davon hinter Deine Oberlippe in den Mund stecken. Die Anziehungskraft der Magnete im Schnurrbart hält die ganze Bartkonstruktion in Deinem Gesicht zusammen. Die sorgen für Beulen in den Backen. Das wird Dich zudem entstellen. Aber auch das ist von Vorteil damit man Dich nicht wiedererkennt. Am besten Du schaust grimmig drein, legst eine böse Mine auf. Dann wirkst Du auf herbeieilende Paßanten abschreckend genug und wie ein wirklicher Mann.«, riet ihr Erica.

»Es ist ja hauptsächlich für die Filmaufnahmen. Hauptsache, die Leute vom Mossad erkennen, daß wir wirklich da waren. Also hier noch einmal: den Anschlag verfolgt ihr von der ausgemachten Seitenstraße aus. Dort habe ich auch den Transporter geparkt und zwar so, daß er von der Detonation nicht in Mitleidenschaft gezogen wird. Ich kenne den Abstand inzwischen ganz genau. Ich habe mir den Tatort erst gestern noch einmal angesehen. Ihr geht dann sofort zum Fahrzeug hin, gleich nachdem ihr den Knall gehört habt. Und ihr beginnt sofort mit der Bergung. Führer behält die Waffe bei sich und übernimmt eure Abdeckung. Wenn er mit einem MG auf dem Platz `rumfuchtelt, dann wird es eine ausreichend abschreckende Wirkung haben, weshalb niemand auf die Idee kommt, euch abzuhalten oder überhaupt erst mit in das Geschehen einzugreifen. - Ich selbst warte an einem Ort in ausreichendem Abstand aber an der selben Straße, an der ihr den Wagen abgestellt habt. Die Kameraleute sind instruiert und in den Plan eingeweiht. Sie haben sich Zimmer in nahegelegenen Häusern gemietet und werden von dort aus die Fotos und die Filmaufnahmen machen. Gleich nach der Detonation schreite ich in `s Bild, durchquere die Straße in einem ausgedehnten Zick-Zack, wobei ich auf euch zukomme. Ich verschwinde aber nach rechts hinweg, also in die Straße hinein, in der wir den Transporter parken. Während ihr den Toten dort hin schleppt, setze ich mich bereits ans Steuer und gleich nachdem ihr ihn hinten verstaut habt, haue ich mit ihm ab. Ihr zerstreut euch in der Stadt und vergeßt nicht dabei, euch zu vereinzeln. Nur Führer steigt zu mir in `s Fahrzeug. Er weiß bescheid. Er kann nicht mit der Waffe durch die Stadt ziehen. Außerdem brauche ich ihn später unbedingt zu meiner Sicherheit. Wir fahren dann gemeinsam zu dem verabredeten Ort und treffen uns dort mit dem Agenten, der das Fahrzeug übernimmt. Von da an haben wir mit der ganzen Sache nichts mehr zu tun. Alles weitere erledigt sich auch für uns aus dem Hinterhalt heraus. Die hälfte der Miete haben die längst bezahlt.«, gab Anton Erica letzte Anweisungen.

In der Fremde

»... allein unter so vielen neuen Menschen, die in mein Leben traten, beginne ich mich, zu entwickeln. Es ist keines Weges eine neue Erfahrung, aber dennoch ist es sofort da, dieses Unbehagen in einem neuen Zimmer, in einem fremden Bett, die alten Kleider in einem anderen Schrank, auf dem die Stereoanlage, davon wenigstens der Verstärker und das Tape, natürlich die Boxen stehen und damit etwas den Verlust meiner gewohnten Umgebung zuhause entschädigen. Jede Nacht mindestens eine Maus, die ich mit der Falle gefangen habe. Die Falle gab mir Else; davon besitzt sie genügend - ebenso Mäuse auf dem Dachboden und es raschelt sehr aufdringlich von ihnen. Flüchtiges Tapsen auf dem Riggips, das bei der letzten Renovierung unter die Decke montiert wurde und in den dazwischen entstandenen Hohlräumen sich die Nager massenhaft einnisteten, besorgen mir einen ungeheuerlichen Mausekel, den ich zu bekämpfen habe. Das stört meinen Schlaf. Und es bleibt nicht aus, daß sich alte Freundschaften verlieren. Ulli, Conni und Hedi, von denen ich lange nichts mehr höre. Verlustvoll; die Sehnsucht nach ihnen hält sich in Grenzen - das Neue, andere Menschen in anderer Umgebung und neue Herausforderungen lenken mich von ihnen ab. Mich nicht allein im Beruf zu beweisen sondern in ihm zu wachsen, meine Persönlichkeit auf das Erforderliche abzustimmen und mich an ihm zu profilieren, vereinnahmt mich augenblicklich am stärksten. Den Auftrag Boomgarts, vieleicht auch den Herrn Meybaums zu erfüllen, nämlich sich in der Fremde in berufsständiger Weise zu entfalten, was ich bisher ganzheitlich aufgefaßt hatte, ganzheitlich in dem Sinne, einem Bilde nachzueifern, einem Vorbild, wie diese beiden Meister es für mich bleiben müssen, einem Vorbild, das nicht allein in ihrer jeweiligen beruflichen Befähigung, sondern voll und ganz auch in ihrer Gestalt, in ihren Vorlieben und Moden für die Dinge der Welt, sei es gärtnerisch, sogar politisch, weltanschaulich also und deshalb ethisch und moralisch nach landläufiger Auffassung über ein gärtnerisches Ideal schlechthin nachzukommen; es will mir nicht gelingen. Ich erkenne beim leisesten Versuch der Nachahmung den inneren Widerstand meiner eigenen Menschlichkeit und den meiner mir angestammten Persönlichkeit und es widerstrebt dann meiner Natur. Die alten Vorbilder existieren für mich; ihnen komme ich nach, so gut ich es kann, wie ich es an mir selber bemerke. Und plötzlich wird mir klar, daß es in jeder Weise an den Voraussetzungen fehlt, ihnen gleich zu werden. Kaum eine seiner Erfahrungen, die der alte Lehrmeister so nachdrücklich an uns Lehrlingen vermitteln wollte, scheint von mir in angemessener Weise umgesetzt werden zu können. Die Moden und Methoden der alten Gärtner sind vergangen und neue haben sich allgemein durchgesetzt. Ihnen nachzugehen, mich zu kleiden, wie die Leute hier, mich in Gebärde und Gehabe anzugleichen, scheint mir dabei angemessen. Ich erkenne, daß meine eigene Persönlichkeit, und die ist entscheidend schon viel früher geprägt, und dieses hauptsächlich im Elternhaus - von dort stammen die Maßgaben - in der Spontanität der Abwicklung der betrieblichen Aufgaben, sei es fachlich oder rein menschlich, im Hier und im Jetzt selbstgängerisch erwächst. Eine Kundin wollte unbedingt sechs Blauzedern vor ihrer Terrasse gepflanzt bekommen haben. - Boomgart hätte das gebracht. Der hätte die stehen gelassen, wohlmöglich angeschrieen - das bekam der fertig - wenn die Absicht und der Auftrag des Kunden zu sehr mit den Vorgaben gartenbaulicher Regeln konfrontierte. Der setzte entweder seinen Dickkopf durch oder er verschwand. - »Dann nehmen Sie sich doch einen anderen. So einen Blödsinn baue ich Ihnen nicht hin ...«, hätte der zu dieser gesagt; das weiß ich genau. Und so weiß ich ebenfalls, daß ich im Interesse des Betriebes und zur Zufriedenheit des Kunden handele, wenn ich jetzt nur Aufklärung leiste. Und so berate ich, suche ich den Kompromiß, erkläre ihr, daß diese Nadelbäume im Laufe der Jahre zu groß würden, daß sie unbedingt einen freistehenden Einzelplatz benötigen, deshalb sei es nicht ratsam, auch nur eine Pflanze dieser Art überhaupt an der von ihr gewünschten Stelle anzupflanzen. Was ihr egal war, was sie nicht akzeptieren wollte. Blauzedern müssen her und zwar nicht hinten im Garten und freistehend sondern als Randeinpflanzung um ihre Terrasse herum. Ich habe sie ihr gepflanzt. Ohne Reue, ohne Bedenken erfüllte ich ihr diesen Wunsch, wider besseren Wissens aus dem Lehrbuch der Gärtner. Womit ich begreife, daß dieser Regelbruch eine neue Lösung im berufsständigen Wissen erzwingt, die der hartnäckigen Verteidigung der Lehrmeinung entgegensetzt, daß nicht allein die ideale Linie in der Gartenarchitektur maßgebend ist, sondern der Wunsch und der Wille des Menschen, der in dem Garten lebt und ihn pflegt, es bezahlt und sich auf diese Weise zu anderen Pflegemaßnahmen zwingt. Mehr ist es nämlich nicht. Nur ist in diesem Fall zu befürchten, daß der Überfluß dazu führt, daß nur eine Pflanze in wenigen Jahren umgepflanzt wird und die anderen hinfortgeworfen werden. Dann blutet mir das Herz - angesichts des Überflusses in unseren Quartieren scheint es gleichgültig, aber es ist frevelnd. Frevel, den auch ich begehe, für Geld. Dann macht es keinen Spaß, seine Aufgabe so ausgeweitet zu sehen, weg vom strengen Gehorsam des Lehrlings gegenüber seinem Chef, hinein in die kompetente Beratung und selbständige Entscheidung, insgesamt in ein umfassenderes Aufgabenfeld, das mich aus dem kleinen Trott reißt, der mich in den beruflichen Jahren bisher sogar quälte. An die Stelle der Vorgaben des Meisters tritt mehr und mehr meine eigene Erfahrung; ich entwickele einen eigenen Stil, und ich entscheide selbst.«, schrieb Dieter in einem seiner ersten Briefe an Corinna.

Der Winter setzte früh und hart ein. Über Nacht war die Erde gefroren und es hatte geschneit. Frau Krautner hatte Dieter zum späten Vormittag an einem der ersten Dezembertage in ihr Büro gebeten, um die letzten Formalitäten abzuwickeln, die ihre Aktivitäten in diesem Geschäftsjahr beendeten. -

»Tja, ...« - Dieter schüttelte etwas ungläubig mit dem Kopf und setzte fort:

»...typischer kann man eine Rose nicht falsch pflanzen und man braucht sich dann auch nicht zu wundern, wenn die ganze Rabatte abgefroren ist. Die Veredelungsstelle war mindestens drei Finger breit über den Boden gepflanzt. Hatten Sie einen Gärtner losgeschickt?« - Frau Krautner entgegnete mit ruhiger Stimme, wies aber jede Schuld von sich; das hat sie im Laufe ihrer Betriebsführung nach dem Tode ihres Gatten lernen müssen:

»Wissen Sie, was sich heutzutage nicht alles Gärtner nennt.«

»Wie dem auch sei; die waren alle abgestorben und ich habe sie alle ersetzen müssen. Die Veredelung muß deutlich in den Boden gesetzt werden, dann wächst die Rose auch an. Ich bin sicher, daß die neuen kommen. Der Standort und der Boden ist jedenfalls gut. Das war jedenfalls mein Eindruck. Hier sind übrigens die Aufmaße von den Gärten in Traunstein.« - Dieter holte aus seiner Aktentasche neben sich zwei Papierbögen, auf denen er einige Flächen gezeichnet hatte, die von ihm bemaßt waren und er reichte sie der Chefin über den Tisch. -

»... `mal sind es die Leute von uns, mit denen es nicht hinhaut, dann aber auch Kunden, die böswillig den Schaden herbeiführen und dann um Regreß bitten. Man kann da nur wenig gegen unternehmen. Ich habe damit langsam meine Erfahrung. Hauptsache, Sie bereinigen die Garantieleistungen rasch und zügig. Sie haben die Rosen jetzt doch richtig eingepflanzt? Nicht daß wir im Frühjahr schon wieder Ärger bekommen?« -

»Dann liegt es hoffentlich nicht an mir. Ich pflanzte, wie ich es gelernt habe. Die Veredlungsstellen habe ich eine Handbreite in das Erdreich gepflanzt.«, verteidigte sich Dieter selbstbewußt. Frau Krautner hielt die Aufmaße vor sich und sie fragte:

»Waren die einverstanden?« -

»Ich denke, ja. Eine Kundin bat mich sogar in die Küche und lud mich zu Kaffee und Kuchen ein. Die haben sich alle sehr gefreut.« -

»Ich habe hier Ihre letzte Lohnabrechnung.« - Frau Krautner reichte ihm einen Briefumschlag, den er dann behäbig in seiner Tasche verstaute.

Verabschiedet haben sie sich mit einem verbindlichen Servus und Auf Wiedersehen, draußen vor dem Tor des eingeschneiten Gartenzentrums bei ihren Fahrzeugen. Dieter war gerade im Begriff, in seinen Wagen zu steigen als Frau Krautner ihm schöne Weihnachtsfeiertage und einen guten Rutsch in ´s neue Jahr wünschte. Etwas vorzeitig, aber es war abzusehen, daß sie sich in diesem Jahr nicht mehr wiedersehen würden. -

»Fahren Sie nachhause, oder was machen Sie jetzt?« -

»Nein, ich bleibe erst einmal hier und genieße den hereingebrochenen Winter. Ich werde mich erholen. Und dann sehe ich weiter.

»Geben Sie mir Nachricht, wo Sie abgeblieben sind, damit ich für das Frühjahr planen kann. Es wäre gut, wenn Sie wiederkämen.« -

»Ich rufe Sie an.«

Auf dem Weg zu Else überkam ihm ein Gefühl befriedigender Ausgelassenheit und tiefer Zufriedenheit. Die nun abgeschlossene Saison war sehr arbeitsreich, oft hektisch, in jedem Fall erfolgreich. Das ganze Spektrum der Aufgaben, die er zu bewältigen hatte, sorgte für ein besonderes Maß an Erfüllung, durch die er gewachsen war, fachlich. Menschlich war es der Zauber der Landschaft, ihre Vielfalt und Abwechslung, die ihn berührt hatte. Ihn und seine Gäste, die er eingeladen hatte, seine Eltern und mehrmals Corinna, mit denen er ausgeprägte Ausflüge unternahm. All das erweiterte seinen Horizont in nicht vorausahnbarer Weise. Die Ebene um den See herum, ihre Sattheit und Fruchtbarkeit dort, hatte bereits ihren Reiz. Sie war sehr moorig, feucht und schwer. Die Faszination des Hochgebirges, das nicht ständig, sondern plötzlich mit dem Wandel der Witterung am südlichen Horizont vor einem auftaucht, lud zu Wanderungen ein. Er unternahm Bergwanderungen, die ihn auf Gipfel führten, auf denen sich eine

Weitsicht und dem Flachländer so ungewohnte Perspektive eröffnete. Zu Fuß war er durch ausgedehnte Fichtenwälder aufgestiegen, zu den kargeren Vegetationsgürteln des Gebirges hinauf, war langsam den wirtlichen Bereichen unserer Erde entwichen. Sie ist so üppig, so artenreich und vielfältig. Nach einiger Zeit des Marsches, der nicht anstrengt, trotz aller Anstrengung, der ihn beglückt und bestätigt - er kann es, darf es, tut es - erlangt er den Rand der Baumzone. Sein Weg führte inzwischen über schmale, unsichere Pfade, an deren Rand wohl noch kein Abgrund, wohl aber stattliche Tiefe hinabfiel, durch die dem Wanderer eine Gefahr droht. Dann faßt seine Hand das Stahlseil, welches auf einige Strecken in überwachsene Felsen geschlagen ist, die an mancher, gefahrvoller Strecke hervorspringen. Seine Füße glitschen auf matschigem Grund, der von ursprünglichen Gebirgsbächen aufgeweicht ist. Der Himmel ist klar; keine Wolke trübt ihn. Die Sonne strahlt - schon wieder einmal. Plötzlich wandert er in beträchtlicher Höhe durch üppige Rhododendrenwälder, die im Schatten unter Koniferen gedeihen. Er begegenet zum erstenmal in seinem Leben diese beliebte Gartenpflanze, die er so häufig verkauft und gepflanzt hat, in ihrem natürlichem Lebensraum. Sie heißt wirklich Alpenrose. An ihrem Fuß wächst flächig Schneeheide, wie Dieter es aus den Plänen der Gärtner hier wiedererkennt. Man hatte sich von der Natur wirklich sehr viel abgesehen. Hier war es kaum perfekter. Er atmet tief und ruhig, hält ein, zur Rast, irgendwo an einem Baum, holt sich zünftig aus seinem Rucksack Schinken, den er mit seinem Messer schneidet, dazu bricht er sich etwas Brot vom Strunken, den er bei sich hat. Es labt ihn eine Flasche süffigen, bayrischen Leichtbieres. In der Erwartung, den Gipfel bald zu erreichen, verflüchtet sich seine Einsamkeit. Er kann sich nicht verlassen fühlen. Die wenigen Wanderer, denen er bisher begegnet war, die bereits wieder absteigen wollten, hatten ihn gewarnt, vor dem Massenandrang, oben auf dem Berg, vor den vielen Menschen, die ihn dort erwarten. Wenige Zeit später betritt er ausgedehnte Geröllfelder, die er steil hinaufsteigen muß. Nur Steine, die ihn umgeben, auf denen er gelegentlich Losung von heimischen Gemsen findet, die von dem armen, tierischen Leben in diesem Bereich zeugen. Sonst keinen Strauch und kaum einen Vogel, den er zu sehen bekam. Die Steine klöterten mit jedem Schritt, brachen zur Seite aus, und gaben ihm nur unsicher einen festen Halt. Die letzten Meter des Aufstieges muß er seine Hände zur Hilfe nehmen, um voranzukommen. Bis ihn nackter Fels umgibt, zwischen dem er auf schlängelnden Pfaden den Rest des Weges hinter sich bringt und er den Gipfel erklimmt. Die zahlreichen Besucher störten ihn nicht; sie freuten ihn, weil sie ihm seine Einsamkeit, in der er sich über Stunden hinfort bewegte, genommen hatten. Die meisten waren den Südhang aufgestiegen; der galt als nicht so schwierig. Sie kamen überwiegend aus Östereich hierher. Wo Dieter hier war, wußte er nicht. Grenzen verschwinden fließend, friedlich, verlaufen unregelmäßig im zerklüfteten Hochgebirge. Manchmal ist es in einer Notsituation sehr nötig, einander unbehindert helfen zu können. Dieter hält inne, bleibt von den Leuten, die zünftig gekleidet mit ihm die Weitsicht genießen, unberührt. Spürt Fernweh, das könnte ihm auch Heimweh bedeuten. Er denkt an Corinna, an seine Eltern, an Georg, den er erst kürzlich besuchte und er vermißt in dieser Höhe niemanden von ihnen wirklich. Er war dann dankbar, daß es sie gibt und glücklich, einen eigenen Weg gefunden zu haben, der auch für ihn gangbar war.«

Es zieht mit. Wie in einem Sog des Geschehnisses wähnt sich Dieter jetzt ganz und gar in den Klüften der Hochhäuser New Yorks. Er scheint von der Umgebung des Aufenthaltraumes der Klinik abgehoben und dabei in seinen Gedanken in den Sphären der globalisierten Welt angelangt und in ihr jetzt ratlos verharrend. Wie in Erwartung, schließlich hat es geheißen, es sei eine weitere Maschine unterwegs, wartet er auf das, was kommen müßte. Sie naht von weitem, gleitet elegant durch die Luft, zieht windschnittig eine Schleife im Himmelblau des Fernsehbildes. In ihrem Flug, zielgenau, vermißt er einen Anklang von Wut, einen Deut von jener Empörung, die Anlaß gegeben haben muß, diesen Racheakt zu vollstrecken, so harmlos wie elegant wirkt es in den ersten Momenten dieses grausamen Spektakels. - Wenn Kinder in die Sandburgen an den Ostseestränden ihre Arschbomben landen, versteht man ihr Motiv: es nennt sich Schabernack. Es hat den Grund, jemand anderen aus purem Blödsinn und im Anflug reinen Übermutes eines auszuwischen. Wenn sich aber jetzt, mit unbeirrbarer Treffsicherheit die Maschine in die Fassade des zweiten Turmes hineinsticht - butterweich - dann befällt dem Betrachter dieses Schauspieles der Ekel über einen öffentlichen Koitus, dessen Erektion kein Leben stiftet, sondern einen brutalen, unbarmherzigen Tod, zynisch, wahnwitzig, im Ansatz der unverzeihlichen Tat selbstrafend, selbstverachtend, selbstmörderisch. Dann versteht Dieter, daß dieser Flug kein Unfall ist, daß er geplant und irrsinnig ausgeführt ist. Dann verheißt der güldene Feuerball, aus dessen Rand jetzt schwarzer Qualm hervortritt, der aus dem zum Einsturz verurteilten Bürohaus hervorpprescht - eruptiv - aus dessen feurigem Erguß glühende Splitter zu Boden fallen, daß in diesem Augenblick auf unbeschreiblich perverse Art und Weise kein Unglück geschieht sondern ein Krieg erklärt wird -

der Mensch versteht es a priori .

Es gibt eine höhere Macht, glaubt Dieter und sie muß den Befehl hierzu erteilt haben. Und bei all dem hier geben sie vor, sie seien mit Gott im Bunde - unerklärt und dennoch scheint es so erklärt; nicht daß er sich hellsichtig wähnt sondern er urteilt aus einer Erfahrung mit dem Terror, der im Nahen Osten bereits im September 1970 begann wobei erstmals Flugzeuge des zivilen Flugverkehrs entführt waren, die damals irgendwo in der Jordanischen Wüste landeten, wo sie alsbald spektakulär in die Luft gesprengt wurden, wobei das Attentat als eine Maßnahme aus praktischer Vernunft zu erkennen war - kaum weil zum Zweck der Verschrottung, weil marode und deswegen unbrauchbar gewordene Maschinen der zu modernisierenden Luftflotte einer Fluggesellschaft auf diese Weise zu entschlacken gewesen wäre. Als wahre Schlußfolgerung aus praktischer Vernunft verlangte jene Tat zwingend die apriorische Erkentnis, daß eine politische Absichtserklärung damit einer Weltöffentlichkeit mitgeteilt war, die es als unmittelbare Folge darauf verlangte, die ihrem Zwecke nach das Mittel heile und die Sprengung der Flugzeuge zeigte hierbei eine hauptsächlich signalisierende Wirkung, wie sie es damit kundtat, wonach man es zum Anlaß nahm, daß es von nun an damit Schluß sei, den Terrorcamps in Jordanien weiterhin Vorschub zu leisten, jenen Plätzen, an denen auch Carlos´ unheilvolle Karriere begann - auch weiterhin einen Ort zur Verfügung zu stellen, der nicht nur zu einem Truppenübungsplatz moutiert sondern zu einem Areal, das tausende palästinensischer Flüchtlinge anzieht, die von dort aus ihren militanten Kampf organisieren und in alle Welt hinaustragen können. Dem jordanischen König damals war die Zuwanderung der nahöstlichen Bürgerkriegsbewegung, die einer Völkerwanderung gleichkam, zuviel geworden und sein Militär hatte nach dem Attentat auf die drei Flugzeuge furchtbare Massaker an den Palästinensern, die in seinem Lande weilten, verübt, um sie zu vertreiben, wobei Tausende ums Leben kamen, Zehntausende verwundet wurden. Aber man stach damit nur wie in ein Wespennest. - Hier in New York kämen im größt anzunehmenden Unglück gleich fünfzigtausend Todesopfer hinzu. - Was haben diese den Tätern getan? -

»Es beherrscht euch schon wieder ein menschlicher Führer. Wer hat euch bezahlt? Wer hat euch befehligt? Wer nahm euch die Ausflucht und stürzt euch so in das eigene Verderben?« - Dieter ist sich sicher; sie müssen dagewesen sein - aber in wessen Person?

In der Organisation der Arbeit hat man endlich das Optimum erreicht, mit ihm den willigen Helfer gefunden, der es mit sich machen läßt; so fühlt er sich erpreßt. Er steht allein und die Pakete rollen stets voran; um Mitternacht beginnt er Zeit zu vergessen. Er geriet in Trance, erhoffte sich eine Pause. - Franz Hanel befand sich im Gespräch mit dem Vermummten. Den Fußtritt, aus vollem Lauf, unvermittelt und mit einem forschen Sprung in das Gesäß des Arbeiters, der sich gerade vor der Palette gebückt hatte, um die Päckchen auf ihr zu ordnen, den landete Hanel eben genau; mit dem Spann seines festen Schuhes auf die üppige Backe des provokanten Arbeitergesäßes traf er ihn. Dem folgte sehr jähzornig und mit dem Oberkörper über das Opfer gebeugt aber deutlichst eine Anschreierei; dem so Überfallenen war es direkt in `s Ohr gebrüllt - ein Überfall, vieleicht ein zur Schau gestellter, einer zur Ermahnung - der Tritt galt sicherlich jeden der hier Weilenden; so faßte Dieter diesen Zwischenfall auf.

»Ich werde mich dagegen wehren. Man kann dagegen etwas unternehmen. Es darf nicht mehr sein!«, hatte er dem Getretenen zugerufen. Der blieb wortlos, zog seinen Auftrag durch, bis Dieter ihn ablöste. Sie befanden sich im Jahre Eins des neuen Jahrtausends und Dieter hatte es damit ernstgenommen. Sein Zorn staut die Wut in ihm, eine Wut, die ihm gleichfalls Dynamik verleiht, die den Körper inganghält, dem Band zu gehorchen und ordentlich zu palettieren, zu funktionieren, besonders zu dieser Zeit. Fast schluchzte er, was er nicht zeigen kann. Das Wasser in ihm staut sich zu einem Meer weggedrückter Tränen zusammen. Menschenwürdige Behandlung, auch am Arbeitsplatz, hatte er für selbstverständlich gehalten. Mißhandlungen und vorsätzliche Körperverletzung, auch in der Arbeitswelt, gilt es den Anschein einer Bagatelle zu nehmen!«

»Du gehst jetzt in die Pause. Und anschließend rauchst Du eine!« - Kurz nach Mitternacht und am Anfang eines neuen Tages befehligte Franz Hahnel Dieter Schlechter, sich schleunigst zu erholen. Er bestellte des Vermummten Anhang, den Leiharbeiter zu begleiten. Der führte ihn im freien Gang ab und zur Toilette hin. Der inneren Rebellion Dieters fügte sich eine weitere Empörung hinzu, über das Mißtrauen, über eine Behandlung, die bestenfalls einem Gefangenen zukommt. - In dem hell beleuchteten Toilettenraum, der sehr sauber war, dezent und warm gekachelt, stand der Getretene vor dem Pissoire, und er stand dort wie bestellt. Dem winselnden Gejaule, das leise hinter der Tür des rechten Wasserklosetts zu ihnen hindurchdrang, entnahm er deutlich russischen Akzent; er schätzte den verschollenen Erschöpften, von Heimweh und harter Arbeit so erniedrigt, der es soeben gewagt hatte, sich heimlich eine Zigarette anzustecken, vieleicht um sich vorerst nur mit einer Zigarette zu vertrösten, auf achtzehn bis

zweiundzwanzig Jahre.
»Dort schien der sicher.«, glaubt Dieter. Obwohl ...

Der Weisheit letzte Schlüsse

Obwohl die Hoffnung, dauernd bei Frau Krautner Beschäftigung zu
finden, bereits beim Einbruch des Winters zerschlagen war. Zehn
Jahre, die er später bei Trans - Plan unter Vertrag stand. Was
seinem Schwager zu verdanken war, der ihm den Tip gab und die
Verbindung knüpfte. -
»Die Firma arbeitet international, ist spezialisiert auf die Anlage
von Kunstrasenflächen, hauptsächlich im vorderen Orient
unterwegs, im Übrigen im westeuropäischen Ausland tätig, wohl
auch viel in Deutschland. - Dabei kommt manches `rüber. Acht-
tausend liegen d´rin, wenn Du in ´s Ausland gehst.«, verstand
Friedhelm, ihn zu verlocken. Und es klappte gleich mit der Einstellung; allerdings erst ab April begann er an neuer Wirkungsstätte
zu arbeiten. Zur Überraschung Corinnas. Die hatte sich an den
Zustand gewöhnt, begnügte sich bis hierhin mit den Wochenenden, auch den verlängerten, an denen sie sich trafen, `mal in
den Alpen, `mal bei ihr in Hannover. Jetzt galt es, sich auf `s Neue
zu entscheiden. Es war nicht angebracht, ihn zu heiraten und ihm
zu folgen. Er arbeitete projektorientiert, wechselte deshalb häufig
den Arbeitsort weiträumig und war dann für längere Zeit be-
urlaubt. Sie hielten es beide für nicht angebracht, jetzt zu heiraten.
Sie beschlossen aber, daß sie die Wohnung in Hannover aufgeben
würden und Corinna mit ihm in Groß Mehringen wohnen wird.
Karl mochte Corinna, Irmgard hatte sich schon längst arrangiert
und sie begrüßten den Zuzug ihrer Kinder, schließlich war Opas
kleine Wohnung frei. Wenn auch die zukünftigen Lebens-
verhältnisse, unter einem Dach mit ihren Kindern vorher geklärt
seien müßten. Corinna fand sofort einen neuen Arbeitsplatz in der
Stadt, bei Dr. Wange, bei dem Karl und gelegentlich auch seine
Frau, Patienten waren. Es war der Anfang eines neuen Glücks. Der
Anfang einer Zeit, in der sich die Familie harmonisch zusam-
menfügte, sich in ihrem Zusammenleben klug und besonnen
arrangierte und dieses auf einen sehr weiten Raum ausgedehnt.
Den Kindersegen besorgte ihnen Christiane; zwei Töchter, Julchen
und Frauke, hatte sie nach ihrer Heirat kurz hintereinander zur

Welt gebracht. Von denen hatten die Großeltern nicht sehr viel. Im Laufe der Jahre kamen sie nur in den Ferien zu Besuch. Dieter und Corinna übten auch hierin, also in der Besorgung eines eigenen Nachwuchses, verzicht. Sie wollten in der Zerrissenheit ihrer Lebensgemeinschaft, zu Zeiten, in denen Dieter wieder auf Montage war, keine Kinder in die Welt setzen. - Zurück? Spätestens drei Jahre nach Episoden auf dem inländischen Arbeitsmarkt, hatte Dieter begriffen, daß er sich durch die Spezialisierung in seinem Beruf, der schon lange nicht mehr naturbezogen sondern industriell ausgerichtet war, der ihn befreit hatte, von den harten gärtnerischen Verpflichtungen, so beispielsweise mit besonders schweren Lasten umgehen zu müssen, die nach primitiver Methode zu verrichten waren, daß er sich davon entfremdet hatte. Den ursprünglichen Plan, sich als Gärtnermeister zu qualifizieren, hatte er ebenfalls verworfen. Und er hatte sich von dem außerordentlichen Einkommen verführen lassen, daß er selbst als qualifizierter Meister niemals und nirgends erreichen würde, wie er es glaubte und so einschätzte, bliebe er den Konventionen seines Berufstandes treu. Der Reiz der Exotik, sei es auf arabischen Baustellen, oder in luxuriöser Umgebung europäischer Auftraggeber brachte ihn unbewußt auf das Niveau internationalen Denkens, welches ihn in allem von dem gewohnten kleinbürgerlichen, deutschen Trott abheben ließ. Seine Umgangssprache war überwiegend englisch; mit den internationalen Arbeitern verständigte er sich, sehr zu seinem Bedauern, gestisch oder im globalen Kauderwelsch. So war auch die Wende, der Fall der Berliner Mauer, für ihn ein globales Ereignis, welches er, wenn auch an der aktiven Teilnahme gehindert, mit einem Gefühl solidarischer Freude, wohl nicht der Freude über den entstandenen Schaden, das einem auch von ihm äußerst kritisch zu hinterfragenden Regime zugefügt gehörte, weil es, nicht nur aus seiner westlichen Sicht, achtzehnmillionen Menschen in seines Erachtens strafwürdiger Weise willkürlich und erniedrigend in ihrer Freizügigkeit beschränkt hatte, bei einer Flasche Liebfrauenmilch, dabei den Tränen sehr nahe, in seinem Hotelzimmer irgendwo in Other-by-Tschad, von wo aus er vor einem kleinen, satelliten-gespeisten Farbfernsehgerät jenes Großereignis verfolgte. Mutter Irmgard bestätigte ihm am Telefon, daß das Unglaubliche tatsächlich geschehen sei. Daß die ganze Chaussee voller Trabis gewesen sei und der Stau sich über dreißig Kilometer lang gezogen hätte und im Dorf hätte man notdürftig ein Zelt aufgeschlagen, in dem man kostenlos Rasten konnte, wo auch sie Kuchen und Kaffee abgegeben hätte und Vater Karl sei ebenfalls ganz aus dem Häuschen und freue sich außerordentlich über das Ereignis. Dieter konnte sich das Unmögliche gut vorstellen. Schon während seiner Kindheit hatte er sich vorzustellen versucht, wie es wohl angehen könnte, daß auch in Moordorf ein richtiger Stau stattfinden würde, so wie in den großen Städten, wo es diese gab und auch wegen der sich Dieter manchmal sehr benachteiligt fühlte, in seinem damaligen Leben auf dem Lande. Die Mauer hatte auch sein bisheriges Leben entscheidend geprägt, sogar fortgeschickt, noch westlicher, was ihn nicht unglücklich machte. Dieter fühlte sich davon frei und auch befreit.

Es war der plötzliche Tod seines Vaters, nicht die innerdeutschen Veränderungen, der ihn schockte, der ihn zurückwarf und zu neuer privater Orientierung gezwungen hatte. Karl verstarb im Mai `92 und Dieter war auf einer Großbaustelle in Saudi Arabien. Die Anreise zu seiner Beerdigung war sehr teuer, aber notwendig geworden. - Für Carlos bewirkte das Ereignis der Deutschen Wiedervereinigung das ganze Gegenteil denn mit dem Zerfall der ihn bisher begünstigenden, welt-politischen Konstellationen verlor er nun eine Vielzahl seiner Partner und Auftraggeber, für die er bis hierher arbeitete. Und er verlor mögliche Zufluchtsorte, in denen er ein politisches Asyl gewährt bekam. Er hatte Syrien zu verlassen, weil sich Syrien plötzlich von ihm distanzierte, nachdem es in Deutschland zur Revolution gekommen war. Carlos´ Aktionen, die er nach Wien anführte, hatten außerdem keinen wirklichen politischen Erfolg zeigen können und waren zunehmend privat motiviert. In etwa, um Lydia aus dem Gefängnis herauszupressen. Es dauerte nicht mehr sehr lange, bis man ihn auf seiner Flucht aufgespürt hatte und ein französisches Einsatzkommando seinem Terrorismus ein Ende setzte, weil es ihn einfing was dazu führte, daß die französische Justiz ihn später zu zwei lebenslangen Haftstrafen verurteilte. Und wenn die Handschrift des Attentats in New York deutlich auf den Aktionismus des Carlos´ in früherer Zeit hinweist, so war es jetzt aber auszuschließen, daß dieser Mann noch irgend eine Möglichkeit besessen hätte, hierbei die Fäden zu ziehen. Aber Dieter wittert angesichts der Bilder des Grauens aus New York die Kraft der Geheimdienste, die es ihm weiterhin zumuten.

Er nennt den Vermummten Walter. Jetzt, vor dem hohen, runden Stehtisch, in dem kleinen Gang vor der Stahltür zur Palettierung, nachdem er den Toilettengang ordnungsgemäß und ohne weitere Vorkommnisse beflissentlich erledigt hatte, raucht er die von Hahnel angeordnete Filterzigarette. Nicht genußvoll, sondern unter Zeitnot nur unter Druck, denn Hahnel hat ihn abgelöst und vertritt ihn, wahrscheinlich voller Eifer, denn der hat ja auch noch etwas anderes zu tun, und es war vorauszusehen, daß Hahnel bitterböse würde, käme Dieter nicht schnell genug zurück, zu seiner Arbeit. -

»Niemand will hier eine Mauer zwischen uns aufbauen ...«, erinnerte sich Dieter zynisch wie sehr ungläubig. Wie er dazu käme, eine Zigarette zu rauchen, mitten in der Nacht und in der Halle wartet so viel Arbeit, wollte er allen Ernstes von ihm wissen, der Vermummte. Offensichtlich lud er ihn zu einem inoffiziellen Nichtrauch-Kursus ein. - Klein, kaltschnäuzig und von einer Bissigkeit, die zugleich ein Gift versprühte, das dem Leiharbeiter grüne Galle in den Körper trieb. Unzählige sind beim unerlaubten Grenzübergang ermordet worden, Dealer verkaufen ihren Kunden seit jeher tödliche Überdosen, andere machen Menschen bewußt süchtig, um sie von sich abhängig zu halten, beim Verpacken, vieleicht auch heißer, illegaler Ware, schlagen mit Spaten auf ihre Untergebenen ein, wenn sie in den Drückerkolonnen nicht ihr Soll erfüllen, behielt Dieter in seinem Hinterkopf, zu den Gefahren zugeordnet, denen er sich plötzlich und unerwartet ausgeliefert sah, man könne ihn mißbrauchen. Er rauche illegal, hat man ihm vorgeworfen; das machte ihm der Vermummte plötzlich weis. Beim Verlust seiner Privatheit in dieser Arbeitsumgebung verraucht er mehr Geld, als er sich erlauben kann. Es ergibt sich ein berechtigter Verdacht; wutentbrannt drückt er die Zigarette aus und flieht ..., in Richtung Arbeitsplatz, löst Hahnel besser wieder ab.

Gut, es ist auch weiter nicht schlimm, das Tempo ist mäßig, mit dem die Kartons auf ihn zugerollt kommen, die er zusammenpreßt, zur Palette hinüberschwingt, auf ihr ordnet, um sich den nächsten Schwung zu holen. Das Burghard zuerst Schuster, dann Polsterer und schließlich Schlachter gelernt hatte, erzählte ihm Ulbrichts Double halb drei Uhr in der Nacht. Noch drei und eine halbe Stunden, die dem Leiharbeiter bevorstanden. Er zuckte, konnte die Wiederholungen der wenigen Mitteilungen, die man ihm zukommen ließ, wenn man überhaupt mit ihm sprach, punktgenau, berechnend, kaum mehr aushalten:

»Du mußt die ersten dreie quer, mit leichten Abständen, zehn Zentimeter etwa, bis an den Rand der Palette und dann die nächsten dreie längs davor!« Die Litanei wird ihm zur Qual:

»... weißte, Du bist hierbei doch nur ein armes, feistes Schwein. Festgebunden an der Palette; die anderen sehen Dir hierbei zu und morgen mußt Du schon wieder ganz wo anders hin. Oder auch nicht, wenn wir das wollen. Weißt Du, Du kannst machen was Du willst; der Arbeiter ist immer der Dumme, der ausgebeutete. Ist der Gefangene, dem man nie mehr verzeiht, nie mehr befreit. Selbst wenn ich es wollte, ich kann es nicht mehr ändern.« - So wirre es, wenn Ulbrichts Double neben Dieter stand und dem beim

165

pallettieren nur zusah. Dieser Stich aus gehörichtem Wutausbruch, den der Leiharbeiter eigentlich an Ulbrichts Double auslassen wollte, genügte, um die Zeit bis sechs Uhr morgens durchzustehen, in steter Bewegung nach den Vorgaben des Bandes, wie ein Dauerläufer, den man über sieben Stunden unentwegt in leichtem Trab gehalten hatte. Das Adrenalin in Arbeitsbewegung umzusetzen, die er spontan in Ausbrüche gegen den Vermummten auslassen wollte wie schließlich auch gegen sich selbst. Im Angesicht seiner Erschöpfung spürte Dieter eine Kraft in sich, die es mit ihm so wollte, es billigend inkauf zu nehmen, einen Menschen zu töten. Wie ein Krimineller, mit der leeren Palette hinter sich, die als nächste bestückt gehört, einfach auf ihn los, als handele es sich um eine miese, in allem wühlende Ratte, die sich anmaßt, erdreistet, den harten Arbeiter zu bezirzen, zu belehren, um zu demütigen.

»Er wird niemals aufhören. Es liegt in seinem Wesen. Aber er ist mir einfach zu klein!«, vertröstet sich Dieter statt dessen. - Endlich ist die Nachtschicht vorüber. Erschöpft und übermüdet will er aber nicht gleich nachhause. Er möchte noch etwas vom Feierabend genießen, der jetzt ausnahmsweise am frühen Morgen stattzufinden hat. Er beschließt deswegen, dem Kiosk am Bahnhof einen kurzen Besuch zu erstatten, wo er sich ein belegtes Brötchen geben läßt, einen Becher Kaffe trinkt, notwendigerweise, um sich wach zu halten. Der Tag wird sonnig; die war längst aufgegangen. Mama erwartet ihn um halbneun Uhr in der Klinik; sie will zum Friseure und Dieter soll sie schließlich hinfahren.

In Weiß, im Arztzimmer der Geriatrie, ihm gegenüber, der außerordentlich erfreut war, über die Fortschritte, die Mama gemacht hatte, über ihre Absicht, Krankheit und Behinderung in den Hintergrund zu schieben, mit ihnen zu leben und sich zu pflegen, wurden ihm seine Knie weich.

»Zwei Stunden vieleicht, dann sind wir zurück.« - Der Doktor unterschrieb den Beurlaubungsschein. Dieter zog seine zur Faust geballte Hand geschickt hinter seinen Rücken, beugte sich drehend, müde lächelnd, hinunter, zu seiner Mutter. Nahm krampfend die beiden Griffe ihres Rollstuhles und zog sie mit einem Ruck rückwärts zur offen stehenden Tür hinaus und er spürt es genau: er kann nicht mehr!

»Den Zettel behalte ich hier.«, sagte der Arzt. Dieter beugte sogleich seine Knie und drückte sich dann in eine gerade Körperhaltung. Er weiß es genau, der Dok kann nichts dafür. Dafür daß er nun seit mehr als vierundzwanzig Stunden ununterbrochen auf den Beinen steht und unbarmherzig den Friseuregang seiner Mutter nach einer harten, peinigenden Nacht

166

begleiten muß, bevor die Umstände es ihm erlauben, sich in ´s Bett zu legen. Hätte er ...

»... wir Ärzte sind unregelmäßige und überlange Arbeitszeiten ebenfalls gewohnt. Die Lappalien, die ein Fabrikarbeiter auszuhalten hat, sind sicher nichts dagegen ...« gesagt, dann hätte Dieter ihn zusammengehauen. Dann hätte Dieter, der die Vitalität des Mannes ihm gegenüber plötzlich zu beneiden begonnen hatte, wie er niemals zuvor in seinem Leben einen anderen Menschen beneidet hatte, einen Fußtritt in dessen Körper gelandet, ihm im freien Fall einen weiteren Schlag versetzt, schlicht, er hätte ihn vertrümmt, wie er noch niemals einen Menschen vertrümmt hätte. Dieter zittert. Nicht, daß der Arzt ihm etwas getan hätte, daß es etwas gäbe, was ihn reizen könnte. Einfach aus dem Zustand einer totalen Erschöpfung heraus, die ihm außerdem eine gehörichte Psychose beigebracht hatte, wollte er ihm auf diese Weise erklären:

»Lassen Sie mich bitte in Frieden!« - Dieter sagt ihm:

»Wir müssen los!«

Im Bett, Corinna nimmt viel Rücksicht, hält oben in der Küche die Wacht, bereitet das Essen für sie, wobei sie es sich vorbehält, es bei Bedarf in der Mikrowelle aufzuwärmen, wenn Dieter ausschlafen möchte, wälzt der Kämpfe mit sich. Es reißen ihn Hysterien. Er kann nicht einschlafen, schließt seine Augen, will sich zwingen. Im Rhythmus des Bandgeräusches gleiten ihm die Gedanken durch den Kopf, steigen Stimmen aus seinem Bauch in ihm auf. Beginnen ihn, zu befehligen. In der Auseinandersetzung mit sich selbst und darüber, ob er den Job schmeißt, ob er es riskieren will, nie wieder zu arbeiten, beginnt er, auf sie zu horchen. -

»Töte Dich selbst!«, versteht er die Anordnung, die aus den Tiefen seiner Seele in sein Bewußtsein gelangt sind. Er mag diesem Imperativ ein Fragezeichen anhängen, spürt einen Überlebenswillen in sich, der ihn einfach nicht schlafen lassen will.

Das Handy klingelte um vier Uhr. Er hatte sich losgerissen, nach einer Mütze Schlaf, in wenigen Stunden, nach denen er wieder aufgewacht war, fuhr er zum Italiener in die Stadt, wo er gelegentlich bei einem Eis saß. »The Voice« hatte mit Corinna gesprochen, er müsse unbedingt ab fünf Uhr die Schicht fortsetzen, es fehle ein Mann. -

»... voller Gnade. Nur bis zehn!«, sagten sie ihm. - Er schwieg und er tat ihr schließlich den Gefallen. Das Wochenende war gelaufen; was soll s? Die Psychose wirkte exogen. Die Neurose bewahrt sich in einem tiefen Schlummer.

Das Blondchen hat sich am Montag eine viertel Stunde später zu Dieter gestellt und es schien sich zu bewahrheiten: er sollte ihm helfen, sollte ihn entlasten. Er kam plötzlich und unerwartet aus einer der Fertigungshallen hinzu und er stellte sich an den ersten Packplatz, unangekündigt, dem Leiharbeiter aber zur höchsten Freude. Niemand gibt hier seinen Namen preis. Dieter ist ungern zynisch, liebt gepflegteren Kontakt in der Belegschaft und untereinander. Die Kette der Päckchen, die inzwischen seit Tagen ihm entgegenrollen, im Schichtwechsel, ununterbrochen, hält ihn weiterhin bedeckt. Sie reden nicht miteinander. Sie spielen sich ein. Geben sich Hinweise:

»Du kannst jetzt langsamer, ich nehme die erste Palette.«, hatten sie sich verständigt. - Es sind dann nur noch wenige Pakete, die zu ihm durchrollen, die er sich läppisch greift; den Muskelkater hat er seit gestern überwunden und er stapelt sehr ruhig auf seiner Palette. Schnell hatten sie sich geeinigt. -

»Es scheint etwas genutzt zu haben!« - Dieter hatte es ja »The Voice« am Telefon mitgeteilt, daß in der ersten Nachtschicht ein Mitarbeiter mit Fußtritten traktiert wurde. Wenn man es sich mit ihm erlauben würde, beende er auf der Stelle die Arbeit. In der Spätschicht kam der Pförtner von der Wach- und Schließgesellschaft und hatte nach dem Rechten gesehen. Einen Umstand, den Dieter in normalen Arbeitsverhältnissen für unerträglich gehalten hätte, in diesem Kollegenkreis leider für unumgänglich, um für die Sicherheit der Leiharbeiter zu sorgen. Die beiden jungen Männer, die in dieser Schicht zu ihm herantraten, als er, wie bisher allein, die Paletten packte, und nach seinem Befinden fragten, kamen ihm unheimlich vor. Schließlich bekam er Vertrauen zu ihnen, denn er vermutete, es waren Leute von der Gewerkschaft, die wissen wollten, was abginge. Aber vieleicht war auch diese Annahme etwas naiv. -

»Die letzte Nacht bezeichne ich als abartig. Mehr habe ich dazu nicht zu sagen. Diese Schicht geht gerade so. Es ist eine Ausnahme, mit meiner Chefin verabredet und wir wissen, daß der Abstand zwischen den Schichten nicht groß genug ist. Ausnahmsweise und weil Leute fehlen, zeige ich mich bereit und halte die paar Stunden durch. Es ist besser für meine Lohnabrechnung und ich weiß auch was ich tue. Hauptsache, ich werde in Frieden gelassen, wenn ich arbeite. Letzte Nacht? Das war abartig. Und hier die Leute mit Fußtritten zu attackieren, das kann nicht ihr Ernst sein. Also gut, es ist nicht mein Hintern. Sollte es geschehen, unternehme ich Maßnahmen. Die Nachtschicht war abartig, begreifen Sie endlich!«, hatte Dieter denen frei erzählt, während er sich beschwerte. -

Übrigens war es nicht Karls erste Herzattacke; der Infarkt kam am frühen Morgen. Schweißausbrüche und Beklemmungen im Brustraum und er klagte über heftige Schmerzen im linken Arm, also über typische Symptome, die ihn bereits vor dem Aufstehen in Angst und Schrecken versetzten. Beim Gang in die Stube, Irmgard wollte ihm ein leichtes Frühstück servieren, um ihn zu schonen, vieleicht Haferschleim, sie wußte es noch nicht genau, fiel er lang auf den Boden des Flures hin. Irmgard war ganz panisch geworden und sie war allein im Hause. Geistesgegenwärtig hatte sie den Hausarzt angerufen und der allarmierte prompt einen Rettungshubschrauber. Nach zehn Minuten war er da. Sie hatten an Karl Wiederbelebungsversuche unternommen, ihn transportfähig gemacht und ihn in das städtische Krankenhaus geflogen. Irmgard fuhr mit ihrem Wagen hinterher, wartete aufgelöst und voller Angst in der Sitzecke vor der Intensivstation und man wollte sie am Vormittag noch nicht zu ihrem Mann hineinlassen. Erst am späten Nachmittag stand sie am Bett ihres Gatten, der inzwischen wieder ansprechbar gewesen war, wohl noch klagte aber insgesamt und den Umständen entsprechend einen guten Eindruck auf sie gemacht hatte. Christiane hatte sie bereits verständigt. Sie bat darum, auf dem Laufenden gehalten zu werden. Irmgard wollte Dieter vorerst nicht behelligen. Corinna war in der Praxis und kam erst gegen fünf. In der Nacht kam der Anruf aus dem Krankenhaus und man hatte Corinna mitgeteilt, daß Karl einen weiteren Infarkt erlitten hätte, dem er, trotz aller Bemühungen der Ärzte, erlag. - Dieter hatten sie telegraphisch benachrichtigt; der kam am anderen Tag. Geflogen und ab Hamburg mit dem Zug. Karl war siebenundsiebenzig Jahre alt, als er verstarb und mit seinem Tode oblag es Dieter, seine Mutter fortan zu umsorgen. Das hatte er seinem Vater versprechen müssen, schon einiges vor dessen sterben.

Die Stelle hatte er bald darauf gekündigt; er blieb aber noch ein halbes Jahr in der Firma. Er mußte die letzte Baustelle ordentlich abwickeln, dort konnte er nicht plötzlich abbrechen, er wollte auch finanzielle Abfindungen nicht auf`s Spiel setzen. Er ging dann zum Arbeitsamt und meldete sich arbeitslos. Im ersten Jahr fand sich auch tatsächlich keine entsprechende Stelle, die seiner vorherigen Position entsprach. Weiterbildungen hat man ihm angeboten. Er fühlte sich so bevormundet, so begängelt, im Vergleich zur Wichtigkeit seiner Position bei Trans-Plan, so bedeutungslos geworden.

»Der Vermummte profitiert noch heute von der Eingliederungshilfe, damals, gleich nach der Wende. So lange sei er schon in dieser Fabrik. Was der nicht alles inkauf nahm, für diese Stelle. Mit mir spricht man über Jobs. Mir war die Position eines Kapos bei dubiosen Lagerarbeiten zu trist, irgendwie unter meiner Würde.

169

Taxis fahren? War auch nichts für mich. Irgendwo in ´s Büro! Geht heutzutage nicht mehr. Nur der Qualifizierte oder eben andere, hauptsächlich Frauen, die man in Arbeitsbeschaffungsmaßnahmen gebracht hatte. Und dann den Amtmännern die Akten in ´s Büro hinterhertragen? Ich fühlte mich dazu einfach noch zu jung. Was ich von vornherein ausschließen wollte, war eine Wiederbeschäftigung in meinem erlernten Beruf. Ich bin ´raus, aus diesem Bereich, und meine Gesundheit spielt dabei auch nicht mehr mit. Meine Bandscheiben sind kein Witz. Ich mußte wohl ein halbes Jahr in einer Firma als Aushilfskraft auf einem Bauhof arbeiten. Es ging natürlich um die Rentenbeiträge und die Wiedereingliederung auf dem nationalen Arbeitsmarkt.«, entschuldigte er sich erst gestern bei Irmgard, weil sie ihm vorwarf, seinen Job viel zu leichtfertig einfach nur hingeschmissen zu haben.

The finale Count-Down

Den Italiener, so hatte es den Anschein, hatte er am folgenden Tag um zwei Uhr ablösen sollen. Irgendwie meinte er, ihn wiedererkannt zu haben. Wobei er es gelernt hat, es nicht mehr für wichtig zu halten, die Nationalität eines Kollegen zu erkunden. Es ist nicht der Typ, es ist das Typische, das ihn erinnern mag. Schließlich sitzen sie alle im selben Boot. - Er motzte noch etwas über »The Voice«, klagte, daß er hier keine Lust mehr hätte und er stellte sich dazu an den vorderen Packplatz. Das irritierte Dieter. Der nahm an, daß er alleine weiter arbeiten sollte. Er fragte den Typen, wie lange er schon hier sei.

»Seit heute morgen.«, gab er ihm mißverständlich zur Antwort. Daß er morgen in eine Metallfabrik müsse - er sei schon einmal dort gewesen - war Dieter ein Hinweis. Irgendwie ein Hinweis. Aber es ist nicht auszuschließen, daß sie gemeinsam in einer Munitionsfabrik eingesetzt werden. Allein die Möglichkeit entsetzte ihn. - Irgendetwas lag in der Luft. Metallfabrik bedeutet ihm Waffenindustrie und die gibt es in dieser Region. Was er für sich ausschließt, daß er dort arbeiten will. Wo er keines Falles und

unter keinen Umständen und dieses aus zwingenden Gewissens-
gründen arbeiten wird. Die Eindeutigkeit seines Arbeitsvertrages
schreibt es ihm aber vor, daß er es müsse, wenn es irgend jemand
von ihm will. Zwei Stunden lang hatte Globi weitergearbeitet, als
hätte er kein Zuhause. Er wollte einfach nicht weg. Blondi war
außerdem zugeteilt. Endlich teilten sie sich zu Dritt die Arbeit und
deshalb empfand Dieter eine Selbstbestätigung und er glaubte für
einen Moment lang, daß es sich gelohnt hatte, protestiert gehabt
zu haben.

Aber nach einer Weile waren beide Kollegen wieder weg, stand
er wieder allein am Band, was ihn mehr verwirrte. Das Band
stockte. Sie schicken ihn los, zum Hallefegen, wie er es eben
lapidar so aufgetragen bekam. Sie gönnen ihm keine Pause. Dann
fegt er, auch unter den Maschinen, macht dort alles sauber, als
hätte er es geleckt. Aber auch das war ihnen nicht recht zu mach-
en. - Der Vermummte pflaumte ihn an:
»... wo haste das denn jelernt? - Geh` zum Packen, da kommt
noch was!« - Langsam geht ihm die Puste aus, schwitzt er Wasser
und er erregt sich über die Demütigungen. Er strebt in die Pause
aber sie lassen ihn nicht los. Dann hoffte er, gerade nach dem
gestrigen Tag, es gäbe eine Chance, sich in dieser Firma einzu-
gliedern. Also packte er weiter und plötzlich ist der Vermummte
wieder da, steht ihm nicht bei, steht bei ihm ...:
»Also wie oft soll ich es Dir noch sagen? Du mußt die erste
Reihe so packen, daß sie an beiden Enden abschließt ...«, was
Dieter getan hatte, seit dem vierten Tage seines Einsatzes hier, in
dieser abartigen Halle ausschließlich und der Vermummte
schmeißt ihm eine weitere Pallete vor die Füße:
» ...und Du sollst die Paletten nicht so schmeißen; daß habe ich
Dir auch schon oft genug gesagt!«, hatte er begonnen, ihm die Hölle
heiß zu machen. Der Vermummte drängelte ihn ab, packte jetzt
selber weiter, mit ihm der kleine Begleiter; der war am ersten
Packplatz und hatte ebenfalls eine neue Palette angefangen. Er
schaffte nur wenig, legte die Reihen nicht bis an den Rand an der
Palette und es stach Dieter ins Auge, wie klein der Stapel war, den
sich der vor sich auftürmte, der nur zweidrittel der Menge
ausgemacht hatte, die Dieter zu stapeln hatte. - Der Vermummte
pfiff ihn zurück:
»Hast Du diese Palette gepackt?«, fragte er frech. - Die Palette,
die der Vermummte selbst begonnen und gepackt hatte - vor der er
stand. -
»Wir gehen hin, zum Schichtleiter! Das bezahlst Du uns.«,
kündigte er an. - Aber der Vermummte war der Schichtleiter, so
glaubte es Dieter. Der platzte, fühlte sich verarscht:

»Sie haben wohl ein Rad ab?«, schrie er ihn an. Zum ersten Mal in seinem Leben wurde der Vermummte an seinem Arbeitsplatz von einem unterrangigen Kollegen gesiezt. - Dieter ließ ihn dann kalt stehen, orientierte sich zuvor sehr aufgebracht mit seinen Blicken in der Halle, lief dann in das Pavillon und holte von dort ungehindert seine Tasche heraus. Burghard hatte sich an seinerstatt bereits an seinen Arbeitsplatz gestellt; es war soweit alles fertig. Den Rest konnten sie jetzt scheinbar alleine und Dieter wurde von ihnen ohnedies nicht gebraucht.

»Ich werde keinen Tag länger in dieser Fabrik weiterarbeiten! Ich habe bereits sehr viel erlebt, in manchen Betrieben. So schlecht bin ich nirgends behandelt worden!«, hatte er ihr gesagt. Wie in Erwartung stand eine der Schichtleiterinnen da, eine von denen, die ihn am ersten Tag seines Dienstantrittes an den Arbeitsplatz geführt hatten und sie hielt demonstrativ ihr Handy in der Hand, hatte sich zur fernmündlichen Absprache gewappnet. In einem Moment, in dem er sich zu gewöhnen begonnen hatte - das war nach insgesamt sechs harten Arbeitswochen der Fall – während einer Zeit, in der er begonnen hatte, sich ganz allmählich dazugehörig zu fühlen, schmissen sie ihn jetzt auf diese schäbige Art und Weise einfach `raus. - Es dauerte nicht lange und er fuhr abgekämpft mit seinem Fahrrad durch das öde Industriegebiet, entlang des Kanals, einer gewissen Zukunft entgegen. Er würde nie mehr arbeiten, in diesem Land, weil sie ihm keine Arbeit mehr geben, befürchtete er. Nie mehr!

Die Stadt lag ruhig da, an diesem gewöhnlichen Dienstag, an dem die Sonne schien und die Menschen sommerlich gekleidet ihren Dingen in den Geschäften und Straßen nachgingen. Er hatte beschlossen, in dem Kaffee am Rathausplatz zur Ruhe zu kommen und sich die Schritte zu überlegen, die den Ungeheuerlichkeiten in der Fabrik entgegenzusetzen seien, so wie er es meinte. Und so beschloß er, bei einem Becher Expresscaffee, zuerst das Büro eines Rechtsanwaltes aufzusuchen, bevor er alles weitere regelt. - Die Re-No-Gehilfin zeigte sich einfühlsam, brachte seinem Anliegen Verständnis entgegen aber sie vertröstete ihn auf den folgenden Tag:

»Heute ist der Anwalt nicht mehr zu sprechen; er ist bereits außer Haus.«, enttäuschte sie ihn. Paßt es ihnen morgen früh um zehn Uhr dreißig?«, machte sie ihm neuen Mut.

Corinna saß in der Stube auf dem Sofa. Sie hatte ihn an dem heftigen Knallen der Haustür bemerkt, die Dieter zornig hinter sich zugeschlagen hatte, als er das Haus betrat. Sie sah Fernsehen, als Dieter zu ihr herantrat. Der war außer sich. -

»Die gegenseitigen Aufreißereien haben von nun ab ein Ende!«, fuhr er sie unvermittelt an. -

»Die haben mich behandelt ... - wie ein an BSE erkranktes Rindvieh haben die mich behandelt. Die haben mich nicht `rausgeschmissen. Die haben mich notgeschlachtet.« - Sie verweilte auf dem Sofa, zog ihre Knie ein und ihren Kopf stützte sie auf ihrem linken Arm, dessen Ellenbogen sie auf der Sofalehne einwinkelte. Und sie fragte ihn vorwurfsvoll:

»Wie lange nun schon? - Wie lange geht alles schief mit Dir? Du mußt Dich den Verhältnissen anpaßen, dann tut Dir auch niemand etwas an. Solange Du immer noch erwartest, den großen Chef spielen zu können, brauchst Du Dich auch nicht zu wundern ...« -

»Du glaubst doch wohl nicht im Ernst ...? - Du glaubst doch wohl nicht im Ernst, daß ich das tue. Darum geht es doch überhaupt gar nicht!« - Dieter lief aus dem Wohnzimmer hinaus und er verschwand im Keller. Corinna erhob sich aus dem Sofa und ging in die Küche, holte aus dem Kühlschrank den Teller mit der Wurst darauf und begann, das Abendbrot vorzubereiten. -

»Schon wieder arbeitslos. Keine sechs Wochen, dann ist der wieder an die frische Luft gesetzt. Schuld haben immer nur die anderen.«, sagte sie laut und unüberhörbar. Des lieben Friedens wegen schwieg sie dann besser und sie ließ ihren geschaßten Lebensgefährten vorerst in Ruhe. Der schleppte gerade den Werkzeugkasten, den er aus dem Wirtschaftsraum, unten im Keller, geholt hatte, in die Stube und öffnete ihn, wühlte in ihm und suchte sich einen Schraubendreher, während Corinna Brotbretter und Bestecke in die Durchreiche stellte.

»... und hiermit ist es vorerst ebenfalls vorbei!« - Dieter hatte bald den PC auf den Schreibtisch gestellt und er löste an ihm einige Schrauben.

»Du, da sind auch Daten von mir darauf. Der gehört Dir nicht alleine.«, entsetzte sich Corinna. -

»Der gehört eigentlich niemandem, außer dem Hersteller und Softwarebetreiber. Seit dem letzten Update sind übrigens auch Deine Daten unwiederbringlich gelöscht. Schuld habe wahrscheinlich wieder nur ich. Merke Dir das! Hierbei ist alles nur geliehen, auch das Wissen darum. Es ist teuer von uns erkauft und vom Rechteinhaber jederzeit vernichtbar. Ganz nach belieben. Plötzlich ist das Laufwerk kaputt und an den laufenden Reparaturen sollen wir verbluten. - Corinna, es ist einfach nicht mehr bezahlbar und ich mache das Spiel mit der globalen Vernetzung auch nicht mehr mit. Wie greifen die eigentlich in unsere Privatsphäre ein? Man kommt zu nichts mehr, weil man über Stunden vor dem Bildschirm hängt und hängende Programme reparieren muß. Ich habe einen anderen Lebenszweck als den eines unqualifizierten Informatikers. - Schau Dir dieses kleine Ding mal an!« - Er hatte die Festplatte gerade herausgeschraubt und die Kabel, die an ihm gelötet waren, riß er jetzt zerstörerisch davon ab.

»Es gibt Leute, die wagen Einbrüche, um an Deine Festplatte zu gelangen. Die gehen inzwischen über Leichen, um persönliche Daten auszuspionieren und für ihre Zwecke zu manipulieren. Das kommt überhaupt nicht in Frage, daß ich mich dieser Gefahr noch weiterhin aussetze, ist das klar?«

»Unser Lebenszweck im neuen Jahrtausend hat sich halt ausgeweitet und ist jetzt auch Datenpflege und Virenschutz. Deine eigene Gesundheit brauchst Du darüber nicht zu vernachlässigen. Ich finde, daß Du heute etwas überreagierst.«, entgegnete sie.

»Die neue Zeit ist da und jeder hat sich ihr zu fügen!«, versuchte sie ihm zu vermitteln. -

»Corinna!« schüttelte er sie. -

»Nur des arbeitens wegen, um Deinen Irrglauben zu stärken, wir müssen jede Arbeit annehmen, ansonsten verlören wir alles, sofort und unwiederbringlich, solche Verträge zu unterschreiben, Verträge die knebeln und in sich bereits sittenwidrig und deshalb nichtig sind, kommt ein für alle Male nicht mehr für mich infrage. Sich darauf eingelassen zu haben, kommt einem Selbstmord gleich, will ich meinen! Du glaubst doch wohl nicht im Ernst, daß ich das getan hätte, wenn ich nicht genau gewußt hätte, daß Mama und auch Du nicht aufgehört hätten, zu quengeln: - Bis ich irgendwo arbeite! - Hauptsache arbeiten, egal wie und wo und vor allem, wie viel ich dabei verdiene! - Mit vollem Vorsatz haben die mich nur aufgemischt, verstehst Du. Ich konnte dagegen nichts machen. Bis ich nicht mehr konnte, haben die mich gequält. Hahnel zum Hohn und Spott! Läßt der mich fertigmachen? Kennst Du Hahnel? Du kennst den doch. Der hatte nur auf mich gewartet.« - Corinna schüttelte mit dem Kopf:

»Nein, wie kann ich den kennen? Du stellst ja keine Kollegen vor.«

»Eben! Das geht auch gar nicht, denn so kollegial ist es gar nicht in diesen Arbeitsverhältnissen. Hahnel kenne ich schon von meiner Kindheit an. Mit dem war ich noch niemals gut Freund. Was der auf einmal für Angst bekommen hat, als die Leiharbeiter da aufgekreuzt sind, läßt sich leicht denken. Die Leute aus dem festen Stamm haben doch alle Angst um ihren Arbeitsplatz. Sowie die älter werden, setzt man die an die frische Luft und als Leiharbeiter werden wir alle dann nur noch sporadisch zur

Drecksarbeit eingeladen. Zum schlechteren Lohn, unter Verlust maßgeblicher Arbeitsrechte, werden wir alle vorsätzlich nur abgewirtschaftet ...« - Corinna unterbrach ihn.

»Ganz so ist es ja nun auch nicht. Außerdem kannst Du von mir nicht erwarten, daß ich allein für den Erhalt des Haushaltes aufkomme. Du mußt ...« -

»Ich muß hier gar nichts mehr. Die Weichen sind bereits so gestellt, daß ich keine Chancen habe, irgendwo ausreichend zu verdienen. Rufe an, in einer der Fabriken und frage nach Arbeit. Die verlangen heute sogar Gebühren, bevor sie überhaupt bereit sind, Deine Bewerbungsunterlagen anzunehmen. Zehn Jahre bin ich jetzt wieder zu Hause und Einstellungen waren in dieser Zeit immer befristet und wurden nicht verlängert, aus Angst davor, ich könnte mir Ansprüche auf einen Kündigungsschutz erwerben. Meine Ausweglosigkeit ist von den Leuten beim Arbeitsamt längst erkannt. Deshalb wimmeln die mich ab. Gehen Sie doch zum Sozialamt, sagen die mir. Genau das wissen die privaten Arbeits- vermittler. Ich gehöre aufgebaut, indem sie mich abbauen - mich krank machen. Es ist nicht auszuhalten, den Körper über acht Stunden auf Höchstleistung zu halten. Und wenn die eine Stelle erfüllt ist, geht es im gleichen Tempo weiter bei der nächsten. Natürliche Leistungskurven sind so gar nicht zugelassen. Sofort wieder auf Höchstleistung putschen und weiter geht es, im Taktsinn der Melodie des Bandes und dabei gehalten wie ein Strafgefangener. Es dauert knapp sechs Wochen, dann fühlt sich jeder total verbrand. Ich soll nur noch gehorchen und erfüllen und gerate in die totale Isolation, weil ich niemanden mehr kenne. An die Stelle des Vertrauens tritt das globale Vorurteil gegenüber den Kollegen. Anstatt harmloser Neckereien und Kabbeleien tritt die Gemeinheit und Niedertracht in Aktion. Das Selbstbewußtsein in seiner Rolle als beliebter Mitarbeiter weicht dem unerträglichen Selbstzweifel, den Anforderungen zu genügen. Anforderungen, die gar keine so besonderen sind; es geht hierbei lediglich um das Verpacken und nicht um die Menschenwürde, ihren Erhalt an einem Arbeitsplatz.« -

»Ich weiß allmählich auch nicht mehr, wie das weitergeht.« Corinna will Dieters Pessimismus´ nicht nachgeben. Dieter öffnet sich eine Flasche Bier, die er sich aus dem Kühlschrank geholt hatte und setzt sich zu ihr an den Eßtisch, schenkt sein Glas ein und schmiert sich ein Brot. -

»Es ist egal. Selbst wenn Du abhaust. Es ist mir egal. Weitere Bemühungen sind von mir nicht zu erwarten. Man gibt den Leuten doch alle Rechte, Dich dermaßen auszunutzen, wenn man denen nachläuft, um ein wenig Arbeit und ein wenig Geldverdienst zu betteln beginnt. Es ist mit mir vorbei. Ich kann nicht mehr!«

Es war vorbei, seit seiner Pennälerzeit fuhr er nicht mehr mit dem Bus in die Stadt; erst in letzter Zeit steigt er des öfteren in ihn ein. Am heutigen Morgen ist er auf dem Weg zu seinem Rechtsanwalt, um mit ihm die weiteren Schritte zu beraten, die er gegen Schadensersatzforderungen, die ihm dieser tückische Arbeitsvertrag androht, zu unternehmen hätte. Dieter weiß genau, daß sittenwidrige Verträge von Anfang an ungültig sind. Gleichermaßen hatte sich herumgesprochen, daß selbst Prostitution nicht mehr sittenwidrig sei, was zur Bedeutung haben könnte, daß ebenfalls die Vertragsbedingungen seines Leiharbeitervertrages sittlich und damit rechtens seien könnten, wonach er tatsächlich für einen Schadensersatz zu sorgen hätte. -

»Gehen Sie zu ihrer Leiharbeitsvermittlerin und kündigen sie den Vertrag«, sagte ihm der Anwalt. -

»Sehr einfach!«, dachte Dieter und gratuliert zum Sieg.

Und der Vermummte hat es ihm verdeutlicht. Verdeutlicht, daß es drüben Methode war und deshalb seien die Menschen gemeinsam in den Westen gezogen. Er wollte es beweisen, mit seinem niederträchtigen, menschenverachtenden Verhalten, von dem man meinen möchte, man solle sich nicht so anstellen, es hinnehmen; er wollte beweisen, daß die Ordnung in der westlichen Arbeitswelt feindlich übernommen gehörte. Daß er den Auftrag seiner komunistischen Erzieher vieleicht nur unbewußt, aber in jedem Fall vom Hass getragen erfüllen wird, und den Westen umerzieht, zerstört was zerstört gehört, nach dem Willen der stalinistischen Führer. Die waren zwar entmachtet, viele von ihnen inzwischen sogar gestorben, oder einfach nur alt geworden und deshalb nicht mehr in der Öffentlichkeit zu sehen, geschweige denn, daß sie noch unmittelbar Macht ausüben. Sie wirken nur nach. Beweisen, daß es sicherlich nicht nur die Berliner Mauer gewesen ist, derenthalben die Menschen in andauerndem Schock gehalten wurden, was sie unter Androhung von drakonischer Strafe bis hin zum Mord sehr ängstlich zum Schweigen und zum Dulden zwang. Sie gezwungen hatte, ihre Persönlichkeit, ihren Willen zur Selbstentfaltung auf daß Maß zu drosseln, wie es den Fabrikarbeiter auf Trab hält. Die Absicht, sich durch Arbeit zu bereichern, durch Verdienst sich etwas persönliches zu schaffen, war bei Strafe verachtet. Anonym und auf das einheitliche Maß gebracht, ohne Glanz, ohne Individualismus, statt dessen depressiv und gehorsam funktionierend, bewegte man sich im Gleichschritt, um den Plan zu erfüllen. Die Begrüßung des Neuen in der Fabrik war nicht freundlich; sie allein war erniedrigend und sie erniedrigte ihn auf die Ebene eines Tieres, wie sie alle eines waren - gefangen, geschart und dem Nächsten ausgeliefert. Dem Nächsten, der ein Feind war, der ein Beschatter war. Wir sind nicht gut. Wir sind niemals gut, deshalb müssen wir immer besser werden, verlangt der unerschütterliche Glaube an den Klassenkampf. Das muß die tiefe Einsicht der Menschen gewesen sein, die man eingeladen hatte, nie wieder glücklich zu werden. Erstarrt im tristen Grau der fanatisierten, sektirerischen Arbeitswelt. Das hatte Dieter erkannt, dazu lud der Vermummte ihn zu sich ein, was er auf seine Weise die Herstellung seiner deutschen Einheit hieß. - Blanker Neid, eine krankhafte Eifersucht, die den Vermummten treibt, weshalb er Dieter hinunterzieht, in die Welt des Arbeitswahns und der seelischen Erkrankung hieran, heraus aus der Freizügigkeit und Selbstbestimmung, die Dieter von Geburt an gewohnt gewesen war, hinein in den Zwang des Kollektivs unter Vorsitz des mickrigen Vermummten, der nicht erkennen konnte, das Dieter gar nicht dazugehört, denn den schloß man nur aus.

»Es ist, als haut ihnen beim Fußballspielen der linke Stürmer ihrer Manschaft die Beine weg, weil sie ein Tor geschossen hätten. Es ist infantil und es macht krank. Aber so etwas gibt es. Weil Sie es waren, der dem Team zum Sieg verhalf, straft er Sie, anstatt Sie zu beglückwünschen; anstatt sich mit Ihnen zu freuen. - Es geht so nicht! So kann ich nicht arbeiten. Unseren Vertrag müssen wir auflösen. Ich werde unter diesen Umständen nicht weiterarbeiten.«, erklärte er »The Voice.« - Wahrscheinlich sollte er sich schämen, wieder versagt zu haben. Wahrscheinlich sollte sie ihn trösten, wie es die Gesetze von ihr verlangen. Wahrscheinlich war sie auch Mutter, die Mutter der Versager, die ihren Schützlingen zu erklären hätte, daß sie daran schuldlos seien. -

»... ich bitte Sie, den Vertrag aufzulösen!«, sagte Dieter dann. Sein Verlangen trug er ihr selbstbewußt vor. »The Voice« war es nur ein Knopfdruck auf der Computertastatur, der den Ausdruck veranlaßte. Von nun an alleine! Sie kündigte Dieter Schlechter mit sofortiger Wirkung.

Vieleicht verletzt es sein Gefühl von Gerechtigkeit, denn schließlich hatte er keinen Grund gegeben, der zur Entlassung hätte führen können. -

»Diese Anzeige werde ich nicht aufnehmen!«, sagte der Polizist, der ihn in das Zimmer auf der Wache gebeten hatte, in dem Anzeigen gewöhnlich aufgenommen werden. Dieter wollte auch nicht, daß man Denunzianten gehorcht. Es sei faktisch ausgeschlossen, nach dieser Anzeige die Halle zu stürmen und Verhaftungen wegen Menschenquälerei und Menschenhandel, und diese Worte benutzte Dieter bei dem Versuch, sein Anliegen vorzutragen, schlicht wegen Folter am Arbeitsplatz vorzunehmen.

177

Aber er will warnen, wie ein Täter vor sich selbst; es ist ihm unbegreiflich, es läge irgendwie in der Luft, deshalb auch nur die Anzeige gegen unbekannt, er kann den Täter nicht beim Namen nennen aber er müsse warnen, so sehr seien die alten Gesetze verrückt worden. Man träte Menschen wieder mit Füßen. - Der Polizist hatte ihn soweit verstanden.

Jetzt vor dem Fernsehgerät in der siebenten Etage der Geriatrie versiecht ihm seine Wut für eine Weile - die Wut, die ihn verleitete, die Attacke zu verstehen, sie mehr als in ihrem Motiv für nachvollziehbar zu halten, sie sogar zu rechtfertigen, denn Mord bliebe Mord. Beim Anblick zweier Menschen, die aus einer der oberen Etagen der Türme sprangen - live und erzwungen sprangen sie in den Freitod, um ihrer Verbrennung am lebendigen Leibe zu entfliehen, vor aller Augen eines Weltpublikums - besiegt ihn sein Gefühl von Entsetzen und Mitgefühl. - Im Angesicht der Katastrophe will er das eine von dem anderen unterscheiden, erkennt er es a priori. Im Angesicht der Katastrophe und der uralten Erfahrung, daß Gewalt die Verhältnisse ändert, daß mit ihr in New York einer glanzvollen Epoche ein Ende gesetzt und so das Augenmerk der Weltöffentlichkeit auf andere, vielleicht bedrückendere politische Verhältnisse gelenkt wird; eine erzwungene Sicht auf die Sphären der globalisierten Wirtschaftswelt, auf die Transzendenz der Kündigung in ihrer kategorischen Erscheinungsform als einen Realakt im arbeitsrechtlichen Sinne und der durch sie - der Gewaltat - verstärkten Halbwelt der weltweit Arbeitsuchenden.

»Piloten ...«, sagte er zu dem Herrn neben sich. Er konnte es nicht glauben.

»...es ist sehr schwer, diese Ziele so genau anzusteuern, daß man sie auch trifft. So etwas kann kein unerfahrener Mensch fertig bekommen. Es müssten Piloten gewesen sein.« -

»Hierzu ist kein Pilot bereit. Kein normaler Pilot ist bereit, seine Ausbildung derart zu mißbrauchen, um so viele Menschenleben auszulöschen und außerdem sein eigenes Leben dabei zu vernichten. Warum? Das Naturgesetz ist zwingend; es verlangt das Erfolgserlebnis beim menschlichen Handeln und Vollführen seiner Taten und es stellt sich im Normalfall nur dann ein, wenn der Mensch sich freut«, überdachte Dieter. Er hat es noch nicht vergessen, in welch kurzer Zeit er am Fließband verwirrte, wie wenig Anstrengung der Vermummte benötigte, um in ihm selbst eine Todessehnsucht zu entfachen, wegen der sich Dieter in ärztliche Behandlung begeben hatte. Der Arzt hatte ihn vierzehn Tage krank geschrieben; so sehr gesundheitlich bedrohlich empfand der den äußersten Zustand gesundheitlicher Verwahrlosung, in der sich Dieter Schlechter befand. Dieter erinnert sich jetzt einer Todessehnsucht, von der er glaubt, daß sie ihm willkürlich und systematisch nur beigebracht wurde, von der er glaubt, daß sie zur Bedingung gemacht gehörte, um den Anforderungen zu genügen, sei es gesellschaftlich oder privat, den übersteigerten Anforderungen, die plötzlich die seelische Not bedingen, wegen der er sich nach dem eigenen Tode sehnte. Die Todessehnsucht, die plötzlich in ihm schlummert. Es ist ihm, als hätte er noch kürzlich mit den Fliegern in New York gemeinsam am Band verpackt.

»Die Seele gehört dazu systematisch ausgehöhlt und der eigene Wille ganz unterdrückt, Macht und Herrschaft über das kleine Areal seines Wirkungskreises am Arbeitsplatz gänzlich entzogen - die Selbstbestimmung am Arbeitsplatz ist in diesen Verhältnissen den ausführenden Arbeitern verboten. Der Vermummte hat sich nicht ermächtigt, er hat entmachtet und auch Dieter auf die metaphysische Ebene der Verständigung zu drücken versucht, die sich ausschließlich auf das Diktat des Ungeistes der Globalisierung ausrichtet, nicht wissentlich, nicht willentlich, sondern einfach der eigenen Angst und dem diffusen Selbstverständnis gehorchend, vollzogen sie ihren Auftrag als Teil einer Maschinerie und nicht mehr als ihre Bediener. Dann ist es ein Versuch der Selbstbefreiung, dieses sich Hingeben in eine pseudoreligiöse Bruderschaft, das Untertauchen in eine kirchliche Subkultur. Das gilt besonders für den heimatlosen, den entwurzelten, den migrierten Menschen. Dann ist es kein direkter Befehl eines informellen Führers, der sie zum Handeln verleitete, sondern dann vollstreckten sie in tiefer Erkentnis vor Gott ihr eigenes Scheitern in dieser Welt und ihren Gesetzen. Es muß sehr leicht gewesen sein, an ihnen zu scheitern, weil sie die Grenzen des Anstandes, der Sitten und ihrer Moral selbst so eng gesteckt haben. Grenzenlos sind sie allein in ihrem Urteil. Sie wandeln sich zum Scharfrichter, letztlich ihrer selbst und fühlen sich nur im Tode grenzenlos befreit. Laden zum Aufbruch einer Bereinigung globaler Arbeitswelten, denen sie den Rest zu geben glauben, verschwinden danach sogleich im Reich der Toten und überlassen ihrem Feind den Wahn, dem Täter habhaft zu werden, schicken ihn auf eine schauderhafte Suche.

»Apriorisch haben sie unsere Herzen auf Eis gelegt,« sagte er dem Mann neben sich; beim Aufsteigen der Staubwolke, die sich wie ein perverser Zauber aus der zusammengefallenen Ruine erhebt und er zaudert:

»Fanatiker! Fanatische Moslems sind zu dieser Heimtücke bereit?«

»Mohammedaner?«, fragte der alte Mann an seiner Seite zu

seinem besseren Verständnis nur zögerlich nach. -

»mh, mh«, druckste Dieter ängstlich klein und mit dem Kopf schüttelnd. Mit der Absicht, den Gottlosen zu enttarnen, demaskierten sie ihre eigene apodiktische Gefangenschaft in der Scheinwelt des Satanismus; es war des Menschen Hass, der bis hierher obsiegte. Akribisch und scheinbar hochqualifiziert folgt der Erkentnis die Primitivität des Menschen in ihren darin folgenden Taten. -

»... einen Weltkrieg wird es wohl nicht geben ...«, versucht Dieter den Mann neben sich zu beruhigen.

»...dieser Zug fährt nach Afghanistan«, sagte er mit einer Überzeugung, als hätte er darüber zu entscheiden. -

»Das weiß man schon seit langem, daß in Afghanistan der Papst boxt.«, spöttelte er zynisch, versteht er den Massenmord in New York bestenfalls als Hilferuf verzweifelter Orientalen aus ihrer Ausweglosigkeit aus einem über Jahrzehnte hinweg brodelnden Bürgerkrieg und Genozid, von dem man in Europa gelegentlich zu hören bekam. -

»Sie fanden keine Zeit zur Trauer, weil sie die Angst massenhaft regiert. Aus der Masse der Verängstigten, den Gekündigten in aller Welt, war diesen Fliegern, die ihrem Doppelleben soeben für ewig entfleuchten, alles viel zu leicht?«, steht Dieter Schlechter, freigesetzt für ganz besondere Aufgaben, allein und losgelöst von jeder Verpflichtung am Anfang einer neuen Zeit, die ihm heute noch offenhält, sich wirklich frei zu entscheiden, ob er als Geliehener dem Diktat der Massenhysterie gehorchen muß und sich der Unbill des globalen Arbeitsmarktes gleichermaßen unterstellt. Sich seiner launischen und eitlen Panik ausliefert und das eigene Leben bis zur Selbstaufgabe den jeweiligen Erfordernissen preisgibt, die ihm sein Arbeitsvermittler offenhält? Ob er sich bereitstellen lassen möchte, in die unmittelbare Nähe terroristischen Geschehens, hautnah und plötzlich unabkömmlich? - Carlos sagte einmal bloß:

»... ja, aber sicherlich ...« -

»Bin ich Mitarbeiter oder einfach nur noch ein Mittäter?«, diese Frage stellte Dieter Schlechter zu Beginn einer neuen Zeit, aus einer Erfahrung und der Transzendenz der Kündigung, sehr hilflos in den Raum. Er wollte lachen!

- j. d. s. -

Verzeichnis:

Titel	Urheber	Verlag	ISBN
Alle Macht der Jugend			
	George Paloczi-Horvath		
		Bertelsmann	
		Sachbuchverlag	
Dtv-Lexikon			
	Redaktion	dtv	
		Taschenbuchverlag	
			3-423-05998-2
Fragen an die Deutsche Geschichte			
	Deutscher Bundestag		
	Verwaltung Presse- und		
	Informationszentrum Referat		
	Öffentlichkeitsarbeit, Bonn		
Carlos - Der Schakal ARTE -			
	France - Chanel - MDR		
Im Fadenkreuz des Mossad			
	Unbekannt		
	Eine Filmdokumentation		

Der hauptsächliche Inhalt dieses Werkes entstand aus freier Phantasie des Dichters und es wurde deshalb keine Kennzeichnung fremder Quellen dafür notwendig. Damit die Dialektik, die in der Ausarbeitung dieser Literaturarbeit zum Tragen kommt, ermöglicht blieb, war es notwendig geworden, sich auf fremde Quellen zu stützen, die hier in einigen Paßagen und mit knappen Inhalten als Zitat erscheinen. Der Bezug auf fremde Quellen geschah auch, damit die Autenzität historischer Ereignisse, die zu ihrer Zeit hauptsächlich durch ihre mediale Massenverbreitung überhaupt erst ihre Bedeutung erlangten, in der Dramaturgie dieses Werkes gewahrt bleibt.

Suhlendorf, den 19. September 2014

Joachim Schulze